ullstein

Das Buch

Marie ist es leid. Immer wieder landet sie bei dem falschen Mann und wird am Ende enttäuscht. Und so versteckt sie ihren Kummer und ihre Schüchternheit hinter einer Fassade der Unnahbarkeit. Da begegnet sie dem selbstbewussten Gregor. Er bietet der Innenarchitektin an, sein neues Penthouse einzurichten. Aber nur unter einer Bedingung: Marie soll sich ihm in jedem Zimmer hingeben. So lange, bis das ganze Penthouse eingerichtet ist. Widerstrebend lässt sich Marie auf den Handel ein. Tatsächlich führt Gregor sie an ihre Grenzen – und weckt in ihr gleichzeitig eine neue, nie geahnte Lust. Aber wer ist der Mann, der ihre Leidenschaft entfacht? Und kann sie ihm wirklich vertrauen?

Die Autorin

Jule Winter, geboren 1979, arbeitet als Übersetzerin und Autorin. Sie lebt in Bielefeld.

Von Jule Winter sind in unserem Hause bereits erschienen:

Fessle mich!
Verbotene Lust

Jule Winter

DIE LIEBES-
SCHAUKEL

Erotischer Roman

Ullstein

Besuchen Sie uns im Internet:
www.ullstein-taschenbuch.de

MIX
Papier aus verantwortungsvollen Quellen
FSC® C006701
FSC
www.fsc.org

Originalausgabe im Ullstein Taschenbuch
1. Auflage Januar 2012
2. Auflage 2012

Umschlaggestaltung: ZERO Werbeagentur, München
Titelabbildung: ©FinePic®, München
Satz: Pinkuin Satz und Datentechnik, Berlin
Gesetzt aus der Sabon
Papier: Pamo Super von Arctic Paper Mochenwangen GmbH
Druck und Bindearbeiten: CPI – Ebner & Spiegel, Ulm
Printed in Germany
ISBN 978-3-548-28383-8

1. Kapitel

Die wummernden Beats setzten sich in ihrem Unterleib fest. Sie schob sich durch die Menge und schaute sich suchend um.

Ein Mann stellte sich ihr in den Weg. »Hallo, du Schönheit«, glaubte sie ihn brüllen zu hören, aber bei dem Lärm konnte er genauso gut geschrien haben: »Hau ab, du Scheusal!«

Sie schüttelte den Kopf, schlüpfte unter seinem Arm durch, der sich um ihre Schulter legen wollte.

Sie lief weiter, wartete geduldig, bis ein paar Tanzende von der Tanzfläche getorkelt waren, ehe sie weitergehen konnte.

Eine Hand schloss sich um ihren Oberarm. Jemand riss sie herum. Jetzt wurde sie tatsächlich an die Brust des Kerls gedrückt. Doch es fühlte sich angenehm an. Er roch gut (wenn man vom Alkohol absah), und seine Hände waren für den Alkoholpegel, den Marie bei ihm vermutete, recht geschickt. Schon hatte er sie unter ihr Top geschoben, sie fuhren heiß und klebrig über ihre Hüften und ihren Bauch.

Mit einem Ruck machte sie sich von ihm los. Weil sie sich anders nicht zu helfen wusste, versetzte Marie ihm einen kräftigen Schubs. Kaum jemand bemerkte, wie der Mann strauchelte und nach hinten stürzte. Einige Partygänger bekamen einen Stoß, schauten sich verwundert um und sahen ihn am Boden liegen. Einige lachten, einer half ihm auf.

Marie drehte sich um und floh.

Wo waren bloß ihre Freundinnen? Mit Sonja, Isabel und den anderen wäre ihr das sicher nicht passiert, aber sie war zu spät gekommen, weil sie, kurz bevor sie das Haus hatte verlassen wollen, noch einen Anruf entgegengenommen hatte.

Davon wollte sie den anderen unbedingt erzählen. Wenn sie die Mädels fand.

Weil sie es leid war, sich durch die Menge zu schieben, kämpfte Marie sich zum Rand der Tanzfläche durch. Sie spürte die zuckenden Leiber neben sich, sah die schlanken Frauen, die muskelbepackten Männer und spürte, wie der Beat sie erfasste. Am anderen Ende des Raums – in diesem Moment hätte es genauso gut am anderen Ende der Welt sein können – erstreckte sich die blau beleuchtete Bar, hinter der die Barkeeper wirbelten und die Wünsche der Gäste effizient zu erfüllen wussten. Da dort der Ansturm an einem Freitagabend irgendwann überhandnahm, hatten die Betreiber auch auf dieser Seite eine kleinere, rot angestrahlte Bar aufgebaut, an der fast gar kein Betrieb herrschte. Marie stellte sich an und bestellte erst mal einen Wodka auf Eis.

Sie wollte Champagner trinken! Das hatte sie sich nämlich verdient.

Zugleich steckte ihr immer noch der Schreck in den Gliedern. Sicher hatte der Typ vorhin nichts Böses gewollt, aber er hatte definitiv etwas *gewollt*, sie hatte dieses Blitzen in seinen Augen gesehen. Er hatte diesen Blick, von dem Sonja immer behauptete, er sei typisch für Maries Männer, die sich von ihrer ungekünstelten Unschuld angezogen fühlten. Sie schluckte. Süß war er ja schon gewesen, irgendwie ... Aber nein, wieso sollte sie sich mit einem betrunkenen Discogänger in eine dunkle Ecke verdrücken? Seine Berührungen hatten eine sehr deutliche Sprache gesprochen, es war ihm unmissverständlich nur darum gegangen, eine heiße Frau abzuschleppen.

Und wann hatte sie das letzte Mal die Berührungen eines Mannes genossen?

Das ist viel zu lange her.

Gut, sie hatte Dave. Aber er berührte sie bloß, ohne etwas tief in ihr zu rühren.

Vielleicht sollte sie es einfach drauf ankommen lassen.

Sie lehnte sich mit dem Rücken gegen die rote Bar und schaute sich um. Fünf Meter weiter hatte sich eine Wand aus Menschen gebildet, und dahinter sah sie die im Strobolicht zuckenden Leiber der Tanzenden. Niemand schaute in ihre Richtung. Sie nahm einen Schluck Wodka, kippte ihn gleich ganz runter und drehte sich wieder zur Bar um, weil sie den nächsten ordern wollte.

»Darf ich?«

Er tauchte aus dem Nichts auf, winkte den Barmann für sie heran, der gerade mit zwei Mädchen flirtete, von denen Marie nicht sicher war, ob sie überhaupt schon das Mindestalter für diesen Schuppen überschritten hatten. Sie warf dem Fremden einen knappen Seitenblick zu; er grinste zufrieden.

Sie fand, er sah gut aus: groß, bullig – sie mochte Männer, denen man ihre Muskelkraft ansah, weshalb sie sich insgeheim immer mehr von Handwerkern als von Anwälten oder Brokern angezogen fühlte. Seine Augen musterten sie neugierig. Das dunkle Haar fiel ihm in die Stirn. Er trug Jeans und ein schwarzes Hemd, das bei jeder Bewegung glitzerte.

Der Barkeeper servierte ihnen wieder Wodka auf Eis, und sie sah, wie ihr Begleiter dem Mann einen Zwanziger zusteckte. Dann wandte er sich ihr zu. Die Musik wurde immer lauter, und Marie zog den Kopf zwischen die Schultern. Sie mochte keinen Lärm. Was für eine doofe Idee, dann in die Disco zu gehen …

Ihr Begleiter nahm plötzlich ihre Hand. Sie erwartete, er würde sie an sich ziehen oder sie irgendwo hinführen, aber seine Finger streichelten lediglich die Innenseite ihres Handgelenks. Beinahe wäre Marie in die Knie gegangen – die Berührung war unglaublich intensiv und entfachte in ihrem Körper ein Feuer.

Sie blickte zu ihm auf. Er grinste, trank den Wodka aus und winkte den Barkeeper noch mal zu ihnen herüber. Während der ihm einen neuen Drink servierte, massierte der Fremde weiter Maries Handgelenk. Sie seufzte, ihre Finger krallten sich in sein Hemd.

Das Nächste, woran sie sich erinnerte, war, wie er sie in eine Ecke drängte. Sie wusste nicht, was in der Zwischenzeit passiert war, ob sie viel Wodka getrunken hatte oder nicht. Sie wusste nur, dass sie nicht mehr vor der Bar stand, sondern ein Stück weiter rechts an der seitlichen Umfriedung, wo zwei Kühlschränke den Blick des Barkeepers auf sie versperrten. In der Ecke war es dunkel; sie spürte noch immer seine Finger, die sich langsam an ihrem Handgelenk nach oben schoben. Auf ihrer nackten Haut spürte sie eine Gänsehaut. Das Kribbeln setzte sich in ihrem Körper fort, und sie fühlte ein drängendes Pochen zwischen ihren Schenkeln, das sich mit jeder Berührung verstärkte.

Das ist doch verrückt! Ich kann keinen Orgasmus kriegen, bloß weil der Typ mein Handgelenk streichelt!

Aber es war lange her, seit jemand sie zuletzt so berührt hatte. Mit Dave …

Sie sollte aufhören, ständig an ihn zu denken.

Jetzt beugte er sich über sie. Sein Atem schmeckte süß, aber seine Lippen berührten ihre nur für einen winzigen Moment, ehe sie über ihr Kinn zum Hals wanderten. Er leckte die winzige Kuhle unterhalb ihrer Kehle, und Marie sank beinahe gegen ihren Willen nach unten.

Er zog sie wieder hoch, dann drückte er sie gegen die Wand. Sie spürte seine Hand in ihrem Haar, er drückte sie nieder, und wäre sie nicht so unglaublich geil gewesen, hätte sie ihn jetzt von sich gestoßen, denn sie war keine Frau, die einem Wildfremden in einer dunklen Discoecke den Schwanz lutschte.

Sie sank vor ihm nieder, folgte seinen Händen, die genau zu wissen schienen, was er wollte. Was *sie* brauchte. Seine Hand hielt ihre, drückte sie auf seinen Schritt, damit sie seinen harten Schwengel darunter spüren konnte. Marie seufzte. Sie beugte sich vor, ihre Hände fummelten ungeschickt an seinem Gürtel herum, er half ihr. Sie leckte sich über die Lippen.

Sein Penis schnellte vor. Sie nahm ihn ohne Zögern in die Hand. *Was ist bloß mit mir los?*, fragte sie sich, aber dieser letzte Rest Verstand verflüchtigte sich im nächsten Augenblick. Ihre Hand fuhr auf und ab, dann beugte sie sich vor, ihre Zunge berührte seine Spitze. Sein salziger Geschmack vermischte sich mit dem Wodkageschmack, der noch in ihrem Mund klebte. Sie seufzte, nahm seine Penisspitze tief in sich auf und erkundete seinen salzigen, sauberen Geschmack. Seine Hände krallten sich in ihre Haare. Er drängte sie nicht, er drückte ihren Kopf nicht auf ihn nieder, dennoch spürte sie, wie sehr es ihn danach verlangte, sich ganz in sie zu rammen.

Marie blickte zu ihm auf.

Sein Lächeln gab den Ausschlag. Hätte er sie anders angesehen oder den Blick stumpf auf die Wand vor sich gerichtet, dann hätte sie vielleicht anders gehandelt. Aber so fühlte sie sich von ihm nicht bedrängt und konnte einfach nicht anders: Sie begann, ihn tiefer in ihren Mund aufzunehmen.

In diesem Moment spürte sie, wie ihre eigene Nässe ihr Höschen flutete. Sie schloss verzückt die Augen, schob sich auf ihn und nahm ihn so tief in sich auf, wie sie konnte. Ihre Lippen berührten sein Schamhaar, mit einer Hand massierte sie seine Hoden.

Er war riesig. Sie kämpfte kurz gegen den Würgereflex

an, aber dann entspannte sich etwas in ihr, und er glitt mühelos in ihrer Kehle auf und ab. Seine Stöße waren behutsam. Sie krallte sich mit einer Hand in sein Hinterteil, zog ihn an sich, wollte ihn ganz und gar spüren. Das Prickeln in seinem Schwanz kitzelte auf ihren Lippen, und sie blickte ein letztes Mal zu ihm auf.

Er ließ sie nicht aus den Augen.

Als er kam, wurde er einen kleinen Moment riesig in ihrem Mund. Sanft zog er sich in ihr zurück, seine Schwanzspitze lag auf ihrer Zunge, als er sie mit seinem Samen flutete. Sie schluckte ihn, ihre Zunge umkreiste seine Spitze. Enttäuscht seufzte sie, als er aus ihrem Mund herausglitt.

Er hatte die Hose schnell geschlossen, und im nächsten Moment zog er sie hoch und barg ihren Kopf an seiner Schulter, ehe er sich über sie beugte und sie küsste.

Sie schmiegte sich an ihn. Jetzt hatte sie Durst, zugleich wollte sie nicht, dass sein Geschmack sich verflüchtigte. Sie blickte zu ihm auf, er küsste sie und strich ihre Haare beiseite, ehe sich sein Mund dicht an ihr Ohr legte.

»Bist du häufiger hier?«, rief er über den Lärm hinweg.

Sie nickte stumm. Sie hätte gern seinen Namen gewusst. Sie wollte mehr von ihm.

Er nickte, griff in seine Hosentasche und zog eine Visitenkarte hervor, gerade so, als hätte er ihre Gedanken gelesen. »Meld dich mal, ich geb' demnächst eine Party«, brüllte er über das Wummern hinweg. Er küsste sie ein letztes Mal, seine Zunge erkundete ihre, dann drückte er ihr noch etwas in die Hand, nickte nachdrücklich und verschwand in der Menge.

Sie starrte auf ihre Hand. Die Visitenkarte war auf schwarzem Grund weiß bedruckt, aber das war es nicht, was sie entsetzte.

Er hatte ihr zwei Fünfziger in die Hand gedrückt.

2. Kapitel

Ihr erster Impuls war, hinter ihm herzulaufen und ihm die Geldscheine ins Gesicht zu schleudern. Aber sie zögerte zu lange, und als sie sich auf die Suche nach ihm machte, war er verschwunden.

Blieb ihr nur noch seine Visitenkarte. Aber das traute sie sich nicht, einfach bei ihm aufzukreuzen und ihn zur Rede zu stellen.

Sie fühlte sich merkwürdig. Das Beste, befand sie, war, wenn sie sich erst mal was zu trinken besorgte.

Als sie an der roten Bar stand und wartete, tippte ihr jemand auf die Schulter. Marie fuhr herum. Aber es waren nur Sonja, Isabel und Katharina, mit denen Marie ursprünglich hier verabredet gewesen war.

»Hier bist du!«, brüllte Sonja. Sie beugte sich vor und rief Marie etwas ins Ohr, das sie nicht verstand, nur so viel, dass die drei wohl die Lokalität wechseln wollten, weil es Katharina zu laut war.

Das war Marie nur recht. Sie nickte, und gemeinsam kämpften sie sich zum Ausgang vor. Draußen warteten hinter einer Absperrung geduldig wie Schafe jene, die man bisher wegen Überfüllung nicht eingelassen hatte. Einige Männer pfiffen ihnen nach, was Sonja – die Souveränste von ihnen – mit einem fröhlichen Lachen quittierte. Sie fuhr sich mit einer Hand durch ihre roten Locken und wackelte mit dem Hintern. Einfach hinreißend. Marie trottete hinter den anderen her.

Neben Sonja, Isabel und auch Katharina fühlte sie sich immer blass und unscheinbar.

Sonja übernahm das Kommando. Sie winkte ein Taxi heran, nannte dem Taxifahrer eine Adresse und setzte sich auf den Beifahrersitz. Während der Fahrt unterhielt sie sich angeregt mit dem Mann, während Marie zwischen Katharina und Isabel eingeklemmt saß, die laut plapperten.

Sie hatten sich heute verabredet, um Katharinas Verlobung zu feiern. Jede ihrer Freundinnen hatte inzwischen einen Mann an ihrer Seite, der sie glücklich machte. Sie hatte nur zwei knisternde Fünfziger in ihrer schweißnassen Hand.

Plötzlich fand Marie das Leben schrecklich ungerecht.

Hätte sie gewusst, dass der Fremde sie für eine Edelnutte hielt, wäre sie nicht auf seine Einladung eingegangen.

Sie gingen in einen Club, in dem es nicht so laut war. Er glich eher einer Lounge, das Licht war gedämpft, es herrschte beinahe Stille. Die Musik umfloss und umschmeichelte die Frauen, als sie sich in die Polster sinken ließen. Sonja bestellte Champagner für alle, und dann wandte sie sich an Marie.

»Also, was ist los?«

»Was soll los sein?«

»Du bist zu spät gekommen. Und die Marie, die *ich* kenne, kommt nie zu spät.«

Sie lächelte. Ja, das stimmte. Eigentlich legte sie viel Wert auf Pünktlichkeit. Und jetzt fiel ihr auch wieder ein, weshalb sie zu spät gekommen war …

»Ich habe einen neuen Job angeboten bekommen.«

»Ah«, machte Sonja. Sie schien zu warten, dass Marie weitersprach.

»Ein Kunde, der sich in Hamburg ein Apartment einrichten lassen möchte. Ein richtig großer Auftrag mit einem fast unbegrenzten Budget.« Sie lehnte sich zufrieden zurück. Jetzt war sie wieder in ihrem Element, das hier war ihr Thema. Die Erinnerung an den Fremden verblasste.

»Klingt gut.«

»Aber genug von mir. Wir wollen schließlich Kat feiern, oder nicht?«

»Ach, da gibt's nichts zu feiern.« Katharina winkte müde ab. »Wir sind seit dreieinhalb Jahren zusammen, so besonders ist eine Verlobung nicht.«

»Doch!«, widersprach Marie heftig. Sie beugte sich vor, damit Isabel ihr nachschenken konnte. »Schau mich an – seit einer halben Ewigkeit bin ich immer mal wieder mit Dave zusammen. Oder auch nicht«, fügte sie hinzu.

»Wie ist der Status im Moment?«, fragte Isabel.

»Eher ›oder auch nicht‹«, gab Marie zu. »Wir treffen uns, wir haben Sex. Fühlt sich nicht besonders exklusiv an. Und wir kennen doch Dave.« Die anderen nickten mitfühlend. Natürlich kannten sie Dave, weil Marie sich seit Jahren regelmäßig entweder über ihn beklagte – weil er sich nicht binden wollte – oder gerade wieder im schwärmerischen Sexhimmel angelangt war.

Im Moment aber fand er wohl genug andere Frauen, weshalb Marie bei ihm im Grunde abgemeldet war.

Und nur deshalb hatte sie sich auf diese Nummer im Club eingelassen! Verdammt, wenn sie sich nicht von Dave im Stich gelassen fühlen würde, hätte dieser Mistkerl doch keine Chance bei ihr gehabt!

Plötzlich brach alles Elend aus ihr hervor. Sie musste die Champagnerflöte beiseitestellen, weil sie vor Wut zitterte. Tränen schossen ihr in die Augen, und sie heulte so heftig, dass es nur noch peinlich war. Sonja nahm sie sofort in den Arm, Isabel brachte ihre Champagnerflöte in Sicherheit, und Katharina streichelte mitfühlend ihren Oberschenkel. Ihre Freundinnen schwiegen und warteten einfach ab, bis Marie sich beruhigt hatte.

Sie erzählte schluchzend, was sich zugetragen hatte.

Von ihrem Streit mit Dave, vom Anruf des Kunden, von diesem Wechselbad der Gefühle. Wie sie die anderen im Club gesucht, sich an die Bar gestellt und der Fremde sie angesprochen hatte. Wie sie erst einen Wodka getrunken und er sie dann in der Ecke …

Ihre Stimme versagte.

»Ach, Süße!« Sonja umarmte sie.

»Das ist ja nicht das Schlimmste«, gab Marie düster zu. Sie zog die beiden Fünfziger aus ihrer Clutch, die inzwischen vollkommen zerknittert waren und ziemlich ramponiert aussahen.

»Er hat dich dafür bezahlt?« Katharina starrte sie bestürzt an. Marie nickte leicht.

In Isabels Gesicht zuckte etwas, und auch Sonja wandte rasch das Gesicht ab.

»Ihr lacht mich aus!« Marie war gekränkt.

»Oh Gott, bloß nicht, Liebes!« Sonja war die Erste, die sich wieder im Griff hatte. »Ich muss nur lachen, weil … weil …«

»Siehst du!« Marie griff nach ihrer Champagnerflöte und kippte den gesamten Inhalt auf einmal herunter. Es prickelte in der Nase.

»Ich hab gedacht, er wäre an mir interessiert, dabei ging's ihm nur um den Sex.«

»Dir denn nicht?«, fragte Sonja herausfordernd.

»Lass sie.« Isabel sprach ganz ruhig. »Ich kann verstehen, dass es sie verletzt, wenn da so ein Kerl kommt und ihr nach einem Blowjob hundert Euro in die Hand drückt.«

»Und seine Visitenkarte!«, fügte Marie empört hinzu. Sie kramte in der Clutch und hielt das Kärtchen hoch. »Ich solle mal vorbeikommen, hat er gesagt!« Sie schnaubte erbost. Inzwischen entfaltete der Alkohol langsam seine beruhigende Wirkung. Nicht mehr lange, dann konnte sie über diese Episode auch lachen.

»Vielleicht hat er einfach geglaubt, eine so tolle Frau wie du muss eine Hure sein, wenn sie sich auf ihn einlässt«, schlug Isabel vor.

»War er sehr hässlich?«, fragte Katharina mitfühlend.

»Ach was, er sah toll aus!« Marie schniefte. Sie sah bestimmt schrecklich aus, verheult und wütend, wie sie war.

»Umso besser«, fand Isabel. »Mach dir nichts draus. Manche Männer wissen einfach nicht, was sich gehört.«

»Doch, ich mach mir was draus! Ihr wisst genau, womit ich mir mein Studium finanziert habe. Und ... Ich hab mir geschworen, so was nie mehr mit mir machen zu lassen.«

Darauf wusste keine ihrer Freundinnen etwas zu sagen.

Marie schniefte.

Die Stimmung war verdorben. Sie wollte nur noch nach Hause, wollte Dave anrufen und sich bei ihm entschuldigen, weil sie einen Streit vom Zaun gebrochen hatte. Sie sehnte sich danach, in seinen Armen einzuschlafen und zu vergessen, was heute Abend passiert war.

Aber das brachte ein neues Problem mit sich. Denn wenn man es genau nahm, war sie ihm untreu gewesen. Und Marie nahm es – im Gegensatz zu Dave – immer sehr genau.

***

Manchmal nahm Marie es einfach *zu* genau, fand Dave. Mit der Treue zum Beispiel – er war doch kein Heiliger! Warum glaubte sie, ihn ändern zu können?

Es war Freitagnacht, er hatte die ganze Woche hart gearbeitet und sich etwas Ablenkung verdient. Marie war mit ihren Freundinnen unterwegs, das brauchte er sich nicht geben. Außerdem war er sicher, dass die vier Frauen ihn nicht dabeihaben wollten. Seine Kumpel waren allesamt inzwischen auch wahre Spielverderber, winkten ab, luden ihn sonntags zum Mittagessen ein und erzählten von ihren Kindern, wenn Dave mit ihnen auf die Piste gehen wollte.

Also ging er allein.

Er kannte sein Revier. Hier überraschte ihn nur wenig, die meisten Frauen waren ihm schon mal begegnet, und mit vielen hatte er mehr geteilt als nur ein, zwei Drinks. Er bewegte sich mit den geschmeidigen Bewegungen eines Raubtiers, das auf die Jagd ging.

An der Bar kannte man ihn. Wortlos schob ihm ein Barkeeper einen Wodka rüber, den er mit einem Nicken nahm. Bezahlen konnte er später oder beim nächsten Mal, man vertraute ihm.

Er beobachtete. Wenn er sich sofort ins Getümmel stürzte, könnte er schließlich etwas verpassen. Die eine übersehen, die ihm die Nacht versüßen konnte, die eine, die mit ihm nach Hause gehen oder ihn mit zu sich nehmen würde – was ihm übrigens lieber war, weil er sich dann in aller Frühe fortschleichen konnte.

Er wartete.

Seine Geduld wurde belohnt. Gerade drehte er sich wieder zur Bar um und bestellte mit einem leichten Heben der Hand den zweiten Wodka, als sie sich neben ihn schob. Sie sah ihn nicht an, ihre Fingernägel spielten auf der Glasoberfläche der Theke einen betörenden Rhythmus, den er der Musik zum Trotz zu hören glaubte.

Sie sah ihn nicht an.

Er schob sich etwas näher, und sie rückte von ihm ab. Nicht so, als hätte sie ihn bemerkt und wollte einfach nichts mit ihm zu tun haben, sondern eher unbewusst. Wie man den Kopf etwas zur Seite legt, weil eine Fliege einen umschwirrt.

Er versuchte es noch mal, just in dem Augenblick, als der Barkeeper ihr den Drink hinstellte, obwohl Dave zuerst an der Reihe gewesen wäre.

Er wurde nie übergangen.

Sie nickte dem Barkeeper zu und wandte sich ab, ohne ihn eines Blicks zu würdigen. Dave schnappte sein Wodkaglas und folgte ihr, als sie wieder in der Menge untertauchen wollte.

Sie hatte raspelkurze, knallrot gefärbte Haare. Ihre Augen – warum hatte sie ihn nicht angesehen? Er wüsste gerne, welche Farbe ihre Augen hatten.

Obwohl das gerade zweitrangig war. Ihm gefiel, wie sie sich bewegte. Wie sie die Hüften wiegte. Mit dem Hintern wackelte. Schlank, aber an den richtigen Stellen gerundet, wie er's mochte. Nicht so ein dünner Typ wie Marie.

Sie trug eine dünne schwarze Lederhose, dazu ein silbriges, rückenfreies Top mit einem fließenden Ausschnitt und Neckholder. Er beeilte sich, damit er sie im Gedränge nicht aus den Augen verlor.

»Dave.«

Eine Hand packte sein Handgelenk. Er fuhr herum.

»Ihr schon wieder«, krächzte er.

»Hast du jemand anderes erwartet?« Sam lachte glockenhell. Sie legte die Hand auf seine Schulter. Ihr Parfüm stieg ihm in die Nase. Er mochte es, wenn Frauen ihren natürlichen Duft kaschierten. Ihn interessierte nicht, wie sie rochen. Wenn er mit ihnen heimging, interessierte ihn nur, wie sie sich anfühlten. Der natürliche Duft der Frauen war ihm verhasst, keine roch angenehm.

Neben Sam – die so düster und geheimnisvoll war wie eh und je – stand Elisa. Sie legte den Arm um Sam, ihr Gesicht näherte sich dem Ohr ihrer Freundin, doch statt ihr etwas zuzuflüstern, leckte sie über Sams Ohrmuschel. Und blickte ihn dabei aus dem Augenwinkel an.

»Wir haben dich vermisst.«

»Ich hatte zu tun.«

Sam verzog den Mund. »Immer bist du so beschäftigt!«, maulte sie. »Wieso können wir nicht einfach ein bisschen Spaß haben?«

»Ein anderes Mal.« Er schob sich zwischen den Freundinnen durch, weil er in einer Ecke des Raums glaubte, die schöne Fremde gesehen zu haben. Sam und Elisa schrien ihm etwas nach, aber er hörte sie nicht. Wollte sie nicht hören.

Jetzt hatte er nur noch Augen für *sie*.

»Du hast lange gebraucht.« Mit diesen Worten begrüßte sie ihn. Lässig an die Wand gelehnt, beobachtete sie ihn, während sie an ihrem Drink nippte.

Er trat ganz nah an sie heran.

Kein Parfüm.

Schade, dachte er.

»Das wird wohl nichts mit uns«, sagte er laut.

Sie legte den Kopf schief, als müsste sie über seine Worte nachdenken. Dann stieß sie sich von der Wand ab. Ihr Körper drückte sich gegen seinen, und verdammt, natürlich reagierte sein Körper auf sie. Er glaubte sogar, die Hitze zu spüren, die sich pochend in ihrer Leibesmitte ballte.

Ihre Lippen waren an seinem Hals. Ihre Nase drängte sich gegen ihn, sie schnüffelte. Wie ein Tier, das ihn witterte.

»Bist du sicher?«, flüsterte sie. »Oder willst du dir das nur einreden, weil es so viel bequemer ist, sich von einer Liebschaft zur nächsten treiben zu lassen?« Sie knabberte an seinem Ohrläppchen. »Du wirst dich schon entscheiden müssen.«

Er grinste. »So eine bist du also.«

Ihr Lächeln war rätselhaft. »Ich bin weder eine Frau für eine Nacht, noch habe ich ein Interesse daran, dass du am nächsten Morgen verschwindest, ohne dass ich es merke.«

»Schade«, sagte er abwesend. Ihre Brüste drückten sich gegen seine Brust, und sie fuhr mit einer Hand durch sein Haar. Er wusste nicht, wohin mit seinem Wodkaglas. Fast hätte er es fallen gelassen, nur um endlich mit beiden Händen ihren Körper erkunden zu können. »Wohin sollen wir dann gehen?«

Sie lachte ihm leise ins Ohr. »Jetzt schlägst du mir bestimmt ein Hotelzimmer vor. Oder du hast eine schicke, kleine Zweitwohnung, in die du manchmal Mädchen mitnimmst. Genau so siehst du aus.«

Er fühlte sich ertappt.

Dave hatte tatsächlich ein kleines Apartment, in das er sich zurückzog, wenn er seine Ruhe haben wollte. Mit Marie wohnte er zwar nicht zusammen, aber sie war eben sehr oft bei ihm, und manchmal, wenn es ihm zu viel wurde, schob er einen eiligen Geschäftstermin vor, fuhr dann im Taxi aber nicht zum Flughafen, sondern ans andere Ende der Stadt. Die Wohnung erinnerte ihn an die verwanzte Studentenbude, in der er viel zu viel Zeit seines Lebens damit verplempert hatte, nichts zu tun, ehe er vor acht Jahren sein überaus erfolgreiches Internetunternehmen gegründet hatte.

»Nimm mich mit«, wisperte sie ihm ins Ohr. »Du wirst es nicht bereuen …«

Was soll's?, dachte er. Natürlich konnte er sie mitnehmen, und wenn er wollte, sogar in seine eigene Wohnung. Marie wollte heute Nacht bestimmt nicht bei ihm übernachten. Nicht nach diesem heftigen Streit. Von der Seite drohte also keine Gefahr. Und wenn diese verführerische Fremde sich morgen als lästig erwies, hatte er Mittel und Wege, sie loszuwerden.

Schon allein deswegen war seine lauwarme Beziehung mit Marie nützlich.

Er packte ihren Unterarm. Sie zischte, protestierte aber nicht, dass er sie so hart anpackte. Dave bahnte ihnen einen Weg zum Ausgang.

***

Bree sank neben Dave auf die Rückbank des Taxis. Er nannte dem Taxifahrer seine Privatadresse. Sie lächelte zufrieden.

Na also. Es geht doch, wenn Frau weiß, was der Mann will.

Ob Dave sich noch an seine Assistentin Britta erinnerte, die bis vor drei Jahren bei ihm gearbeitet hatte? Vielleicht. Aber wenn er an sie dachte, hatte er vermutlich ein pummeliges kleines Blondchen vor seinem geistigen Auge, das eine Brille trug und ihn Tag für Tag hoffnungslos verliebt anhimmelte.

Jene junge Frau gehörte der Vergangenheit an. Sie hatte der neuen Bree Platz machen müssen, die in den letzten zwölf Monaten erwacht war.

Bree gefiel sich. Deshalb und weil sie Dave nie hatte vergessen können, hatte sie sich auf die Suche nach ihm gemacht. Sie kannte all seine Tricks, war mit seiner Taktik vertraut, wie er die Frauen loswurde. Und sie wollte sich nicht nur auf sein Spiel einlassen, nein. Sie würde ihm beweisen, dass er in ihr eine Meisterin gefunden hatte.

Sie ließ es sich gefallen, dass Dave seine Hand auf ihr Hosenbein legte. Er schob sie aufreizend langsam höher, bis sie sie einfach nahm und seine Handfläche gegen ihre Scham drückte. Sie lächelte ihn an, und auch er lächelte.

Er schien … überrascht.

»Ich kann es kaum erwarten«, flüsterte er.

Sie lachte.

Es war so einfach! Ein paar Kilo abspecken, sich in hautenge Klamotten zwängen und ein kleines Vermögen beim Friseur lassen – schon saß sie neben Dave im Taxi, das sie durch die Hamburger Nacht in seine Wohnung fuhr.

Aber sie wollte sich nicht mit dieser einen Nacht zufriedengeben. Sie wollte mehr.

Seine Finger massierten sie durch die Hose. Bree stöhnte. Sie spürte ihre eigene Nässe, und im Stillen spornte sie den Taxifahrer an, er solle sich beeilen. Aber so oft, wie er in den Rückspiegel schaute, schien er das, was gerade auf der Rückbank seines Wagens abging, zu genießen.

Sie beobachtete ihn aus halbgeschlossenen Augen. Stellte sich vor, wie Dave begann, sie auszuziehen, während sie noch im Taxi saßen. Wie er sie berührte, ihre Schamlippen spreizte und wie sie ihn mit kreisenden Hüften ermutigte weiterzumachen. Sie musste lächeln, weil in ihrer Phantasie der Taxifahrer den Rückspiegel neu einstellte, um besser sehen zu können, was Dave mit ihr machte.

Als Daves Hände unter ihr Top wandern wollten, hielt sie ihn fest. »Nicht«, flüsterte sie, beugte sich zu ihm herüber und fügte hinzu: »Ich will, dass du mich erst in deiner Wohnung ausziehst. Meine nackte Haut berührst.« Sie schloss die Augen, sog seinen Duft tief ein und fügte dann hinzu, so rasch, dass sich die Worte in ihrem Mund überschlugen: »Ich will von dir in den Arsch gefickt werden.«

Weil sie wusste, wie sehr ihm das gefiel.

Sie erinnerte sich gut daran, wie er sich bei ihr immer beklagt hatte, weil seine Bettgefährtinnen für diese Spielart nichts übrighatten. Sie wusste, was er wollte – als seine Assistentin war es oft genug ihre Aufgabe gewesen, die Utensilien für seine nächtlichen Ausschweifungen zu besorgen.

Auch diesen Vorteil wollte sie für sich nutzen.

Dave schob sie ein Stückchen von sich weg. Er runzelte die Stirn. »Ich weiß nicht«, meinte er bloß.

»Wir machen, was du willst.«

Er küsste sie. Bree schloss verzückt die Augen. Seine Zunge umschmeichelte ihre, seine Hände umschlossen ihre Hüften. Sie stöhnte in seinen Mund. Er grinste zufrieden.

Just in diesem Moment hielt das Taxi vor seinem Wohnhaus. Er warf einen Fünfziger auf den Beifahrersitz und zog Bree an der Hand aus dem Wagen. Schnell liefen sie die Stufen zum Eingang hoch. Er nickte dem Portier in seiner Loge nur kurz zu, dann verschwanden sie im Fahrstuhl, der sie direkt in den neunten Stock trug.

Bree lehnte sich gegen die verspiegelte Wand. Sie zog das Top hoch, unter dem sie nackt war.

Daves Blick ruhte auf ihren Brüsten.

Sie hatte gewusst, dass sie ihm gefallen würden.

»Darf ich?« Seine Stimme klang heiser.

Sie ermutigte ihn mit einem leisen Wiegen der Hüften. Die Kette, die an den Nippelpiercings zwischen ihren Brüsten baumelte, klimperte leise.

Zuerst fuhr er über ihren Bauch hinauf zu den Brüsten. Erkundete ihre Rundungen (die – da war sie eitel – einfach perfekt waren), ehe seine Finger die Nippel erreichten. Er kniff sie vorsichtig. Bree sog überrascht die Luft ein. Die Empfindungen, die sie erfasst hatten, waren heftiger als erwartet.

Er machte weiter. Sanft zog er an der Kette, die sich zwischen den Brüsten spannte. Fragend blickte er sie an.

»Nur zu«, flüsterte sie. »Es kann nichts passieren.«

An dieser Kette hatte sich schon so mancher Mann versucht. Bisher war es keinem gelungen, die Ringe aus ihren Nippeln zu reißen. Obwohl es einige gegeben hatte, die nur wenig unversucht gelassen hatten.

Dave drängte sie gegen die Spiegelwand. Brees Hintern

drückte dagegen, und sie spürte, wie in ihrem Arschloch der Analplug tiefer hineingedrückt wurde. Es tat weh. Aber sie genoss den leisen Schmerz, weil sie wusste, dass er sie auf viel größere Schmerzen vorbereitete.

»Komm.« Sie nahm seine Hand und führte ihn zur Tür seiner Wohnung.

* * *

Er wunderte sich nicht. Sie kannte sich aus, als ob sie schon mal hier gewesen war, zusammen mit ihm. Das konnte eigentlich nicht sein, aber andererseits: Er konnte sich doch nicht an jedes Mädel erinnern, das er irgendwann mal gevögelt hatte, und manche nahm er ja mit in die Wohnung, wenn Marie nicht in der Stadt war zum Beispiel und wenn er am nächsten Tag arbeiten musste (was ihm die perfekte Entschuldigung lieferte, die Frauen frühmorgens vor die Tür zu setzen).

Er folgte ihr in seine Wohnung. Sie hatte seine Hand genommen, das merkte er jetzt, als sie ihn ins Schlafzimmer zog. Sie schaltete das Licht ein, schob ihn aufs Bett und begann, sich auszuziehen.

Er stützte sich auf die Ellbogen und beobachtete sie interessiert. Etwas an ihr kam ihr tatsächlich bekannt vor, aber … Nein, er kam nicht drauf.

Sie streifte das Top ab und warf es in die Ecke. Die Hose folgte ebenso schnell wie die Schuhe. Jetzt trug sie nur noch ihre halterlosen Strümpfe, den schwarzen Seidenslip und … Die Kette zwischen ihren großen, festen Brüsten erregte sofort wieder seine Neugier.

Sie kam zu ihm aufs Bett. Kniete über seinem Schoß und küsste ihn, während Dave die Hand hob und über ihre Brust streichelte.

»Ich hab eine Überraschung für dich«, flüsterte sie, packte seine Hand – erstaunlich, wie viel Kraft in ihren

Fingern steckte – und führte sie zu ihrem Hintern. Sie schob seine Hand unter das Höschen, seine Finger ertasteten etwas. Er runzelte die Stirn.

»Ein Analplug«, hauchte sie. »Und fühlst du das?« Sie führte seine Finger weiter.

»Was ist das?«

»Wonach fühlt es sich denn an?«

Er zögerte. Seine Finger arbeiteten sich weiter vor, über die kleine Erhebung hinweg. Er erreichte ihre Spalte, die triefnass war. Mit einem nassen Finger fuhr er wieder zurück. Sie stöhnte leise und krallte sich in seine Schultern. »Ein Schalter?«

Er drückte ihn einfach. Sofort begann der Analvibrator, in ihrem kleinen, engen Arschloch zu vibrieren. Sie stöhnte auf. Seine Finger wanderten wieder nach vorne und wurden in ihrem Saft geradezu gebadet.

Er war inzwischen steinhart. Sie schob sich von ihm herunter, zog ihr Höschen aus (und schenkte ihm einen Blick auf ihre hübsche Kehrseite und den Analvibrator, der zwischen ihren Arschbacken hervorragte, ehe sie sich wieder zu ihm aufs Bett gesellte). Seine Finger spielten mit der Kette, während sie sich an seiner Hose zu schaffen machte. Er beobachtete fasziniert, wie sie nacheinander die Knöpfe öffnete, die Hose herunterschob und ihn dann sofort in den Mund nahm, gerade so, als hätte sie den ganzen Abend auf nichts anderes gewartet.

Die meisten Frauen waren mit seiner Größe überfordert. Marie bildete da keine Ausnahme. Aber diese hier … Sie zögerte nicht, gerade so, als hätte sie nichts anderes erwartet.

Sie musste immer wieder innehalten, weil der Analvibrator sie mit Wellen der Lust überschwemmte.

»Dreh dich um«, befahl Dave ihr.

Sie gehorchte.

So eine bist du also, dachte er zufrieden. Eine, die

sich mir hemmungslos hingibt und meinen Befehlen gehorcht.

Sie kniete jetzt über ihm, er lag ausgestreckt auf der Matratze. Während sie seinen Schwanz mit dem Mund verwöhnte, hob er die Hände und spreizte ihre Schamlippen. Sie glänzte nass. Er fuhr mit einem Zeigefinger durch die Spalte, drückte ihn tief in sie hinein. Ihr ganzer Unterleib schien von den Vibrationen in ihrem Arsch erfasst zu sein.

Und er durfte zu seiner Freude feststellen, dass dieser Analvibrator noch zwei weitere Stufen hatte.

Er drückte den Knopf.

Sie schrie erstickt auf. Seine Hoden zogen sich schmerzhaft zusammen. Lange konnte er sich nicht mehr beherrschen, wenn sie so weitermachte.

Was sie tat. Nach wenigen Augenblicken hatte sie sich an die heftigen Vibrationen offenbar gewöhnt, denn sie nahm wieder diesen unnachgiebigen Rhythmus auf, in dem sie sich auf ihm auf und ab bewegte. Ihr Mund umschloss ihn so fest, dass es fast weh tat. Mit der Hand umspielte sie seine Eier, und er schloss verzückt die Augen.

Ein guter Zeitpunkt, um noch einen Gang höher zu schalten.

Er schob drei Finger auf einmal in ihre enge, zuckende Möse. Sie gab inzwischen nur noch stumpfe, kehlige Laute von sich, wackelte mit dem Arsch, als wollte sie ihn verhöhnen. Was denn, mehr hast du mir nicht zu bieten?

Er bearbeitete ihr zuckendes Fleisch. Die andere Hand lag auf dem Analvibrator, der ein Stück aus ihr herausgerutscht war. Langsam drückte er ihn wieder in sie hinein. Ihre kehligen Laute wurden drängender, ihr Mund bewegte sich noch schneller auf ihm.

»Langsam.« Er versuchte, sie zu bremsen, aber jetzt

schien es für sie nichts anderes mehr zu geben. Ihr Kopf wippte auf und ab, sie hielt ihm den Arsch ins Gesicht, als wollte sie ihn auffordern, ihr noch mehr zu geben.

Das konnte sie gerne haben.

Als er den Schalter ein drittes Mal betätigte, fürchtete er kurz, es würde sie zerreißen. Und ihn mit ihr. Sie verharrte regungslos. Plötzlich war es totenstill im Raum, nur das leise, beständige Surren des Vibrators war zu hören, das sich zu einer neuen, höheren Frequenz hochschraubte.

Sie kam. Er spürte ihre Möse zucken, während sie ihn einfach nur mit dem Mund umschlossen hielt, weil sie sich in diesem Augenblick nicht rühren konnte. Er bewegte die drei Finger in ihr, und sie explodierte.

Nachdem ihr Orgasmus abgeebbt war, begann sie wieder, ihn zu bearbeiten. Es dauerte nicht lange; er hatte schon die ganze Nacht darauf gewartet, in ihren Mund abspritzen zu dürfen, und entlud sich in heftigen Stößen, ehe sie auf ihm zusammenbrach.

Dave drückte den Schalter des Analvibrators ein letztes Mal. Er zog ihn vorsichtig aus ihrem Arsch und ließ ihn einfach auf den Fußboden fallen. Genug. Er brauchte eine kurze Pause, ehe es weiterging.

Mit geschlossenen Augen lag er da und malte sich aus, was er beim nächsten Mal mit ihr tun würde.

Dann war er eingeschlafen.

***

Bree wartete, bis seine tiefen Atemzüge ihr verrieten, dass Dave eingeschlafen war. Dann erhob sie sich vorsichtig, las ihre Kleidungsstücke und den Analvibrator vom Fußboden auf und verließ auf Zehenspitzen sein Schlafzimmer.

Im Flur zog sie sich an. Ein letzter, prüfender Blick in

den Spiegel. Sie hatte Durst und schlich barfuß in die Küche.

Im Kühlschrank gab es alles, was das Herz begehrte. Bree entschied sich für Cola light und trank direkt aus der Flasche. Sie lehnte sich gegen die kühle Marmorarbeitsplatte und atmete tief durch.

Sein Geschmack haftete noch in ihrem Mund. Sein salziger, herrlich aromatischer Geschmack, der mit der süßen Cola ihre Kehle heruntergespült wurde. Sie war zufrieden.

Er würde sie wiedersehen wollen. Wenn er aufwachte, würde er keine Spur von ihr in der Wohnung finden. Nichts, das ihm verriet, dass sie hier gewesen war.

Danach brauchte sie nur noch warten, bis er wieder im Club auftauchte. Sie war sicher, er würde es als Schmach begreifen, danach eingeschlafen zu sein. Das passierte ihm nie, damit hatte er ihr gegenüber immer geprotzt.

Nein, falsch. Damit hatte er *Britta* gegenüber immer geprotzt, wenn sie ihn wegen seiner Liebschaften und dem damit einhergehenden Schlafmangel aufzog, weil er sich die Nächte um die Ohren geschlagen hatte und nie vor zehn im Büro aufgetaucht war.

Bree lächelte zufrieden.

Alles lief nach Plan.

3. Kapitel

Der Gedanke wurde im Laufe des Abends immer unerträglicher, bis Marie es nicht mehr aushielt. Sie verabschiedete sich von ihren Freundinnen, nahm ein Taxi und fuhr zu Dave.

Es hatte keinen Sinn, noch länger zu warten. Lieber brachte sie es schnell hinter sich, obwohl sie sich insgeheim vor Daves Reaktion fürchtete.

Vielleicht lachte er sie aus. Dave hatte einen kranken Humor, und was Treue in ihrer Beziehung anging, würde er ihr vermutlich nur sagen, dass sie machen könne, was sie wolle. Er machte es ja nicht anders.

Was hielt sie bloß bei ihm?

Diese Frage stellte sie sich nicht zum ersten Mal. Es war vermutlich der Sex. Nein, das war nicht richtig. Zu Sex hatte Marie ein Verhältnis, das sie für sich als gesund einstufen würde – sie stand halt nicht auf extreme Spielarten. Dave hingegen wollte oft mehr. Es wäre zu einfach gewesen, die Beziehung auf den rein sexuellen Aspekt zu beschränken. Er war für sie da, wenn sie ihn brauchte. Manchmal.

Und er ließ ihr Freiräume, die sie bei anderen immer vergebens gesucht hatte.

Zu den Freiräumen gehörte ein Schlüssel zu seiner Wohnung, damit sie kommen und gehen konnte, wie es ihr gefiel. Sie fuhr mit dem Fahrstuhl in den neunten Stock und schloss die Tür zu seiner Wohnung auf. Im Flur brannte Licht, ebenso in der Küche und im Wohnbereich.

»Dave?«

Keine Antwort.

Sie schob die Tür hinter sich zu und schlüpfte aus den Sandaletten. Ihre Füße schmerzten vom Tanzen.

Sie ging weiter zum Wohnzimmer, das zur Küche offen war.

Neben dem Kühlschrank stand eine fremde Frau.

»Hallo«, sagte sie.

Marie nickte nur. Also war wieder eine seiner zahlreichen Liebschaften zu Besuch. Sie hätte es sich denken können.

Diese hier passte zu ihm: raspelkurze knallrote Haare, ein freches Grinsen, der Körper einer Göttin. Als sie sich langsam auf Marie zubewegte, wich sie unwillkürlich einen Schritt zurück.

»Wo ist Dave?« Ihre Stimme zitterte.

»Er schläft.« Die Stimme dunkel und verführerisch. Die Fremde wiegte die Hüften. »Ich wollte gerade gehen.«

Sie ging an Marie vorbei. Etwas an ihr machte sie stutzig. Sie war schon an ihr vorbei, als Marie sagte: »Ich kenne dich.«

Die Fremde blieb stehen. »Ich glaube nicht.«

»Doch.« Marie drehte sich um. Sie studierte das schmale Gesicht. »Ich kann mir Gesichter gut merken.«

Ein spöttisches Lächeln umspielte die Lippen der Frau. »Du verwechselst mich mit jemandem.«

Marie schüttelte den Kopf. »Bei ihm sind oft über Nacht andere Frauen, aber …« Dann fiel es ihr ein. »Du bist Britta!«, stellte sie verblüfft fest.

Die Fremde verzog gequält das Gesicht. »Ich heiße jetzt Bree.«

»Wow. Also …«

Sie erinnerte sich gut an Britta. Die aschblonde, etwas pummelige Assistentin, die Dave in den ersten Jahren seiner Selbständigkeit immer wieder den Arsch gerettet hatte, weil er zwar in seinem Fach ein Genie war, aber vom Kaufmännischen keine Ahnung hatte.

Britta, die Dave immer angehimmelt hatte. Die nie eine Chance bei ihm gehabt hatte, weil er sie schlicht übersah.

Es schien, als hätte sie jetzt bekommen, was sie wollte.

Marie musste Bree nicht fragen, was sie hier suchte. Dieses zufriedene Lächeln, dieser ganz besondere Gesichtsausdruck ... Das war ebenso deutlich wie die aufreizende Kleidung und das auffällige Styling.

»Glückwunsch«, sagte Marie müde.

Eine neue Bettgefährtin also. Was tat sie hier überhaupt noch? Wollte sie sich allen Ernstes bei Dave für etwas entschuldigen, was er ständig machte, ohne sich dafür zu rechtfertigen, geschweige denn, sie um Verzeihung zu bitten?

Vielleicht hatte sie es getan, weil sie sich eine Reaktion von ihm erhofft hatte. Er sollte ebenso spüren, wie weh Untreue tat.

Stattdessen aber erkannte sie, dass es ihr nichts mehr ausmachte, wenn er mit anderen rumvögelte. Sie hatte sich von diesem lästigen Gefühl befreit, hatte es sich vielleicht all die Jahre nur eingeredet, weil das einfacher war, als sich einzugestehen, dass sie selbst es war, die für eine Beziehung mit all ihren Konsequenzen nicht bereit war.

»Marie ...« Bree berührte sie am Arm.

»Nein, ist schon gut. Ich bin selbst schuld, dass ich immer noch glaube, irgendwann könnte ich ihn ganz für mich haben. Dave Urban ist kein Mann, der sich an eine Frau bindet. Ich sollte es nur endlich nicht bloß kapieren, sondern auch entsprechend handeln.«

Ihr war zum Heulen zumute.

Bree führte sie zum Sofa. »Ich wusste nicht, dass ihr noch zusammen seid.« Jetzt schien es ihr sichtlich peinlich zu sein, dass sie sich auf Dave eingelassen hatte.

»Ach, das muss dir nicht leidtun. Wenn er dich nicht mitgenommen hätte, dann eine andere. So ist er nun mal. Er lässt sich nicht ändern.«

»Ich hoffe schon …«

Marie musterte Bree überrascht von der Seite. »Du glaubst doch nicht etwa, er ließe sich ändern?«

Sie zuckte mit den Schultern.

»Bree! Ausgerechnet du solltest doch wissen, wie er ist. Er hat sich nie geändert, und er wird sich jetzt nicht um deinetwillen ändern, nur weil ihr eine Nacht miteinander verbracht habt.« Nach einer kurzen Pause fügte sie hinzu: »Obwohl ich sehe, dass *du* dich schon sehr verändert hast.«

Brees Lächeln war rätselhaft, als wüsste sie mehr als Marie. »Wir werden sehen. Aber …« Sie zögerte. »Du bist noch mit ihm zusammen?«

Maries Gedanken rasten.

War sie noch mit Dave zusammen? Ein Teil von ihr schrie »Nein!«, aber das war der Teil, der von seinem erneuten Betrug verletzt war. Oder?

Vielleicht waren es keine Freiräume, die sie einander in den letzten Jahren eingeräumt hatten. Vielleicht war Dave wie all die anderen Männer, die da draußen herumliefen und fremden Frauen in Clubs und Bars zwei Fünfziger in den Ausschnitt steckten, nachdem sie ihnen einen geblasen hatten.

Aber dann musste sie sich einer anderen Wahrheit stellen.

Sie hatte Angst.

Davor, sich dauerhaft an einen Mann zu binden.

Mit Dave war es so einfach; da war sie eben die Betrogene, bis sie wieder in sein Leben passte. In der Zwischenzeit stand sie am Rand des Spielfelds und wartete auf ihre Einwechslung.

Diese Erkenntnis schmerzte vor allem deshalb, weil sie den Männern immer dasselbe vorgeworfen hatte. Nicht zuletzt Dave.

»Ich glaube, auf diesem Schlachtfeld habe ich mich inzwischen oft genug geschlagen geben müssen.« Weil Bree sie verständnislos anschaute, fügte Marie hinzu: »Ich bin nicht mehr mit ihm zusammen.« Sie stand auf. »Vermutlich schon seit Jahren nicht. Ich habe nur immer gedacht ... Na ja, irgendwie glaubt man ja doch, es könnte sich irgendwann was ändern.«

»Tut mir leid, wenn es nicht so war.« Bree erhob sich ebenfalls. »Ich hab dich immer gemocht. Wenn du jetzt gesagt hättest, ihr seiet noch zusammen ...«

Was dann? Hätte Bree sich dann tatsächlich zurückgezogen? Marie fragte nicht, weil es im Grunde auch egal war. Sie legte den Schlüssel auf den Couchtisch. Dave würde sich schon denken können, was das zu bedeuten hatte.

Bree kam mit, als Marie die Wohnung verließ. Als sie vor dem Fahrstuhl warteten, stieß sie die Luft aus. »Wahnsinn ...«

»Was denn?«, fragte Marie.

»Ich habe ihn verführt! Wenn mir das jemand vor einem Jahr gesagt hätte, ich hätte ihn ausgelacht.«

Sie trennten sich im Foyer. Vor der Portiersloge umarmte Bree sie ein letztes Mal.

»Ich wünsche dir mit Dave mehr Glück«, sagte Marie wehmütig. Sie trat in die kühle Frühlingsnacht hinaus und wandte sich nach links. Sie kannte einen Taxistand, der zirka einen Kilometer entfernt war. Der Fußmarsch würde ihr guttun. Heiße Füße auf kühlem Pflaster, die Sandalen hielt sie an den Riemchen in einer Hand.

Vielleicht sollte sie den Fremden doch anrufen.

Oder sie ließ es bleiben und hielt ihn in Reserve, falls sie mal in Geldnot geriet.

Ihr glockenhelles Lachen stieg in den nächtlichen Himmel auf.

»Sie sind mit dem Anschluss von Marie Wolf verbunden. Leider bin ich zurzeit nicht erreichbar. Nach dem Signalton können Sie mir gerne eine Nachricht hinterlassen, ich melde mich umgehend bei Ihnen. – Piep!«

»Frau Wolf? Gregor Pelzer hier. Wir waren heute verabredet. Um elf.«

Marie fuhr aus dem Bett hoch und riss sich die Schlafbrille von den Augen. Einen Moment wusste sie nicht, wo sie war. Dann hechtete sie quer über ihr riesiges Bett und riss den Telefonhörer von der Station.

»Hallo?«

»Ach, Sie sind ja doch da.« Gregor Pelzer klang nicht besonders amüsiert.

Sie schaute auf ihr Handy. 11:34.

»Oh …« Shit.

»Ich habe gedacht, ich könnte mich auf Sie verlassen. Schade, das war wohl ein Irrtum. Schönen Tag noch.« Er legte auf.

Er legte tatsächlich auf!

Ihr Superriesenkunde, von dem sie am Vorabend noch den Mädels vorgeschwärmt hatte, weil sein Auftrag sie nicht nur monatelang beschäftigt, sondern auch eine Menge Geld in ihre chronisch klamme Kasse gespült hätte!

»So nicht«, murmelte Marie. Sie rief zurück. Nach dem ersten Klingeln sprang seine Mailbox an.

»Jetzt hören Sie mir mal zu, Sie …« Ganz schlechter Stil. Sie ließ das Handy sinken, legte auf und versuchte es noch einmal.

»Hören Sie, Herr Pelzer. Es tut mir leid, wenn ich nicht

wie verabredet zum Termin erschienen bin, aber …«
Wieder fehlten ihr die Worte. Was sollte sie auch sagen? Dass sie erst bei Sonnenaufgang im Bett gewesen war, weil am Taxistand kein einziges Taxi gewartet hatte? Weil die letzte U-Bahn ihr vor der Nase weggefahren war und sie bis in die Innenstadt hatte laufen müssen, ehe sie mit einem Nachtbus ans andere Ende der Stadt hatte fahren können, der leider nicht direkt vor ihrer Haustür hielt, sondern achthundert Meter entfernt? Dass ihr die Füße nach den Gewaltmärschen auf Pflaster jetzt noch weh taten und sich partout nicht in die Sandalen hatten zwängen lassen?

Das hätte Mister Oberkorrekt bestimmt als billige Ausrede abgetan.

»Also gut, ich habe versagt. Es tut mir aufrichtig leid, ich hatte große Lust, Ihren Auftrag zu übernehmen. Schade.« Sie lauschte noch einen Moment, als hoffte sie, dass er Erbarmen mit ihr hätte. Dann legte sie resigniert auf und ließ sich rückwärts aufs Bett fallen.

»Verdammt, verdammt, verdammt«, flüsterte sie.

Erst mal brauchte sie einen starken Kaffee. Und wenn sie wieder klar denken konnte, wollte sie es noch mal bei dem Neukunden versuchen. Vielleicht hatte er nur überreagiert.

Jeder hatte mal einen schlechten Tag.

Sie duschte heiß, dann kochte sie sich einen extra starken Kaffee, den sie mit viel Zucker und einem winzigen Spritzer Vollmilch trank. Danach fühlte sie sich gestärkt. Sie lief ein paarmal im Wohnzimmer auf und ab, feuerte sich selbst an und wählte dann wieder die Nummer von Gregor Pelzer.

»Hören Sie, Frau Wolf. Ich habe kein Interesse mehr an Ihrer Arbeit.« Er klang gereizt.

»Bitte, geben Sie mir noch eine Chance! Ich mache, was Sie wollen, wenn Sie mir diese Chance geben.«

Er schwieg.

Marie ballte die freie Hand zur Faust. Bitte, bitte, bitte, flüsterte sie stumm, legte den Kopf in den Nacken und ging im Wohnzimmer auf und ab. Vor der violetten Wand mit der goldgerahmten Francis-Bacon-Kopie blieb sie stehen.

»Sie machen, was ich will?« Jetzt schien er eher belustigt zu sein.

»Was Sie wollen«, bekräftigte Marie. »Aber geben Sie mir eine Chance, bitte. Sie wissen, dass ich gut bin, sonst hätten Sie mich nicht beauftragt.«

»Ich habe Sie nicht beauftragt«, erwiderte er. »Ich habe Ihnen heute das betreffende Objekt zeigen wollen, und Sie haben den Termin anscheinend verschlafen. Ich habe eigentlich keine Lust, mich auf eine Innenarchitektin einzulassen, die nicht zuverlässig arbeitet.«

»Aber ich arbeite zuverlässig, versprochen!« Gut, jetzt klang sie richtig verzweifelt. Vielleicht war das inzwischen auch egal, wenn er ihr nur die Chance gab, sich zu beweisen!

»Also gut. Kommen Sie um halb eins in die *Trattoria Dario*. Kennen Sie die?«

»Nein«, gab sie zu.

»Sie werden es schon finden.«

Er legte auf.

Marie starrte auf ihr Handydisplay. 12:02.

»Verdammt!«, fluchte sie.

Irgendwie schaffte sie es. Dank eines gnädigen Taxifahrers, dem sie versprechen musste, sämtliche nach dieser Höllenfahrt zu erwartenden Strafzettel zu bezahlen, und der sie quer durch die Stadt zur *Trattoria Dario* brachte, während sie sich auf der Rückbank des Wagens verrenkte, um von der schlabbrigen Jogginghose und dem Schlaf-T-Shirt in den knappen Rock und die Seidenbluse zu schlüpfen. Sie zwängte ihre nackten Füße in schicke

Pumps – das gab garantiert dicke Blasen, aber sie hoffte, die meiste Zeit sitzen zu dürfen – und gab dem Taxifahrer einen der beiden Fünfziger von letzter Nacht, ehe sie ausstieg, in ihre Kostümjacke schlüpfte, ein letztes Mal über ihre Haare strich und in die Trattoria eilte.

Sie blickte sich suchend um.

»Frau Wolf?« Sie wurde von einem Kellner angesprochen und nickte stumm. »Herr Pelzer kommt gleich. Hier entlang.« Er führte sie in den hinteren Teil des Raums. Sie wurde an einem Tisch für zwei platziert, dann ließ man sie allein.

Marie schaute auf ihr Handy. 12:29.

»Sie können also auch pünktlich sein.«

Sie sprang auf. Die Tasche neben ihrem Stuhl fiel um, ein Geknäuel aus Jogginghose und T-Shirt lugte hervor. Ehe sie sich danach bücken konnte, hatte Gregor Pelzer sich schon hinabgebeugt und die Tasche wieder hingestellt. Er blickte mit erhobenen Augenbrauen zu ihr auf. »Ich wusste ja nicht, dass Sie sofort über Nacht bleiben wollen.«

Marie wurde knallrot.

Er sah unverschämt gut aus. Groß, schlank, ein Anzugtyp. Seine hellbraunen Haare waren in einer angemessenen Unordnung, die grauen Augen musterten sie prüfend. Er kam ihr bekannt vor, aber sie wusste nicht, woher.

Wenigstens war er nicht der Fremde von letzter Nacht. Der Kellner brachte ihnen die Speisekarten.

»Also, Frau Wolf. Wollen wir erst was essen, oder möchten Sie gleich zum Geschäftlichen kommen?«

Marie zögerte. »Ich habe das Objekt noch nicht gesehen.«

»Das werden Sie früh genug.«

»Aber wenn Sie von mir ein Angebot wollen ...«

»Ich habe doch gesagt, Geld spielt keine Rolle«, unterbrach er sie. »Ich vertraue Ihrem Geschick, und man hat mir gesagt, Sie machen faire Preise. Wissen Sie schon, was Sie wollen?«

Ihr war der Appetit vergangen, aber sie bestellte Pasta alla vongole und überließ ihm die Wahl des Weins. Nachdem sie bestellt hatten, beugte er sich vor.

»Erstens: Sie nennen mich Gregor. Zweitens: Sie spielen nach meinen Regeln.«

»Hören Sie ...« Marie rückte das Wasserglas ein Stück nach links. »Ich fürchte, ich habe mich nicht klar ausgedrückt.«

»Was denn? Soweit ich Sie verstanden habe, wollen Sie alles tun, was ich verlange.«

»Ja, schon. Aber damit meinte ich den Auftrag und nicht ...« Sie zögerte.

Er lehnte sich zurück und beobachtete sie belustigt. »Sie scheinen ja zu glauben, einfach unwiderstehlich zu sein.«

Sie senkte den Blick.

»Hören Sie, Marie. Ich habe Sie ausgewählt. Nicht, weil Sie die Beste sind, sondern weil Sie am besten zu mir passen.«

»Aber Sie kennen mich nicht.«

»Ich weiß genug über Sie, keine Sorge. Und nun zu den Details ...« Er schob einen Briefumschlag über das weiße Tischtuch. »Nicht aufmachen«, warnte er sie.

Marie legte die Hand auf den Briefumschlag.

Das war doch verrückt, dachte sie müde. Er spielt mit mir, und ich habe keine Lust, mich schon wieder auf etwas einzulassen, das ich kurze Zeit später bereue.

Sie fühlte sich nach der gestrigen Nacht immer noch beschmutzt und zerschlagen.

Dave hatte nicht angerufen.

Das war fast noch schlimmer als die Erinnerung an den Fremden.

Aber was hatte sie auch erwartet? Sie hatte ihn noch nie so sang- und klanglos verlassen, im Grunde hatte sie ihn noch nie verlassen. Vielleicht hatte er den Schlüssel ja noch nicht gefunden …

»… richten Sie die Räume nacheinander ein, und ich werde jeden einzeln abnehmen. Hören Sie mir überhaupt zu, Marie?«

Sie musste sich gewaltsam von den düsteren Gedanken losreißen. »Entschuldigung.«

Er legte den Kopf leicht schief und musterte sie prüfend.

Jetzt kündigt er mir den Auftrag auf, dachte Marie müde. Ich bin zu spät gekommen, bin nicht bei der Sache, und er hat keinen Grund, an mein Talent oder meine Fähigkeiten zu glauben.

Von Anfang an lief alles nur falsch.

Zu ihrer Überraschung legte Gregor die Hand auf ihren Unterarm. »Sehen Sie mich an, Marie«, sagte er leise. Etwas seltsam Zärtliches schwang in seiner Stimme mit, und sie blickte zu ihm auf.

»Ich weiß nicht, warum Sie heute verschlafen haben. Oder warum Sie so abwesend sind. Ich möchte gerne mit Ihnen ins Geschäft kommen, und Sie machen es mir nicht leicht. Wenn Sie lieber gehen wollen, können Sie das jetzt gerne tun. Wenn Sie bleiben, will ich mich auf Sie verlassen können.«

Sie zögerte nicht mit der Antwort. »Ich bleibe.«

»Gut.« Seine Finger strichen über ihr Handgelenk. »Dann verschwinde ich für einen Moment. Wenn ich wiederkomme, erwarte ich das hier von Ihnen.« Er kritzelte etwas auf eine Papierserviette und schob sie ihr zusammengefaltet zu. Dann zwinkerte er ihr zu, stand auf und verschwand.

Marie zögerte. Doch dann siegte die Neugier, und sie überflog die krakelige Notiz.

Marie.

Geh auf die Damentoilette. Steck dir Zeigefinger und Mittelfinger der rechten Hand in die Möse, dass sie richtig schön nass werden. Komm dann wieder.

Sie hielt den Blick starr auf das Papier in ihrer Hand gerichtet. Sie bebte innerlich.

Was fällt diesem Blödmann ein? Erst macht er mich nieder, weil ich denke, es könnte hier um mehr gehen als um den Auftrag. Und dann soll ich mich so erniedrigen?

Außerdem fragte sie sich, wie er herausfinden wollte, ob sie den Auftrag tatsächlich ausgeführt hatte. Und was passierte, wenn sie ihm nicht gehorchte.

Aber wollte sie das wirklich herausfinden? Oder reichte es nicht langsam? Seit sie heute früh verschlafen hatte, behandelte Gregor sie, als wäre sie für ihn nichts als eine ... Ja, eine Dienstleisterin, die er nach Belieben herumkommandieren konnte.

Es gab nur ein Problem.

Sie war feucht.

Was er mit ihr machte, erregte sie mehr, als sie sich einzugestehen bereit war. Er war attraktiv, er war dominant, und obwohl sie bisher immer geglaubt hatte, die Zeiten, da sie sich den Wünschen anderer vollkommen unterwerfen musste und wollte, wären nun endlich vorbei, bewegte Gregor etwas bei ihr.

Sie wollte nicht nur diesen lukrativen Auftrag. Sondern auch ihn.

Wenn sie dafür seine Spiele mitspielen musste, konnte er das gerne haben. Und solange er nicht mehr von ihr verlangte, war sie gerne bereit, sich mal eben zwei Finger in die Möse zu stecken.

Marie seufzte, warf die Serviette auf den Tisch und stand auf. Sie marschierte zur Damentoilette, schloss sich in eine Kabine ein und schob die Hand unter den Rock.

Die Nässe, die durch den Stoff ihres Seidenslips gegen

ihre Hand brandete, überraschte Marie ebenso wie der würzige, erregende Geruch, der sich in der kleinen Kabine ausbreitete. Sie fuhr mit den Fingern über ihre rasierte Spalte und erkundete sie.

Wenn sie ehrlich war, hatte Gregor ihr damit einen Gefallen getan, sie herzuschicken.

Sie lehnte sich mit geschlossenen Augen an die Trennwand und rieb ihre Klitoris. Es dauert nicht lange, rechtfertigte sie sich, und wenn Gregor sie so haben wollte, konnte es ihr nur recht sein. Er würde bekommen, was er wollte.

Die Tür wurde geöffnet, aus dem Restaurant drang der vertraute Lärm aus Gläserklirren, Besteckklappern und leisem Stimmengewirr herein. »Marie?«

Sie biss sich auf die Lippe. Nur noch einen winzigen Moment, dachte sie. Es dauert nicht mehr lang, ich bin gleich so weit …

»Marie, sind Sie hier drin?«

Gregor kam näher. Sie hörte seine Schritte und hielt die Luft an. Ihre Finger ruhten auf der Klit, und sie musste das letzte bisschen Selbstbeherrschung aufbieten, um nicht zu kommen. Ihr Unterleib zog sich schmerzlich zusammen.

»Ich habe gesagt, Sie sollen sich die Finger in die Möse stecken. Davon, dass Sie sich zum Orgasmus bringen sollen, habe ich nicht geredet.« Er klopfte gegen ihre Kabinentür. »Kommen Sie schon raus.«

Marie atmete aus. Es klang wie ein frustriertes Stöhnen, was sie nur noch mehr nervte. Mit einem heftigen Ruck zog sie ihre nasse Hand unter dem Rock hervor. Sie verharrte einen Moment, während Gregor auf der anderen Seite wartete.

»Kommen Sie raus, Marie. Die Vorspeise wurde gerade gebracht.«

Ihre Knie waren weich und zitterten, als sie aus der Kabine trat. Gregor nahm ihre Hand und führte sie an seine Nase. Er schnüffelte an ihr. »Ahhhh«, machte er. »Genau so habe ich mir deinen Duft vorgestellt.«

Sie hatte das Gefühl, es könnte nicht schlimmer kommen. Jetzt duzte er sie schon, als wären sie miteinander intim gewesen oder zumindest näher miteinander bekannt.

Allerdings gab es wohl kaum etwas Intimeres als einen Mann, der den Duft einer Frau erkundete.

Dieser ganze Tag war ein Fiasko.

Wäre sie doch einfach im Bett geblieben und hätte ihren Frust über die Trennung von Dave mit Liebesfilmen, Schokoladentoffees und literweise Prosecco ertränkt! Aber nein, sie wollte ja unbedingt dieses Penthouse einrichten!

Sie gingen zurück ins Restaurant. Gregor ging voran. Er zog ihr den Stuhl zurück, setzte sich ihr gegenüber und schenkte Wein nach, während Marie wie betäubt auf den Salat starrte, der in der Zwischenzeit gebracht worden war. Zwischen ihnen stand auf dem Tisch ein Körbchen mit Pizzabrötchen.

»Hast du keinen Hunger?«

Sie wusste nicht, was sie tun sollte. Mit der rechten Hand die Gabel zu nehmen, traute sie sich nicht, weil ihr Geruch noch immer daran haftete. Sie glaubte, im Umkreis von zwei Tischen müssten die anderen Gäste ihren Geruch wittern.

»Nimm ein Stück Brot.«

Er hielt ihr das Körbchen hin, und sie nahm vom Brot. Knabberte ein bisschen daran, nahm mit der Linken die Gabel und stach linkisch in das Salatarrangement. Die Hälfte rutschte ihr auf dem Weg zum Mund von der Gabel.

Gregor widmete sich seinem Salat. Sie fühlte sich von ihm beobachtet, und als sie das letzte Stück Brötchen in den Mund stecken wollte, hörte sie ihn leise sagen: »Gib es mir.«

»Bitte?«

Sie blickte irritiert auf.

»Das Brötchen. Gib es mir. Leg es auf meinen Tellerrand.«

Sie wurde knallrot. »Entschuldigen Sie, Gregor, aber … Ich kann das nicht.«

Er blickte sie unverwandt an. Sie dachte wieder an das Penthouse.

Und dann wich der alles beherrschende Gedanke an den Auftrag und ihre wirtschaftliche Lage in den Hintergrund.

Er war ein Mann, der sie begehrte.

Sie war eine Frau, die ihn begehrte.

Danach war es ganz einfach. Sie reichte ihm das Brot. Legte es nicht auf den Tellerrand, sondern hielt es ihm hin, damit er es direkt aus ihrer Hand essen konnte. Er blickte sie überrascht an, als hätte er nicht damit gerechnet. Dann umschlossen seine Lippen den Bissen und ein Stück ihres Fingers. Seine Zunge streifte sie, und Maries Schoß pochte wie als Antwort.

»Das wolltest du doch, oder?«, fragte sie leise.

Er nickte anerkennend.

»Ich glaube, wir kommen ins Geschäft.«

Nach dem Mittagessen nahm Gregor sie endlich mit in das Penthouse.

Bisher hatte Marie über das Objekt nur wenig gewusst. Während der Fahrstuhl sie geradezu lautlos in das oberste Stockwerk des Apartmentkomplexes trug, zählte Gregor mit monotoner Stimme die Fakten auf. So erfuhr sie, dass er sich von ihr wünschte, acht Zimmer, eine Küche, zwei Bäder und die Dachterrasse eingerichtet zu bekommen, insgesamt mehr als dreihundert Quadratmeter.

»Bewohnen Sie das Penthouse allein?«, fragte sie erstaunt. Sie war es natürlich gewohnt, dass ihre Kunden nicht gerade winzige Apartments bewohnten, aber das hier kam ihr etwas übertrieben vor.

Er bedachte sie mit einem schwer zu deutenden Blick. »Haben wir uns vorhin nicht geduzt?«, fragte er sanft.

Sie senkte den Kopf.

War es eigentlich Prostitution, was sie gerade machte? Im Grunde war es doch nicht anders als letzte Nacht im Club. Sie gab sich einem Mann hin und bekam etwas dafür. Nur dass es diesmal viel, viel mehr war als zwei zerknitterte Fünfziger.

Sie betraten den hellen Flur des Penthouse. Geschickt hatte der Architekt Oberlichter eingesetzt, um ein Gefühl von Weite zu schaffen. Wände und Böden waren noch vollkommen nackt und grau.

Die Wohnungstür schloss sich hinter ihnen. Marie begann, den Flur entlangzugehen und besah sich die einzelnen Räume. Gregor folgte ihr, sagte nur hin und wieder, was er in diesem Raum wünschte. »Arbeitszimmer« etwa oder »Gästezimmer für einen weiblichen Gast« oder »für ein Paar«. Sie ließ die Räume auf sich wirken, die schlicht gehaltenen Fenster. Türen waren noch nicht eingesetzt, und die Haustür könnte man noch austauschen, damit sie zum Gesamtkonzept passte.

Die Bäder waren ein kühler Mix aus weißen Wandfliesen und schwarzen Marmorböden. Die Waschbecken, Kloschüsseln und Duschkabinen fehlten, nur in einem Bad stand eine antik angehauchte, grünlich angelaufene Messingbadewanne mit Löwenfüßen.

»Die einzige Bedingung, die ich habe«, sagte Gregor. »Diese Badewanne.«

»Kein Problem«, sagte Marie abwesend. In ihrem Kopf herrschte ein Wirbel aus Farben, Materialien, Möbeln und Gemälden, die sich wie ein kompliziertes Puzzle zu einem Ganzen fügten. Eine Herausforderung, die ihr den Atem raubte. Genau die Aufgabe, die sie brauchte, um sich über den Trennungsschmerz hinwegzutrösten.

Den sie eigentlich gar nicht empfand.

»Also, was denkst du?«

Sie standen in der Küche. Marie wusste genau, wie sie die Anschlüsse neu arrangieren musste, um einen Küchenblock in der Mitte des Raums zu installieren, und sie hatte schon genau vor Augen, welche Farbe die Marmorarbeitsplatte haben musste.

»Ich denke, ich werde mindestens drei Monate brauchen.«

Er grinste. »Du hast zwei. Und ich habe noch eine Bedingung.«

»Wieso wundert mich das nicht?«

Er lächelte leicht. »Du wirst mit mir jedes einzelne Zimmer einweihen. Sobald es fertig ist, rufst du mich an.«

»Einweihen?«

»Habe ich vergessen, das zu erwähnen? Ich will mit dir schlafen, Marie.« Er trat ganz nah an sie heran, und sie konnte seinen feinen männlichen Geruch wahrnehmen. »Und ich will in jedem einzelnen Zimmer dieser Wohnung mit dir schlafen. In einem nach dem anderen.«

Sie schluckte. »Ich glaube, das geht nicht.«

Ihr Oberkörper berührte seinen. Sie rieb sich leicht an ihm.

»Doch, das wird gehen. Glaub's mir. Du wirst mit mir schlafen.« Er trat zurück und grinste.

Sie wandte den Blick ab und trat ans Fenster. »Ist das Budget limitiert?«

»Es gibt keine Grenzen.«

Sie wusste, dass er nicht das Budget meinte.

4. Kapitel

Er wusste, dass er gewonnen hatte, als seine Sekretärin ihm am darauffolgenden Montag meldete, Frau Wolf sei da und wolle ihn sprechen. Sie klang etwas pikiert, weil Marie keinen Termin hatte.

Umso empörter würde sie sein, wenn Gregor Marie hereinbat.

Er beugte sich vor, drückte auf die Taste der Gegensprechanlage. »Soll reinkommen.«

Sie trug einen knappen Rock, eine Seidenbluse, Pumps. Ein ganz ähnliches Ensemble wie vor zwei Tagen. Unter dem Arm trug sie zwei dicke Aktenordner, die sie ungeschickt an die Brüste presste, als sie ihm die Hand gab.

»Du hast dich also entschieden.« Einladend wies er auf den Stuhl vor seinem Schreibtisch. Er bemerkte, wie sie sich prüfend umschaute und versuchte, ihn in ein Schema zu pressen. Aber sein Büro verriet nichts über ihn. Klare Formen, schlichte Eleganz. Fünf Computermonitore, hinter denen er sich am Schreibtisch verschanzte.

»Ich habe mir ein paar Gedanken gemacht.« Sie legte die beiden Ordner auf den Tisch, ehe sie auf einen der Besucherstühle sank. Stoffproben, Teppichstücke und Polsterbezüge lugten hervor. Er sah Farben, und unwillkürlich musste er lächeln.

»Du wirst das schon so machen, wie es richtig ist.«

»Ja, aber ich brauche doch noch ein paar Angaben …«

»Nein.«

Ihre Hände ruhten im Schoß. Sie wich seinen Blicken

aus, deshalb stand er auf und umrundete seinen Schreibtisch. Vor ihrem Stuhl blieb er stehen.

»Sobald der erste Raum fertig ist, möchte ich, dass du mir ein Foto schickst. Nur ein Foto. Ich möchte, dass du mit dem kleinen Gästezimmer anfängst. Die Rechnungen gehen direkt an meine Firmenadresse, meine Sekretärin wird dich gleich noch passend instruieren. Auf dem Foto aber will ich dich sehen. Nackt. Irgendwo in diesem Raum. Lass dir etwas einfallen, ich nehme an, Kreativität gehört zu deinem Beruf.«

Sie blickte stumm zu ihm auf.

»Das wäre erst mal alles. Und diesen Kram hier«, er wies auf die Ordner, »brauche ich nicht. Ich vertraue dir.« Er beugte sich zu ihr herunter. »Und ich hoffe, du vertraust mir auch. Sonst hat dieses ganze Spiel überhaupt keinen Sinn.«

»Was …«, sie schluckte, »wenn dir ein Raum nicht gefällt?«

»Das wird nicht passieren. Erfüll mir mit jedem Zimmer eine andere Phantasie. Mehr verlange ich nicht.«

Er ging um den Schreibtisch herum, nahm den Wohnungsschlüssel aus der Schale und warf ihn Marie zu, die ihn etwas linkisch auffing.

»Oh, und noch etwas: Du hast acht Wochen und keinen Tag mehr. Sieh zu, dass das erste Zimmer zum Ende der Woche fertig ist. Das wäre vorerst alles«, sagte er. »Auf Wiedersehen.«

Sie war sichtlich verwirrt. Erst vergaß sie ihre Ordner, dann kam sie mit gesenktem Kopf zurück, stand einen Moment vor seinem Schreibtisch, als wollte sie noch etwas sagen. Dann raffte sie die Ordner an sich, Teppichproben rutschten raus und knallten auf den Boden. Sie bückte sich, stopfte alles von oben in den dickeren Ordner und rannte ohne ein letztes Wort zum Abschied aus seinem Büro.

Er ließ sich in den Bürosessel fallen und wippte, blickte aus dem Fenster und dachte nach. Hatte er das Richtige getan?

Gregor griff zum Telefon und rief Sonja an. Als er ihre Stimme hörte, lächelte er zufrieden. Er spürte dieses Lächeln bis in den letzten Winkel seines Körpers.

Sonja war eine Klassefrau, und das, was sie eine Nacht lang miteinander genossen hatten, würde er nie vergessen. Aber sie war nicht die richtige Frau für ihn.

»Was würdest du davon halten, wenn ich mich verliebt hätte?«, fragte er, nachdem sie erste Freundlichkeiten ausgetauscht hatten.

»Gregor! Das klingt toll ...« Etwas Zögerliches schwang in ihrer Stimme mit. Er verstand sie nur zu gut; ihm war auch nicht wohl bei dem Gedanken, was aus ihrer Freundschaft wurde, wenn sie erfuhr, dass es Marie war.

Ihre Freundin Marie.

Die immer so schüchtern und verklemmt war.

Und die zu erwecken er sich als Ziel gesetzt hatte.

»Wer ist sie?«, fragte Sonja prompt.

»Du kennst sie nicht.« Obwohl das gewissermaßen gelogen war, genoss er es, Sonja noch ein bisschen länger im Dunkeln tappen zu lassen. Schließlich kannte Sonja die neue Marie, die Gregor aus ihr machen würde, tatsächlich noch nicht.

»Aber ich lerne sie doch bald kennen, oder?«

»Da kannst du dir sicher sein«, versprach er ihr.

Dafür würde er schon sorgen.

* * *

Erst als sie wieder im Taxi nach Hause saß, begriff Marie langsam, worauf sie sich da eingelassen hatte. Am liebsten hätte sie dem Taxifahrer befohlen umzukehren.

Das konnte unmöglich gutgehen! Jetzt sollte sie dieses Luxus-Penthouse einrichten, ohne irgendwelche Anweisungen zu haben? Ohne zu wissen, welche Vorlieben Gregor hatte? Was er sich wünschte, wie er das Raumkonzept umgesetzt haben wollte?

Gewöhnlich machte sie mit ihren Kunden im Vorfeld eine ausführliche Gesprächsrunde, bei der sie dann gemeinsam ein Profil entwickelten. Auch Leute, die vorher vehement behaupteten, es sei ihnen egal, wie sie das Objekt einrichtete und gestaltete, hatten bei diesen Besprechungen dann plötzlich sehr genaue Vorstellungen davon, was sie *auf keinen Fall* haben wollten. Und von Gregor wusste sie nichts – außer dass er sie wollte.

Das genügt mir nicht, dachte sie wütend. Das ist zu wenig, um ein ganzes Penthouse einzurichten – geschweige denn, mich auf einen Mann einzulassen.

Sie beugte sich nach vorne und bat den Taxifahrer, sie zu der Adresse von Gregors Wohnung zu bringen. Was hatte er gesagt? Sie habe nur acht Wochen Zeit? Und der erste Raum solle Ende der Woche schon fertig sein?

Unmöglich.

Aber sie nahm diese Herausforderung an.

Als Marie eine halbe Stunde später in dem kleinen Gästeraum stand und die Maße nahm, klingelte ihr Handy. Ärgerlich legte sie den Zollstock auf den Boden neben ihr Notizbuch, ehe sie den Anruf entgegennahm.

»Ja?«

»Wenn ich dich richtig einschätze, bist du im Penthouse und misst gerade das Gästezimmer aus.«

Marie hockte sich hin. Sie vermerkte die letzten Maße in ihrem Notizbuch, ehe sie antwortete. »Kann schon sein«, sagte sie ausweichend. Es passte ihr nicht, dass er sie durchschaute.

»Braves Mädchen.«

Sie biss die Zähne zusammen und notierte wütend

die letzte Zahl, ehe sie das in Leder gebundene Buch zuklappte. »Was geht's dich an? Solange ich meine Arbeit mache, kann es dir doch egal sein.«

Er lachte leise. »So gefällst du mir schon besser. Nicht so unterwürfig. Also, nicht dass ich daran zweifle, dass du dich mir letztlich doch unterwirfst. Aber ein bisschen schwerer darfst du es mir schon machen.«

»Sonst noch was?«, fauchte sie wütend.

»Nur weiter so. Ich glaube, wir werden noch viel Spaß miteinander haben. Wir sehen uns bald, Marie.«

Seine Worte hallten in ihr nach, fast wie eine Drohung.

Sie blieb am Boden hocken und lauschte ihrem eigenen Atem. Es fiel ihr schwer, sich auf die vor ihr liegende Aufgabe zu konzentrieren, weil sie immer wieder an Gregors Worte denken musste.

Er wollte sie. Und er war sicher, dass er sie bekommen würde.

»Das werden wir ja sehen«, flüsterte sie, packte ihre Sachen zusammen und verließ das Penthouse. Für den Moment hatte sie genug gesehen. Morgen würde sie mit den passenden Stoffproben, Bodenbelägen und Möbelkatalogen zurückkommen. Sie würde die Handwerker anrufen, mit denen sie gewöhnlich zusammenarbeitete. Wahrscheinlich musste sie Zuschläge zahlen, weil die Arbeiten so schnell über die Bühne gehen sollten. Aber das war nicht ihre Sorge. Gregor hatte gesagt, es gebe keine Grenzen.

Sie beschloss, das wörtlich zu nehmen.

Früher hatte sie in einem Laden, der diesem recht ähnlich war, ihr Geld verdient. So hatte sie das Geld für ihr Studium zusammengespart, in den Semesterferien und an den Wochenenden.

Nyotaimori war eine japanische Tradition – natürlich,

auf solche Ideen konnten wirklich nur Japaner kommen! Man konnte diesen Begriff wohl mit »auf der Frau anrichten« übersetzen, aber da stritt man sich. Es gab auch die männliche Form Nantaimori, bei der ein Mann als Servierplatte diente. Beim Nyotaimori lag die Frau nackt auf dem Rücken, und auf ihrem Körper wurden Speisen angerichtet, die anschließend von den Gästen verzehrt wurden. Da es eine japanische Tradition war, wurde bei den meisten Nyotaimoris Sushi angeboten.

Marie dachte mit gemischten Gefühlen an ihre Zeit als Nyotaimori-Mädchen zurück.

Sie hatte ihren Körper all den Männern und Frauen dargeboten, die es sich leisten konnten. Auf einem Tisch liegend hatte sie die eiskalten Sushistücke gespürt, die auf ihrer Haut langsam wärmer wurden, bis sie nur noch schal schmeckten. Sie hatte die Augen stets offen gehalten – weil ihr Chef fand, mit geschlossenen Augen gliche sie einem Leichnam, und niemand wollte kleine Fischhäppchen von einer Leiche picken – und mit wachem Blick beobachtet, wie sich um sie herum langsam ein Spiel der Verführung entspann. Wie die Männer sie gierig begafften oder mit den Essstäbchen oder den Fingern – obwohl Letzteres streng verboten war – über ihre nackte Haut strichen. Wie sie sich den Frauen zuwandten, weil Marie nicht zu haben war. Nach einer Stunde war der Spuk vorbei, sie wurde auf dem Tisch diskret rausgerollt und konnte sich in einem Hinterzimmer von den Resten der fischig riechenden Mahlzeit befreien, sich den Duft des Meeres von der Haut waschen und unter der Dusche spüren, wie feucht ihre Möse war, weil so viele Männer sie begehrten und mit Blicken förmlich fraßen.

Danach war sie durch den Hintereingang aus dem Club geschlüpft und in der Nacht verschwunden, während sich die Gäste weiterhin vergnügten. In jenen Nächten mit dieser ganz besonderen, sexuell aufgeheizten Stimmung blieben die wenigsten allein.

Heute kam sie als Gast, obwohl sie keinen Hunger hatte. Sie bezahlte stumm die zweihundert Euro Eintritt und schob sich hinter den anderen Gästen in den großen Raum. In der Mitte stand der Tisch. Noch war das Büfett nicht eröffnet, noch standen alle etwas linkisch herum und beäugten die anderen. Man kannte sich vielleicht von anderen, ähnlichen Veranstaltungen, doch diese Abende waren anders. Hier konnte sich niemand hinter einer Maske oder einem Kostüm verstecken. Hier waren sie alle fast genauso nackt wie die Frau, auf deren reglosem Körper ihnen die Speisen dargeboten wurden.

Das Mädchen auf dem Tisch war eine üppige blonde Schönheit. Sie lag lasziv ausgestreckt da, von kleinen Kissen unter dem Seidentuch gestützt, auf dem sie ruhte. Eine Position, die Marie früher selbst gern eingenommen hätte, die der Chef ihr aber immer verboten hatte, weil sie so androgyn sei und es bei ihr keine Rundungen gebe, die man dadurch besonders schön zur Geltung bringen könne.

Dieses Mädchen aber … Oh ja.

Der Appetit auf Sushi war Marie nach ihrer Zeit als Nyotaimori-Mädchen abhandengekommen. Jetzt aber, Jahre später, nahm sie sich auch ein Paar Essstäbchen, ließ sich Champagner servieren und begann, um den Tisch herumzustreifen wie die anderen Gäste. Es ging nicht nur darum, das Kunstwerk auf dem Tisch zu bewundern, sondern auch, die anderen Gäste zu taxieren. Marie kannte das Spiel. Sie wusste, wie man sich den anderen näherte, wie man das Interesse weckte.

Sie legte den Kopf schief und betrachtete das Mädchen. Die Sushihäppchen waren in kunstvollen Spiralen und Kreisen auf ihrem nackten Körper angeordnet, und sie trug lediglich einen winzigen transparenten Slip.

»Man könnte meinen, sie wartet nur darauf, von uns berührt zu werden.«

Sie warf dem, der da gesprochen hatte, einen flüchtigen Seitenblick zu.

War er attraktiv? Oh ja, ihr gefiel seine Art. Sie wollte sich vergnügen, egal mit wem, um Gregors Blicke loszuwerden, und das unangenehme Gefühl, das sich in ihren Körper pflanzte.

Seine rötlich blonden Haare standen in alle Richtungen ab, und er hatte so etwas Vergnügtes, beinahe Lausbubenhaftes, dass ihm die Herzen der Frauen bestimmt zuflogen.

Marie wollte sich aber nicht verlieben, deshalb war sie nicht hergekommen. Sie wollte mehr.

Ihr Essstäbchen tippte gegen die Hüfte des Mädchens. »Das will sie auch. Hier – und hier.« Sie kannte die Stellen, an denen ein Nyotaimori-Mädchen so gerne berührt werden wollte, weil diese kleinen, zufälligen Liebkosungen die Lust steigerten. Wie winzige Beinchen ließ sie die Essstäbchen trippelnd nach oben wandern, über diese herrlichen Rundungen hinauf zur Taille, ehe sie rasch ein Stück Hoso-Maki von ihrem Bauch pflückte, es in den See aus Sojasoße in ihrem Bauchnabel tunkte und genüsslich in den Mund steckte.

Irrte sie sich, oder zuckte das Mädchen unter ihrer Berührung leicht zusammen? Das war ein Tabu, und die meisten Nyotaimori-Mädchen waren sehr gut darin, reglos zu ertragen, was die Gäste mit ihnen machten.

Vielleicht war nicht der rotblonde Hüne mit den stahlblauen Augen neben ihr derjenige, mit dem sie nach Hause gehen wollte …

»Sie ist ein Naturtalent, nicht wahr?« Jetzt beugte er sich vor, studierte die verschiedenen Sushis auf ihrem Leib, ehe er aus der Mitte eines auswählte und mit den Fingern griff. Er tauchte das Stück in den Sojasee, sein

Finger berührte dabei ihre Haut. Marie hielt den Atem an, aber das Mädchen blieb still legen, nur ganz leicht hob und senkte sich ihr Körper im Rhythmus ihres Atems.

Er hielt ihr das Sushi hin. Sie nahm es, ihr Mund umschloss seine Finger, auf ihrer Zunge entfaltete sich diese köstliche Mischung der Aromen. Sie kaute, schluckte, blickte zu ihm auf. Noch immer hielt er ihr die Finger hin, und sein Lächeln versprach ihr mehr. Sie nahm seine Hand, schob sich die Finger in den Mund, ihre Zunge massierte jeden einzelnen, bis sie auch die letzten Reste Sojasoße abgesaugt hatte. Er schloss verzückt die Augen, und sie hörte ihn leise knurren. Für sie gab es schon jetzt nur noch diesen Mann und sonst niemanden.

Sie hatte ihre Wahl für diese Nacht getroffen.

»Ich heiße Marc«, sagte er, als ob ihm das Schweigen unangenehm wurde.

Marie schaute ihn bloß von der Seite an und lächelte. Mehr nicht.

»Du redest wohl nicht gerne?«

Sie erwiderte nichts. Manchmal ist keine Antwort auch eine Antwort.

»Okay, muss ja nicht sein.«

Sein schwarzer Mercedes trug sie durch die Hamburger Nacht. Marie hatte noch immer den Geschmack von Sushi auf der Zunge. Marc – von dem sie da noch nicht gewusst hatte, dass er Marc hieß – hatte ihr ein Stück nach dem nächsten zwischen die Lippen geschoben, hatte sie verwöhnen wollen mit seiner Aufmerksamkeit und es dabei etwas zu gut mit ihr gemeint. Sie hatte es sich gefallen lassen, doch zugleich hatte sie immer wieder gehofft, die Stunde wäre bald rum, dann könnte man sofort gehen, und am besten war es, sie fuhren zu ihm. Dann konnte sie irgendwann mitten in der Nacht verschwinden. Schließlich wartete morgen ein Berg Arbeit auf sie. Gregors Penthouse.

Der Gedanke an Gregor passte nicht zu ihrer Stimmung, sie schob ihn schnell beiseite.

»Da sind wir.«

Er parkte am Straßenrand. Als der Wagen hielt, drehte er sich nach hinten um, seine Hand rüttelte an der Schulter des blonden Nyotaimori-Mädchens. »Aufwachen! Wir sind da!«

Wäre es nach Marie gegangen, hätte er dieses zugedröhnte Mädchen nicht mitgenommen. Wie alt war sie? Neunzehn? Zwanzig? Zu jung, um zu wissen, was Marc von ihr wollte. Marie hatte früher immer darauf verzichtet, die Angebote der Kunden anzunehmen und sie nach der Nyotaimori-Zeremonie nach Hause zu begleiten. Sie fühlte sich ohnehin schmutzig genug, da brauchte sie nicht auch noch jemanden, der sich diese Phantasie erfüllen wollte, mit einer Unberührbaren zu schlafen.

Das Mädchen richtete sich auf, sah aus verquollenen roten Augen nach links und rechts und stieg dann aus dem Wagen. Sie taumelte, ein Taxi raste vorbei und hätte sie fast von den Füßen geholt, aber Marc war sofort zur Stelle. Er schob sie Richtung Bürgersteig, und sie kicherte, weil seine Hände auf ihren Hüften lagen.

Marie seufzte.

Ihr Verstand sagte ihr, es sei das Beste, hinter dem Taxi herzurennen. Oder überhaupt: wegzulaufen. Dieses armselige Schauspiel brauchte sie sich nicht zu geben.

»Ist es noch weit?« Das Mädchen – sie hieß Janine, meinte Marie sich zu erinnern, oder Jenni? – torkelte Richtung Haustür. Marc hakte sich bei ihr unter und dirigierte sie drei Häuser weiter.

Im Gänsemarsch stiegen sie die schmale Treppe bis zum Dachgeschoss hoch. Janine lachte, Marie ging mit gesenktem Kopf hinter Marc, der dem Blondchen schon ordentlich einheizte. Sie quiekte, weil er ihr unter den Rock fasste.

»Alles okay?«, fragte Marie leise.

Janine lehnte an der Wand neben der Tür, während Marc die Tür aufschloss. Er betrat die Wohnung und schaltete das Licht ein. In diesem kurzen Moment, als er nicht hinsah, ruckte Janines Kopf hoch. Ihre Augen waren vollkommen klar, wirkten längst nicht mehr so rot wie noch vor wenigen Minuten.

»Was soll nicht klar sein?«, zischte sie. »Lass mich doch einfach machen, was ich will, okay?«

Sie schob sich an Marie vorbei in die Wohnung. Marc half Janine aus ihrem dünnen Mantel und wies sie an, schon mal ins Schlafzimmer zu gehen. Marie und er kämen nach.

Sie blieb noch einen Moment vor der Wohnungstür stehen. Janine war nicht zugedröhnt, sie *spielte* die Zugedröhnte. Warum? Erhoffte sie sich etwas davon? Oder war das die Rolle, die Marc ihr zugedacht hatte? Beide Gedanken waren nicht besonders angenehm, denn Marie spürte, dass das hier nicht mehr bloß ein One-Night-Stand war. Ob er Janine dafür bezahlte?

Die Zeiten ändern sich vielleicht, dachte sie resigniert. Oder die Nyotaimori-Mädchen von heute verdienen sich gerne was dazu, wenn sich die Gelegenheit bietet.

Vor zehn Jahren wäre das vermutlich ein Grund für den Rauswurf gewesen, wenn ein Mädchen sich an einen Clubbesucher verkaufte, nachdem die Vorstellung vorbei war. Das nahm den Unberührbaren den Zauber, und das wollte niemand. Männer, die einmal mit einem Nyotaimori-Mädchen geschlafen hatten, kamen nie wieder, hieß es damals immer.

Aber nicht Marie schrieb die Regeln, wie sie es sich eigentlich erhofft hatte. Der Abend drohte, ihr zu entgleiten.

Sie ertrug es jedenfalls nicht, wenn er *ihr* danach auch ein paar Geldscheine in die Hand drückte. Nein, danke. Diese erniedrigende Erfahrung hatte sie kürzlich bereits gemacht.

Aber ich habe ihn mir ausgesucht, dachte sie trotzig. Ich sollte sagen, wo's langgeht.

»Komm schon.« Marc trat dicht vor sie. Seine Hände legten sich auf ihre Hüften, sein Mund kam ihrem ganz nah. Sie roch seinen Atem, nahm den Duft seiner Haut ganz tief in sich auf. Unwillkürlich hob sie die Hände, legte sie auf seine Schultern und zog ihn an sich.

Nachdem sich ihre Lippen zum ersten Mal berührt hatten, war es einfach.

»Was hast du mit ihr vor?«, flüsterte sie, nickte leicht in Richtung Wohnung.

Sein leises Lachen klang dunkel und grollend. Gefährlich. »Wir machen mit ihr, was du willst. Sag's ruhig, wenn du etwas Bestimmtes im Sinn hast.«

Mehr brauchte Marie nicht. Sie hatte nur die Bestätigung gewollt, dass sie nicht wie dieses arme Mädchen war. Dass sie frei bestimmen konnte, was in dieser Nacht geschah.

»Hast du schon mal so ein kleines Luder aufgehängt?«, fragte sie leise. »Kannst du das hier machen?«

Solange die Wohnungstür offen stand und sie nicht wusste, was sie in den Räumen dahinter erwartete, konnte sie sich noch alles vorstellen.

»Leider nicht.« Er überlegte. »Vielleicht …«

Er marschierte an ihr vorbei, nahm ihre Hand, zog sie in die Wohnung. Die Tür fiel hinter ihnen ins Schloss, sie zog ihn zu sich heran, lehnte jetzt mit dem Rücken an der Tür und spürte seine Hände überall.

»Vielleicht was?« Sie unterbrach den Kuss, schob ihn etwas von sich weg, obwohl alles in ihr danach drängte, ihn zu spüren. Sie könnten es hier im Flur treiben, im Stehen, während Janine im Schlafzimmer nackt auf dem Bett lag und auf sie wartete. Marie konnte sich nehmen, was sie wollte, und danach könnte sie einfach verschwinden.

Ein Gedanke, der sie reizte.

»Komm mit.« Er nahm ihre Hand, zog sie Richtung Schlafzimmer. Marie wollte sich wehren; sie wollte nicht eine von zweien sein, so hatte sie das nicht geplant. Sie fürchtete sich vor dem, was jetzt kam.

Und dennoch erwachte zugleich in ihrem Unterleib ein Feuer. Ein brennendes Ziehen, dem sie nichts entgegenzusetzen hatte.

Sie ging voran ins Schlafzimmer.

Es war fast so, wie sie es sich ausgemalt hatte: Janine hatte sich ihrer Kleidungsstücke entledigt. Sie trug nur noch ein schwarzes Höschen nebst BH, und sie hatte sich aufs Bett geworfen. Den Kopf in die Handfläche gestützt, blickte sie ihnen erwartungsvoll entgegen.

»Na endlich«, meinte sie.

Marc hielt Marie am Arm fest. »Was willst du mit ihr machen?«, fragte er.

Sie zögerte nicht. Wenn er ihr die Rolle zugedacht hatte, die Dominante zu sein, dann wollte sie diese Rolle auch spielen. Für ihn.

Und weil sie sich davor fürchtete, was mit ihr passieren würde, wenn sie sich unterwerfen sollte.

»Fessle sie«, sagte sie bloß. »Mach ein kleines, handliches Paket aus ihr. Und stopf ihr den Mund, ich mag's nicht, wenn Nyotaimori-Mädchen zu viel reden.«

Sie lächelte, weil Janine die Gesichtszüge entglitten. Marc trat zu ihr. Er holte aus dem Nachtkästchen ein paar weiche Seile, packte ihr Handgelenk und zwang sie aufs Bett.

»Willst du dich wehren?«, knurrte er.

Stumm schüttelte Janine den Kopf.

Marie beobachtete die beiden.

Wie gehorsam Janine sich ihm ergab …

Sie wünschte, das könnte sie auch.

Rasch fesselte Marc seine Gespielin. Er zog die Knoten fest, und sie jammerte leise. Ehe er ihr den Ballknebel in den Mund stecken konnte, blickte er zu Marie hinüber, die noch immer neben der Tür stand.

»Mach ihn ihr rein«, hörte sie sich sagen. »Ich will keinen Ton von ihr hören.«

Janine blickte sie an, als Marc ihr den Ball in den Mund schob und den Riemen an ihrem Hinterkopf schloss. Marie erwiderte ihren Blick unbeeindruckt. Janine war schließlich nicht die Einzige, die sich auf dieses Spiel verstand.

Zufrieden trat Marc zurück. Marie löste sich von der Tür. Sie ging zu ihm, nahm sein Gesicht in die Hände und küsste ihn. Sofort spürte sie seine Hände an ihrem Körper, und während Janine hilflos auf dem Bett lag und zum Zusehen verdammt war, begann sie, seine Hose zu öffnen.

Zu Janine würden sie später kommen.

Marie ließ sich von Marc ausziehen. Sie wollte es genießen, aber ihre Ungeduld wuchs ins Unermessliche, weshalb sie zugleich hastig an seiner Hose herumfingerte. Er lachte leise und rau, seine Hände packten ihre Handgelenke. »Wenn du nicht warten kannst, muss ich dich wohl auch fesseln, hm?«

Alles, nur das nicht.

Aber sie sprach es nicht aus. Sie wollte nicht, dass er glaubte, sie wehrte sich, weil es zum Spiel gehörte, sich zu wehren. Sie wusste, dass in ihr etwas Unterwürfiges schlummerte. Eine Seite, die ihr in den Jahren als Nyotaimori-Mädchen geholfen hatte. Aber alles, was sie niederzwang, sie zur Bewegungslosigkeit verdammte, war ihr seitdem verhasst, und sobald ein Mann eine Andeutung in diese Richtung machte, zog sie sich zurück.

Sie wollte nicht, dass einer so mit ihr spielte.

Es war okay, wenn er Janine dominierte. Ihr schien es zu gefallen. Sie kauerte auf dem Bett, den Kopf zur Seite gedreht, um sie zu beobachten.

»Marie?« Er legte zwei Finger unter ihr Kinn und hob ihr Gesicht seinem entgegen. »Alles okay?«

Jetzt erst spürte sie das Zittern unter ihrer Haut. Sie nickte widerstrebend.

»Keine Angst.« Er schien nicht so genau zu wissen, was er mit ihr machen sollte.

Marie zog sich den Slip aus. Sie wollte ihn. Sie war mitgekommen, weil sie Sex wollte. Nicht weil sie über ihre submissive Seite nachdenken wollte.

Sie setzte sich aufs Bett, direkt neben Janine. Ihre Hand strich über die Haare des Mädchens. Dann aber wandte sie sich von Janine ab und richtete ihre ganze Aufmerksamkeit auf Marc.

Er betrachtete die beiden Frauen auf seinem Bett nachdenklich. Inzwischen war er nackt, und seine Hand streichelte den Schwengel, den Marie so gerne in sich spüren würde.

»Komm«, lockte sie ihn. So, wie er sie vorhin ins Schlafzimmer gelockt hatte.

Er kam zu ihnen aufs Bett und warf Janine noch einen knappen Seitenblick zu, ehe er all seine Konzentration auf Marie richtete.

Es war zu dritt etwas beengt im Bett, zumal Janine versuchte, sich immer wieder ins Spiel zu bringen. Sie rieb ihre Schulter an Marcs Oberschenkel, versuchte, ihren Kopf zu seinem Schwanz zu senken. Marie schob sie einfach weg.

Es war nicht so, dass Janines Anwesenheit sie total störte. Sie wünschte sich einfach, es liefe irgendwie anders. Besser für sie, besser auch für Janine, die ja auch nichts dafür konnte, dass sie so dumm und naiv war, sich als Unberührbare auf einen Kunden eingelassen zu haben. Vermutlich machte sie diesen Job einfach noch nicht besonders lange.

»Wir könnten sie in den Arsch und in die Möse ficken. Gleichzeitig«, schlug Marc vor.

»Und dann?«, fragte Marie.

Eigentlich hätte sie gerne gefragt: Und was ist mit mir?

Er zuckte mit den Schultern. »Stelle ich mir spaßig vor, mehr nicht.«

Sie hatte das Gefühl, ein Fremdkörper zu sein.

»Jetzt sei keine Spielverderberin.« Marc schien genau zu wissen, was sie dachte.

»Bin ich nicht«, erwiderte sie trotzig.

Ihr Blick ruhte auf seinem Schwanz, den er weiter unablässig mit der Hand bearbeitete. Sie beugte sich vor und nahm ihn in den Mund.

Im Moment war es bestimmt klüger, wenn sie nichts sagte, sondern einfach machte, wonach ihr der Sinn stand.

Marcs Hand legte sich auf ihren Kopf, aber er übte keinen Druck aus. Sie war ihm dankbar dafür; schnell fand sie in ihren Rhythmus.

»Langsam«, hörte sie ihn flüstern.

Ihre Finger spielten mit seinen Hoden. Sie spürte seine wachsende Erregung, und auch ihr Slip war schon wieder ordentlich nass. Sie drehte sich etwas zur Seite, jetzt war ihre Möse Janines Gesicht ganz nah.

Sie drückte der anderen Frau einfach das Geschlecht auf den Mund, der vom Ballknebel weit offen stand. Janine riss erstaunt die Augen auf – ob dieses Erstaunen gespielt war oder nicht, kümmerte Marie nicht –, und aus ihrer Kehle drangen unartikulierte Laute.

Marie rieb sich an Janines Gesicht. Die Hitze in ihrem Unterleib erwachte zu einem fordernden Pochen.

Sie wollte es genießen.

Aber Janines Blick ließ sie nicht los.

Langsam ließ Marie Marcs Schwanz aus ihrem Mund gleiten. Sie schluckte. Ihre Hüften kreisten nicht mehr über Janines Gesicht.

»Ich kann nicht«, flüsterte sie.

***

Janine hätte gern gelacht, wenn der Ballknebel sie nicht zum Schweigen verdammt hätte. Belustigt beobachtete sie, wie Marie ihre Kleidungsstücke vom Boden aufsammelte und ohne einen Blick zurück floh.

Sie versuchte gar nicht erst, Marc aufzuhalten, der aufsprang und hinter Marie herlief. Stattdessen sank sie seitlich zurück aufs Bett und wartete einfach, bis er zurückkam.

Das würde nicht allzu lange dauern.

Zwei Minuten später stand er wieder in der Tür. Er schien nicht so genau zu wissen, was er jetzt mit ihr anfangen sollte. Deshalb richtete Janine sich auf, Knie und Schultern ruhten auf der Matratze. Er hatte sie wirklich fachmännisch gefesselt, sie konnte sich kaum rühren. Ihre Hände waren auf den Rücken gedreht, so dass sie nur in der Lage war, mit einer Hand leicht zu winken, ohne zu wissen, ob er das bemerkte.

Er sollte schließlich auf seine Kosten kommen. Dafür war sie hier.

Marc verstand, was sie wollte. Er kam zu ihr, streifte sich ein Kondom über und kniete sich hinter sie auf die Matratze. Irgendwo in der Wohnung knallte eine Tür ins Schloss, genau in dem Moment, als sein Schwengel auf ihre heiße Spalte traf. Er rammte sich tief in sie hinein. Janine stöhnte auf. Er schien jetzt keine Lust mehr aufs Vorspiel oder irgendwelche Zärtlichkeiten zu haben, ihm ging es nur noch darum, seine Lust zu befriedigen. Sie ordnete sich diesem Wunsch unter; so hatte sie es von Anfang an ersehnt.

Leider war diese frigide Schnepfe dazwischengefunkt, und kurz hatte sie befürchtet, sie bekäme heute nicht, was sie verdiente.

Janine hasste ihren Job als Nyotaimori-Mädchen. Die Bezahlung war großartig, schön und gut, aber was nützte es ihr, dass ihr Konto gut gefüllt war, wenn sie das Gefühl hatte, nicht bloß an den Abenden, an denen sie unter einer Schicht eiskalten Sushis begraben wurde, nach Fisch zu stinken, sondern auch an den Tagen dazwischen? Es war egal, wie gut sie sich wusch, dieser fischige Geruch schien an ihr zu kleben. Und sie wollte das nicht mehr.

Sie wollte, dass man sie wahrnahm. Und wenn sie sich dafür einem Mann wie Marc unterwerfen musste, war das immer noch besser, als wenn sie sich vor einer Masse geifernder alter Säcke erniedrigen musste, die gegen die Regeln verstießen und ihr am liebsten den Schwanz in diverse Körperöffnungen rammen würden.

Er verharrte. Sie spürte sein Pulsieren in ihrer Möse. »Stehst du auf Schmerzen?«, flüsterte er.

Sie reagierte nicht. Seine Hand legte sich in ihren Nacken, er riss ihren Kopf zurück. Sie spürte, wie die Hand sich um ihre Kehle legte. Er drückte leicht zu. »Stehst du auf Schmerzen?«, wiederholte er.

Ihr Blick wich seinem aus. Sie schüttelte den Kopf; sie wusste, was ihm gefiel. Sie sollte Angst zeigen, sollte erdulden, was er mit ihr machte. Vorhin hatte sie einen kurzen Blick in seine Schublade mit den Sextoys werfen können. Was er dort für sie bereithielt, hätte ihr unter anderen Umständen vielleicht Sorgen bereitet. Aber sie stand auf Schmerzen; ja, sie begrüßte den Schmerz.

Schnell hatte sie sich an seinen unbarmherzigen Rhythmus gewöhnt. Sie kam jedem seiner Stöße entgegen. Seine Hand klatschte laut auf ihren Hintern, und es tat weh. Sie stöhnte auf, doch das schien ihn noch anzuspornen. Immer wieder knallte seine flache Hand auf ihren Po, und sie wand sich unter ihm. Der Schmerz wurde fast zu viel, ihre Arschbacken brannten, und ihr ersticktes Stöhnen ging im Rhythmus unter, mit dem sein Unterleib unbarmherzig auf ihren Arsch einhämmerte.

Sie kam in dem Moment, als er sich mit einem Ruck aus ihr zurückzog. Wimmernd hing sie auf dem Bett, ihr Fleisch zuckte unkontrolliert, und sie spürte, wie ihre Nässe aus ihrer Möse auf das Bettlaken tropfte.

Aber er war längst nicht mit ihr fertig.

Plötzlich riss er ihren Kopf an den Haaren nach hinten. »Habe ich dir erlaubt zu kommen?«, zischte er.

Sie schüttelte den Kopf.

Das Nächste, was sie spürte, war ein kleiner Gummiball, den er ihr in die Hand drückte. Sie wusste, warum: Sie war geknebelt und konnte kein Safeword sagen, selbst wenn sie wollte. Und die Hand heben ging auch nicht, weil er seine Fesselkünste an ihr ausgelassen hatte.

Ihre Fingernägel krallten sich in das Hartgummi.

Sie würde nicht loslassen. Niemals.

Seine Hand legte sich auf ihre Kehle. Er übte langsam immer mehr Druck aus, und sie versuchte verzweifelt, nach Luft zu ringen.

»Und wieso kommst du, wenn ich es dir nicht erlaube?«

Seine Zurechtweisung ließ ihren Orgasmus zu einer neuen Höhe anschwellen. Sie konnte nichts dagegen tun; er hatte sie an diesen Punkt getrieben, wo jede Zurechtweisung, jedes strenge Wort in ihr eine Welle der Lust auslöste. Und während er ihr noch das letzte bisschen Luft abschnürte und sie fürchtete, im nächsten Moment das Bewusstsein zu verlieren, verteilte er mit der anderen Hand ihre Nässe großzügig auf ihrem Hinterteil. Seine

Finger fuhren in ihrer Kimme auf und ab, und sie ahnte, was jetzt kommen würde.

Unwillkürlich spannte sie sich an.

Zuerst drang er mit einem Finger in ihr Arschloch ein. Er fühlte sich riesig an, und sie schrie gegen den Ballknebel an. Oh Gott, das war so geil! Hätte er sie nicht geknebelt, würde sie an ihren eigenen Schreien ersticken! Er quittierte ihr Stöhnen allerdings sofort wieder mit etwas mehr Druck auf ihre Kehle. Ihre Hand umfasste den Ball fester. Sie wollte auf keinen Fall loslassen. Es passierte ihr selten, dass ein Mann ihre unterwürfige Seite so gut verstand und sie zum beiderseitigen Lustgewinn einsetzte.

Sie hielt unwillkürlich den Atem an, obwohl das bisschen, was sie noch an Luft in ihre Lungen pressen konnte, sie kaum noch bei Bewusstsein halten konnte. Marc lockerte für einen Moment den Griff, als er mit der anderen Hand seinen Schwengel gegen ihr geweitetes Arschloch drückte.

Er drang beinahe mühelos zentimeterweise in sie ein.

Ihre Schreie wurden von dem Knebel erstickt.

Seine flache Hand klatschte auf ihr Gesäß.

»Halt die Klappe«, knurrte er.

Und dann begann er, sich in ihr zu bewegen.

Er passte diesmal auf, und auch sie grub die Zähne in den Ball, um nicht zu kommen, ehe er es ihr erlaubte. Wer wusste schon, wie er sie diesmal bestrafen würde?

Seine Hand streichelte ihre Kehle. Manchmal drückte er leicht zu, manchmal etwas mehr, und als sie ihren Höhepunkt spürte, der unaufhaltsam näher rauschte, drückte seine Hand für wenige Sekunden fester zu. Sie ergab sich ihm. Sie ergab sich dem Schmerz, der Atemnot, sie ergab sich der Lust, die er ihr bescherte. Hätte er sie in diesem Augenblick um irgendetwas gebeten, hätte sie es ihm mit Freuden gewährt.

Und dann kam sie.

In dem Moment, als der erste Orgasmus verebbte, zog er sich aus ihrem Arschloch zurück und rammte sein Teil sofort in ihre Möse. Ihrem zuckenden Fleisch, das ihn wie ein Schraubstock umschloss, blieb keine Zeit, sich an seine Größe zu gewöhnen. Im nächsten Moment spürte Janine, wie sie erneut kam, und sie drückte ihr Gesicht in das Kissen, während er sie an Hüfte und Halsbeuge festhielt. Seine Finger strichen über ihre Kehle, und sie spürte Tränen, die ihr in die Augen schossen und haltlos über ihr Gesicht rannen.

Tränen der Lust.

Und das war ihr seit Jahren nicht mehr passiert.

Vielleicht war sie nicht nur mitgekommen, weil sie sich erhoffte, er könnte sie von ihrer Arbeit als Nyotaimori-Mädchen erlösen. Vielleicht wollte sie mehr davon.

Mehr als nur eine Nacht.

Danach ließ er sie behutsam auf die Matratze gleiten. Er nahm ihr den Gummiball aus der Hand, und als sie den Kopf zur Seite drehte, sah sie, wie er den Ball nachdenklich betrachtete und mit den Fingern über die Einkerbungen fuhr, die ihre Fingernägel hinterlassen hatten.

Er löste die Fesseln, und mit einem leisen Seufzen streckte sie sich aus. Ihr Körper war völlig zerschunden, aber sie genoss dieses erschlagene Gefühl und streckte die Hand nach einem Kissen aus.

Marc verschwand im Badezimmer. Als er zurückkam, zog er die Decke über ihren Körper und legte sich hinter sie.

In der Löffelchenposition schliefen sie ein und wärmten sich am Körper des anderen.

5. Kapitel

Sie hatte in den letzten vier Tagen wie eine Besessene gearbeitet, von morgens um sieben bis spätabends im Penthouse geschuftet, die Handwerker beaufsichtigt, die Möbelpacker verflucht, und wenn eine ruhige Minute blieb, hatte sie sich auf den Sessel gefläzt, den sie im Wohnzimmer hatte aufstellen lassen, um Kataloge zu wälzen, Termine mit Spezialisten zu vereinbaren oder den Papierkram zu sortieren, der sich nach so wenigen Tagen bereits zu einem beträchtlichen Stapel anhäufte.

Der Sessel war etwas Besonderes. Ein Einzelstück, von einem Möbeldesigner als Studie entworfen, die jedoch nie umgesetzt wurde. Marie gestand es sich nur ungern ein, aber dieses Möbel war Liebe auf den ersten Blick gewesen.

Eine völlig unerschwingliche Liebe.

Aber Gregor konnte es sich leisten. Deshalb hatte sie den Sessel gekauft und die Rechnung kurzerhand an Gregors Sekretariat schicken lassen. Der Sessel würde natürlich in das Wohnkonzept des Penthouse irgendwie integriert werden müssen – obwohl Marie noch nicht so genau wusste, wie.

In den kommenden Wochen gehörte er aber ihr. Sie durfte darauf sitzen, wann immer ihr der Sinn danach stand.

Freitagmittag waren die Handwerker fertig. Marie legte im Gästezimmer letzte Hand an. Sie war mit dem Ergebnis nicht so richtig zufrieden; irgendwas fehlte diesem kühlen, pastellfarbenen Raum.

Sie stand minutenlang einfach mitten im Raum und wartete, dass es ihr einfiel.

Und dann war es wie ein Schlag.

Dem Raum fehlte Charakter.

Was erwartete Gregor denn auch, wenn er ihr keine Vorgaben machte?

Sie versicherte sich noch einmal, dass in keinem der acht Räume noch irgendwo ein Handwerker arbeitete. Dann schloss sie die Haustür von innen ab, ging ins Gästezimmer und schloss auch diese Tür hinter sich, allerdings ohne den Schlüssel umzudrehen.

Dann begann sie, sich auszuziehen und die Kamera auf dem Stativ zu befestigen.

Da ihr das Gästezimmer inspirations- und seelenlos vorkam, hatte sie absolut keine Idee, wie sie sich in diesem Raum drapieren sollte. Marie wollte schließlich, dass ihr Foto Gregors Zustimmung fand. Sie hatte lange mit sich gehadert, ob sie das wirklich machen sollte, aber irgendein Teil von ihr, den sie sonst immer tief in sich vergrub, hatte Gefallen gefunden an diesem neuen Spiel.

Sie redete sich aber bisher noch erfolgreich ein, sie würde nur deshalb seinen Befehlen folgen, weil sie fürchtete, er könnte ihr den Auftrag entziehen, wenn sie ungehorsam war.

Das Risiko war ihr einfach zu groß.

Nach einigem Überlegen legte sie sich aufs Bett. Der Selbstauslöser blinkte, nach zwölf Sekunden blitzte es dezent. Sie sprang auf, sah sich das Foto an.

Natürlich war sie nicht zufrieden.

Sie lag einfach auf dem Bett, der Kamera halb zugewandt. Ihre Brüste waren hübsch, aber das war so ziemlich das Einzige, was ihr an dem Bild gefiel. Obwohl es selten war, dass sie ihre Brüste mit ein paar freundlichen Gedanken bedachte.

Marie seufzte. Sie stellte die Kamera neu ein. Zwölf Sekunden, um sich irgendwie appetitlich im Zimmer zu arrangieren. Zwölf Sekunden, die nicht reichten und viel zu lang waren.

Es passierte beim siebten oder achten Versuch. Sie war inzwischen regelrecht frustriert, und langsam wurde sie trotzig. Sollte er doch eins dieser blöden Bilder nehmen und sich dran aufgeilen, wenn er unbedingt wollte! Ihr war die Lust an diesem kleinen Experiment so schnell vergangen wie vor wenigen Tagen auf den Dreier mit Marc und dem Nyotaimori-Mädchen.

Sie kniete sich gerade aufs Bett und legte die Hand auf ihre Scham. In Gedanken zählte sie runter. Acht ... sieben ... sechs ...

Jemand klopfte an die Tür.

Fünf ...

Ihr Herz stockte. Die Türklinke senkte sich.

Vier ...

Ihr linker Arm legte sich beschützend über die Brüste. Die rechte Hand tastete suchend nach irgendeinem Stück Stoff, damit sie sich bedecken konnte.

Drei ...

Die Tür öffnete sich einen Spalt.

Zwei ...

Marie hörte sich kreischen. Kein wildes, zügelloses Kreischen, sondern ein leiser, entsetzter Laut, der ihr unwillkürlich entfuhr.

Eins.

Es blitzte in dem Moment, als der Handwerker durch die Tür schaute. Er zuckte sofort zurück und stieß sich den Kopf am Türpfosten. Die Tür knallte zu, sie hörte ihn lautstark fluchen.

Rasch schlüpfte Marie in Jeans und Bluse. Sie riss die Tür auf. Der Handwerker stand davor, ein junger Bursche, ein paar Jahre jünger als sie.

»'tschuldigung, ich wusste ja nicht …« Er war knallrot im Gesicht und wagte nicht, sie anzusehen.

»Was wussten Sie nicht?«, blaffte sie.

»War abgeschlossen. Ich wollte nach Hause.« Weil sie ihn verständnislos anstarrte, fügte er hinzu: »Ich hab im Gästeklo gearbeitet. Das Waschbecken, Sie wissen schon.«

Sie erinnerte sich.

Dort hatte sie nicht nachgeschaut.

»Warten Sie, ich lasse Sie raus.«

Nachdem er weg war, lief sie zurück ins Gästezimmer. Sie sank aufs Bett und starrte auf die Kamera.

Oh mein Gott, was muss er jetzt von mir denken? Und wenn er das jetzt seinen Kollegen erzählte …?

Marie wäre vor Scham am liebsten im Erdboden versunken.

Sie zog das Stativ heran und löste die Kamera aus der Halterung. Flüchtig sah sie die entstandenen Bilder durch. Beim letzten zögerte sie.

Weil sie sich ausgerechnet in dem Moment bewegt hatte, als das Bild ausgelöst wurde, waren ihre Arme nur verwischte Schatten. Ihr Mund und die Augen waren entsetzt aufgerissen, aber sie kniete auf dem Bett. Und der einzige Teil ihres Körpers, der absolut scharf war, war ihr Unterleib.

Sie starrte das Bild lange an. Dann schaltete sie die Kamera aus, sammelte ihre Sachen ein und ging.

»Halt! Wo wollen Sie denn hin?«

Marie ignorierte die schrille Stimme der Sekretärin. Sie schob sich an ihr vorbei und betrat schwungvoll Gregors Büro. Sie war so in Fahrt, dass ihr die beiden Anzugtypen, die vor seinem Schreibtisch saßen, ziemlich egal waren. Sie stürmte auf Gregor zu und knallte ihm das Bild auf die Glastischplatte.

»Bitte schön!«, fauchte sie. »Ich hoffe, du bist mit meiner Arbeit zufrieden. Ich bin's nämlich nicht.«

Gregors Miene war versteinert. Er sah an Marie vorbei, als existierte sie überhaupt nicht. »Frau Steiner?«, rief er.

»Ich hab ja versucht, sie aufzuhalten, Herr Pelzer, aber ...«

»Rufen Sie den Wachdienst.«

Marie starrte ihn mit offenem Mund an. Das war also der Lohn für ihre Arbeit? Die beiden Männer vor dem Schreibtisch wechselten einen nervösen Blick, aber keiner sagte ein Wort.

Wollen wir doch mal sehen, ob er mich wirklich von den Wachleuten abführen lässt, dachte sie trotzig und blieb mit verschränkten Armen stehen, wo sie war.

Jetzt erst blickte er sie an. In seinen Augen las sie ... ja, was? Resignation? Er schien den Kopf zu schütteln, ganz leicht nur.

Sie beschloss, seine Herausforderung anzunehmen.

Eine Viertelstunde später saß sie in einem verglasten Kabuff zwei Wachmännern gegenüber, die versuchten, dem jeweils anderen einen Bericht aufs Auge zu drücken. Keiner von ihnen fühlte sich besonders wohl in seiner Haut, und vor allem Marie bemühte sich, den Blicken der beiden Männer vom Wachschutz auszuweichen, weil sie sich so gedemütigt fühlte.

Sie hatte sich gewehrt, ja natürlich! War das nicht ihr gutes Recht? Gregor behandelte sie so ... ja, so ungerecht! Wieso hörte er sie nicht an? Wieso ließ er sie wie eine Schwerverbrecherin abführen?

Gut, es war nicht richtig gewesen, sein Büro zu stürmen. Aber sie war in dem Moment so wütend gewesen. Und auch ein bisschen stolz, denn nachdem sie den vergrößerten Abzug des Bildes abgeholt hatte, wusste sie, dass es genau das zeigte, was er sich von ihr erhoffte.

Sie musste es ihm einfach zeigen, wie ein kleines Mädchen, das zum Vater lief und ihm ein selbstgemaltes Bild zeigte.

Das Telefon klingelte. Mürrisch ging der eine Wachmann dran; er sprach kurz, dann legte er auf und winkte seinem Kollegen. Sie verließen das Kabuff und zogen die Tür hinter sich ins Schloss. Als der Schlüssel umgedreht wurde, fuhr Marie herum.

Entsetzt sah sie zu, wie die beiden einfach gingen.

Und in diesem Augenblick überkam sie eine tiefe, blutrote Panik, die alles zu verschlingen drohte. Das Gefühl war völlig neu für sie; bisher hatte sie noch nie Angst gezeigt, wenn sie in einem Raum eingeschlossen war.

Marie schloss die Augen. Sie zwang sich, leise bis hundert zu zählen.

Als sie die Augen wieder aufschlug, saß er vor ihr. Sie hatte ihn nicht reinkommen gehört. Er hatte sich einen Stuhl genommen und saß so dicht vor ihr, dass sich ihre Knie beinahe berührten.

Und ihre Hände waren hinter dem Rücken gefesselt, dafür hatten die Wachleute gesorgt, weil sie sich zur Wehr gesetzt hatte. Keine Chance, ihm an die Gurgel zu gehen.

Gregor musterte sie nachdenklich. Er schaute von dem Fotoabzug zu ihrem Gesicht, neigte den Kopf leicht zur Seite und lächelte.

»Ich hoffe, es hat sich wenigstens gelohnt, dass mich ein Handwerker dabei erwischt hat«, spie Marie wütend aus.

»Deswegen guckst du so?« Er schnalzte mit der Zunge. »Doch, hat sich gelohnt.«

Dann warf er das Foto achtlos auf den Schreibtisch. Marie schaute zur Seite. Jetzt war ihr der Auftritt in seinem Büro schrecklich peinlich, und sie wünschte, sie hätte ihr Temperament gezügelt.

Er packte die Sitzfläche ihres Stuhls zwischen ihren Schenkeln und zog ihn näher zu sich. Die Metallfüße kreischten auf dem Betonfußboden. »Ich sollte dir den Auftrag entziehen und mir eine andere suchen.« Seine Rechte wanderte auf ihrem Oberschenkel nach oben, traf auf den Saum ihrer Bluse und glitt darunter. Seine Finger brannten sich heiß in ihre kalt verschwitzte Haut. »Willst du das? Soll ich mir eine andere suchen?«

Sie schüttelte stumm den Kopf.

Sein Gesicht war ihrem ganz nahe. »Antworte mir«, flüsterte er.

Tausend Gedanken schossen ihr durch den Kopf. Sie hätte gerne das Rückgrat besessen, diesen Auftrag in den Wind zu schießen, aber das war ihr nicht möglich.

Aus zwei Gründen. Erstens: Sie liebte ihren Job, und dieses Projekt war die große Chance für sie, sich zu beweisen und auch von anderen zahlungskräftigen Kunden wahrgenommen zu werden. Wenn sie schaffte, was sie sich vorstellte, würde sie sich in Zukunft um ihren Lebensunterhalt keine Sorgen mehr machen müssen. Also war dieser Grund rein finanziell motiviert.

Der zweite Grund aber …

Es ging um ihn.

Sie wollte ihn. Vom ersten Moment, als sie ihm in der Trattoria gegenübergesessen hatte, war in ihr ein erregtes Beben erwacht, das sich zu einem ersten Höhepunkt gesteigert hatte, als er sie in der *Trattoria Dario* aufforderte, sich zu befingern.

Er stellte Forderungen, die zu erfüllen sie sich bei jedem anderen Mann geweigert hätte.

Bei ihm nicht. Bei Gregor hoffte sie, er werde immer mehr von ihr fordern und ihre Grenzen damit endlich an den Punkt führen, an dem es kein Zurück mehr gab und sie sich ihm vollständig unterwarf.

»Was willst du, Marie?«, fragte er sehr leise.

Sie blickte zu ihm auf. Auf seinem Gesicht lag ein ernster Ausdruck.

»Dich«, flüsterte sie schließlich. Sie musste sich räuspern, dann wiederholte sie laut und deutlich: »Ich will dich.«

Er nickte. »Gut.«

Mehr nicht. Nur »gut«. Was sollte ihr das sagen? War es gut, dass sie ihn wollte? Oder war er einverstanden?

Sie kam nicht dazu, weiter darüber nachzudenken. Er ließ seine Hand hinaufwandern. Sie schob sich zwischen Maries Schenkel, bis sie auf ihrem Schamhügel ruhte. Er drückte leicht, und sie spürte ihre Nässe, die das Höschen flutete.

»Bist du nass?«, fragte er.

Sie nickte stumm.

Sie wollte ihn sofort. Wieso sollte sie warten, bis sie es in seinem neuen Gästezimmer taten? Da roch es ohnehin nach Farbe.

»Lass es uns tun«, flüsterte sie. »Hier.«

Belustigt musterte er sie. »Du schlägst allen Ernstes vor, es in diesem Kabuff zu tun, obwohl jederzeit die beiden Wachleute zurückkommen könnten? Ich hab sie nur zum Kaffeeholen geschickt, weißt du.«

In ihrem Blick flackerte etwas auf, das ihn zu amüsieren schien. Er beugte sich vor. Seine Hand massierte sie durch ihre Jeans. »Nein, du willst es nicht hier tun. Nicht jetzt. Du willst, dass wir in die Wohnung fahren. Du willst mir das Zimmer zeigen. Das ich übrigens ganz nett finde, also auf dem Foto sieht es ganz nett aus. Deine geile Performance kann aber nicht darüber hinwegtäuschen, dass deine Arbeit noch nicht das ist, was wir beide uns davon versprechen.«

Sie fühlte sich ertappt.

»Wie findest du es?«

Sie blickte beiseite und biss sich auf die Unterlippe.

»Das habe ich mir gedacht.« Er zog die Hand zurück. »Es gab einen Grund, warum ich mich für dich entschieden habe.«

Ihr Kopf ruckte hoch. »Lass mich raten: Die männlichen Innenarchitekten sind nicht so dein Typ?«

Ihre Worte schienen ihn zu amüsieren. »Das auch.«

Sie ruckelte an den Handschellen. Sie wollte sich befreien, die Hände um sein Gesicht legen und ihn hart küssen. Zugleich wollte sie sich ihm völlig ergeben. Sie war doch schon gefesselt, wieso machte er jetzt nicht, was er wollte? Ging es bei Dominanz und Unterwerfung nicht genau darum?

Seine Hand stahl sich unter ihre Bluse. Sie hielt den Atem an. Etwas in ihr wollte seine Hand wegschlagen. Etwas in ihr fürchtete sich vor dem, was er mit ihr anrichten würde.

Federleicht tänzelten die Fingerspitzen über ihren flachen Bauch. Wanderten hinauf, erkundeten die Linien ihres Brustkorbs. Er fuhr die Rippen einzeln nach, immer höher, bis er die zarte Wölbung ihrer linken Brust ertastete.

»Du Luder«, flüsterte er rau. »Ist das Absicht? Dass du keinen BH trägst?«

Atemlos lachte sie auf. »Es ist wohl kaum ein Fehler gewesen, oder?«

Er schien zufrieden. Seine Finger wanderten weiter hinauf. Sie spürte, wie er ihre Brust ganz umschloss. Seine Hände waren groß und kräftig.

Er kniff in ihren Nippel.

Marie machte auf dem Stuhl einen Satz. Sie stieß sich einen Unterarm schmerzlich an der Rückenlehne, doch ihm war das egal. Er kniff und drückte, zwirbelte und grub einen Fingernagel tief in das empfindliche Fleisch.

Etwas in ihr genoss den Schmerz. Sie jammerte leise, hob sich ihm entgegen, aber sie forderte ihn nicht zum

Aufhören auf. Nein, dieser Schmerz durchfuhr ihren Körper bis in den letzten Winkel – ein kaltes Prickeln, das sie erfasste.

»Das willst du. Und noch mehr.«

Er zog die Hand zurück und machte einen Schritt nach hinten. Keinen Augenblick zu früh, denn beinahe zeitgleich wurde die Tür aufgerissen, und die beiden Wachmänner drängten ins Kabuff.

Mit vier Leuten wurde es in dem Glaskasten verdammt eng. Marie versuchte verzweifelt, ihre Gedanken zu bezähmen, die jedoch unablässig um ihre pochende Möse kreisten.

Gregor schien von ihr völlig unberührt zu sein.

Hatte sie sich also nur eingebildet, dass er scharf auf sie war?

»Darf man hier rauchen?«, fragte Gregor. Der jüngere der Wachleute hielt ihm stumm eine Packung Zigaretten hin, und während er sich eine anzündete, bemerkte der ältere: »Eigentlich nicht.« Aber auch er hatte schon einen Glimmstengel zwischen den Lippen.

Die drei Männer grinsten einander an. Sie ignorierten Marie. Und sie hasste es, ignoriert zu werden, besonders wenn sie zugleich an einen unbequemen Stuhl gefesselt war.

»Und was meinen Sie, wie geht das Spiel morgen Abend aus?«

Jetzt waren sie beim Fußball angekommen, na prima. Marie ruckelte an den Handschellen. Keiner beachtete sie.

Sie senkte den Kopf und lauschte. Schloss die Augen und redete sich ein, sie könne es schon ertragen, von den dreien ignoriert zu werden. Vielleicht, dachte sie, war das auch ihre gerechte Strafe, weil sie Gregor gestört hatte.

»Das wird doch nix, der Trainer hat's nicht drauf.«

Und so weiter. Hätte Marie nicht das Gefühl, sie werde von Gregor getestet, hätte sie längst gegen ihre Handschellen rebelliert.

Ihre Wangen fühlten sich unnatürlich heiß an. Sie war wütend, weil er sie wie Dreck behandelte. Wie ein Stück Scheiße. Und sie hatte einfach keine Lust, sich so von ihm vorführen zu lassen, während er mit den Wachleuten scherzte und sich bei einem Pappbecher Kaffee mit ihnen verbrüderte.

Sie schloss die Augen. Die Stimmen der drei Männer hoben und senkten sich, und trotzdem verstand sie kein Wort.

Marie wartete.

Sie hoffte, dass irgendwas passierte. Bald.

Sie spürte die Panik in sich aufsteigen.

Ihre Hände rissen an den Handschellen.

* * *

Er beobachtete sie aus dem Augenwinkel. Mit gesenktem Kopf saß sie da und schien sich in ihr Schicksal zu fügen.

Gut.

»Und was meinen Sie, wie geht das Spiel morgen Abend aus?«

Die beiden Wachleute zeigten ihr Erstaunen nicht, dass er plötzlich mit ihnen sprach. Sie erzählten bereitwillig, breiteten ihre Stammtischparolen vor ihm aus, während er wartete, dass Marie endlich eine Reaktion zeigte.

Ja, er erniedrigte sie. Es bereitete ihm Spaß, vor allem aber spürte er, wie viel Lustgewinn dieser unnachgiebige Zug ihm bot. Sie wollte sich ihm nicht unterwerfen? Dann hätte sie sich nicht auf ihn einlassen dürfen.

Vielleicht wusste sie es ja noch nicht, aber: Sie steckte

tief drin in dieser Sache. Und er würde den Teufel tun, sie einfach wieder loszulassen.

»Was passiert denn jetzt mit ihr?«, fragte er, nachdem sich das Gespräch über Bundesliga, die Arbeitsbedingungen und den schalen Kaffee erschöpft hatte. Inzwischen waren zehn Minuten vergangen. Sie hatte begonnen, auf dem Stuhl vor- und zurückzuwippen.

Der ältere Wachmann kratzte sich am Hinterkopf. »Tja, das ist wohl mehr Ihre Sache«, meinte er verlegen. »Was wollen Sie denn, das wir mit ihr machen?«

Gregor schmunzelte. Wenn der Mann wüsste ...

»Wir können sie ja nich der Polizei überstellen oder so. Sie hat ja nix angestellt«, fügte der zweite, jüngere hinzu. »Sie haben ja angerufen und gemeint, sie müsse aus Ihrem Büro entfernt werden. Aber solange sie nicht gegen 'ne einstweilige Verfügung oder so was verstößt, können wir der Polizei kaum was Handfestes bieten. Hat sie gesagt, was sie bei Ihnen wollte?«

Gregor machte eine wegwerfende Handbewegung. »Kann man den Weibern auch nur ein Wort glauben, wenn sie den Mund aufmachen?«

»Ja nee, das stimmt. Meine Alte lügt auch, sobald sie das Maul auftut.«

Gregor schlug vor: »Ich könnte sie mitnehmen.«

Die beiden Wachmänner schauten einander unbehaglich an.

»Tut mir leid, aber ... in Handschellen?«

»Immerhin ist sie in mein Büro eingedrungen. Ich finde, das gibt mir durchaus das Recht, oder nicht?«

Der Jüngere warf seinen leeren Kaffeebecher Richtung Mülleimer. Ein letzter Rest der bitteren braunen Brühe schwappte heraus und klatschte gegen die Wand dahinter. Nicht zum ersten Mal, vermutete Gregor, da die Wand hinter dem Mülleimer mit bräunlichen Flecken gesprenkelt war.

Inzwischen wiegte Marie ihren Oberkörper immer heftiger vor und zurück. Der Ältere trat zu ihr. Er beugte sich herunter und versuchte, hinter den Vorhang ihrer schwarzen Haare zu spähen.

»Alles okay bei Ihnen?«, fragte er.

Gregor wartete.

Sag jetzt nichts Falsches, Marie, dachte er. Ich könnte echt Schwierigkeiten bekommen, wenn du …

Ihr Kopf ruckte hoch. Auf ihrem Gesicht lag ein so entrückter, glückseliger Ausdruck, dass man glauben konnte, sie stünde unter Drogen. Aber Gregor bemerkte, wie ihre Mundwinkel unkontrolliert zuckten. Sie hatte Angst, zeigte sie aber nicht, sondern strahlte den Wachmann an, als hätte er sie gerettet.

Und dieser Mann konnte tatsächlich ihre Rettung sein, wenn sie ihn davon überzeugte, dass sie Angst vor Gregor hatte. Das wäre nicht schwer.

»Alles okay«, versicherte sie fröhlich. »Tut mir leid, dass ich so viel Ärger gemacht habe. Ich bin sicher, bei Herrn Pelzer bin ich in guten Händen.«

Der Mann dachte kurz nach. »Na gut«, meinte er schließlich. Er wollte ihre Handschellen öffnen, doch sie zog hastig die Hände weg.

»Nicht!«, rief sie.

Er war ehrlich erstaunt. »Also hören Sie, wenn Ihnen das alles leidtut und so, dann kann ich Sie auch von den unbequemen Dingern befreien.«

»Nein, bitte tun Sie's nicht«, flehte sie. Immer noch strahlte sie ihn selig an.

Gregor hatte nicht übel Lust, sie gleich auf dem unordentlichen Schreibtisch vor den Augen dieser beiden Wachmänner zu nehmen. Sie erniedrigte sich für ihn. Sie wollte ihm alles geben, was er verlangte – und noch viel mehr.

Er musste einschreiten. »Das genügt«, sagte er barsch.

»Machen Sie sie los. Ich bringe die junge Dame lieber nach Hause.« Er nickte dem Wachmann zu.

Dieser zögerte. »Meinen Sie, das ist sinnvoll? Ich meine, sie nach Hause zu bringen. Sie hat Ihnen ganz schönen Ärger gemacht.«

»Lassen Sie das nur meine Sorge sein.« Gregor wusste, wie absurd den beiden Wachleuten sein Verhalten vorkommen musste. Aber er konnte nicht anders. Er musste ihr helfen, und zwar schnell.

Ihre Verzweiflung rührte ihn zutiefst.

»Beklagen Sie sich später nicht, wenn das Miststück Sie gelinkt hat.«

Als sich die Fessel von ihren Handgelenken löste, sank Marie in sich zusammen. Das letzte bisschen Stolz und Selbstachtung ging ihr verloren.

Er liebte sie für dieses Zeichen ihrer Schwäche noch viel mehr als für ihre Worte.

Sanft zog er sie auf die Beine. »Danke«, sagte er bloß zu den beiden, dann verließen sie das Kabuff.

Sie hielt sich seltsam aufrecht. Ihre Schritte wirkten hölzern, und er packte ihren Arm, während sie den Korridor Richtung Eingangshalle entlangschritt. Sie schwankte, und er packte fester zu. Ihr leises Jammern ignorierte er.

»Was war da drin mit dir los?«, fragte er.

Sie schüttelte den Kopf.

Er zog sie zu den Fahrstühlen. Keine Zeit, sich mit weiteren Fragen aufzuhalten. Er wollte mit ihr ins Penthouse.

»Erzähl«, forderte er sie erneut auf. Die Türen glitten lautlos auseinander, sie betraten den Fahrstuhl. Sie lehnte sich an die verspiegelte Rückwand, den Kopf wieder gesenkt. Fast berührte ihr Kinn die Brust.

Er trat vor sie. Seine Hand hob ihr Kinn.

Die nackte Panik stand in ihrem Blick.

Es erschreckte ihn. Aber er verstand – oder glaubte es zumindest.

»Du hast Angst, dich hinzugeben.«

Sie schluckte. Eine einzelne Träne löste sich und rollte über ihre Wange. »Ich hab es versucht«, flüsterte sie. »Ich wollte dir doch …«

Sie war eine Herausforderung. Größer, als er gedacht hätte. Aber er war bereit, sie zu erwecken.

Seine Hände umschlossen ihr Gesicht. Er küsste sie auf den Mund, und zugleich spürte er, wie sie ganz weich wurde zwischen seinem Körper und dem Spiegel. Anders als vorhin, als sie weich wurde, weil die Anspannung aus ihrem Körper gewichen war. Ihre Hände fuhren hoch, sie tastete nach ihm. Eine Hand zerrte an seinem Hemd, die andere fuhr durch sein Haar.

Sie sank gegen ihn. Er umarmte sie, und das leise Pling des Fahrstuhls riss sie aus der innigen Umarmung.

Seine Erregung wuchs. Der Gedanke, noch länger warten zu müssen, war ihm unerträglich. Seine Finger verschränkten sich mit ihren, er zog sie hoch und eilte mit ihr an den dunklen Reihen der Wagen vorbei. Er hatte ganz hinten geparkt, direkt neben einer Betonsäule.

Er drückte sie gegen die Säule. Seine Hände fuhren zu ihrer Hose, er knöpfte die Jeans mit einer Hast auf, die er zuletzt empfunden hatte, als er siebzehn war. Sie half ihm. Schob ihre Hose herunter, den Slip beiseite. Er ging vor ihr auf die Knie. Ihr Aroma überwältigte ihn. Eine schwere, würzige Süße, die ihr entströmte. Sie drückte sein Gesicht gegen ihre Scham. Seine Zunge rieb ihre Klitoris. Ihr Seufzen spornte ihn an. Er schob zwei Finger in ihre Möse.

Sie war eng und pochte. Kam sie etwa schon? Mehr brauchte sie nicht, um zum Höhepunkt zu gelangen?

Seine Vermutung wurde aber dadurch nur bestätigt.

Sie hielt seinen Kopf mit beiden Händen umfasst und

drückte seinen Mund auf ihre Schamlippen. Es war schwierig, sie mit der Zunge zu befriedigen; sie konnte die Beine nicht so spreizen, wie er es sich gewünscht hätte, um seine Zunge in ihre erhitzte Enge zu drücken.

Sie kam trotzdem fast augenblicklich. Ihre Hüften kamen ihm entgegen, und eng zog sie sich um seine Finger zusammen. Sie biss sich die Lippen blutig, um nicht zu schreien, und in ihrem Auf und Ab stieß ihr nackter Hintern unkontrolliert gegen den rauen Betonpfeiler. Er legte eine Hand auf ihren Arsch, um sie zu zügeln.

Sie war nicht mehr zu bremsen.

Der Orgasmus rauschte so schnell vorbei, wie er gekommen war. Schon zog sie ihn wieder zu sich hoch und küsste ihn. Ihre Zunge erforschte ihn, leckte ihren Saft von seinem Kinn und seinen Lippen. Sie schwelgte darin, während ihre Hände sich an seiner Hose zu schaffen machten.

»Nicht«, flüsterte er.

»Bitte«, flehte sie. »Ich will ihn nur ein bisschen lutschen.«

Er lauschte. In der Tiefgarage war es gespenstisch still. Er hörte nur ihr Keuchen und das Rascheln von Stoff, als sie seine Hose nach unten schob.

»So nicht«, knurrte er.

Im nächsten Moment drückte er sie bäuchlings auf die Motorhaube seines Mercedes. Sie breitete die Arme aus, suchte nach Halt, wo es keinen Halt mehr gab. Seine Hand fuhr zwischen ihre Beine. Sie schrie lustvoll auf, als seine Finger unbarmherzig ihr zuckendes Fleisch bearbeiteten.

Er wollte sie.

Seine Hand spreizte ihre Arschbacken. Er fuhr mit einem Finger über ihre Kimme, verteilte ihre Nässe großzügig um ihr Arschloch und massierte es.

Sie erstarrte.

Es gab also auch Dinge, die ihr nicht gefielen. Irgendwie stachelte ihn das noch mehr an. Er beugte sich vor. Eine Hand in ihre Pobacke gekrallt, packte die andere ihren Arm und riss ihn nach hinten. Sie schrie auf. Der Schrei hallte von den Wänden wider.

Er hielt die Hand auf ihren Rücken gedreht. Marie wimmerte, aber zugleich bewegte sie die Hüften aufreizend hin und her.

Sein Schwanz pochte schmerzlich. Er hatte lange genug gewartet. Noch immer hielt er sie fest, doch mit der anderen Hand führte er seine Schwanzspitze an ihren tropfnassen, heißen Eingang.

Marie lag ganz still auf der Motorhaube. Den Kopf hatte sie zur Seite gedreht, doch er konnte nichts erkennen, weil die Haare auf ihrem Gesicht lagen. Er stellte sich vor, wie sie mit offenen Augen dalag und wartete. Wie sie sich vor dem Moment fürchtete, wenn er in sie eindrang.

Sie stöhnte leise, als er es schließlich tat.

Er beugte sich zu ihr herunter. »Nur ein Laut, und ich höre sofort auf.«

Sie nickte stumm.

Er begann, sich in ihr zu bewegen.

So hatte er es sich vorgestellt. Und doch völlig anders. Er hatte geglaubt, wenn sie es zum ersten Mal taten, würde sie auf dem Bett im Gästezimmer liegen. Sie würde sich ihm hingeben, doch in ihren Augen würde noch immer der Trotz aufblitzen.

Nun, so konnte man sich irren. Er hatte jedenfalls nicht damit gerechnet, dass sie sich ihm so bereitwillig hingäbe. Er hatte mit allem gerechnet, nur nicht mit dieser Hingabe.

Marie stöhnte auf.

»Was habe ich dir gesagt?«, zischte er.

Sie verstummte. Sein nächster Stoß ließ sie wieder leise

jammern. Ein kehliger, lustvoller Laut, bei dem sich seine Hoden zusammenzogen. Er kam.

»Halt den Mund.« Er klapste sie auf den Po, der von dem Betonpfeiler gerötet war. Er glaubte, sogar kleine Blutstriemen zu erkennen. Sie hatte diesen Schmerz klaglos ertragen.

Für die Zukunft stimmte ihn das hoffnungsvoll.

Sie wimmerte. Und dann schrie sie.

Er kam. Sein Schwanz schwoll an, in seinem Unterleib breitete sich ein lustvolles Zucken aus. Und auch Marie war ihrem nächsten Höhepunkt nahe.

Sie gab aber einfach keine Ruhe.

Marie bäumte sich auf, und er zog sich aus ihr zurück, mit einem kräftigen Ruck. Sein Sperma spritzte auf ihren nackten Po, während sie auf der Motorhaube zusammenbrach und leise wimmerte. Sie lag wie hingegossen da, ihre Füße suchten nach Halt, während sein heißer Samen auf ihre roten Arschbacken spritzte.

»Steig ein«, befahl er ihr kalt. »Und wisch dich gefälligst vorher ab. Ich hab keine Lust, dass du mein Auto einsaust.«

Langsam drehte sie den Kopf in seine Richtung. Sie musterte ihn. War das Wut in ihren Augen?

Er würde es ihr schon noch austreiben.

»Los, mach schon.«

Irgendwo knallte eine Metalltür, er hörte eine Frau lachen. Schritte auf dem Beton. Gregor zog die Hose wieder hoch, schloss sie und stieg in seinen Wagen. Er wartete, während Marie mit einem Taschentuch behutsam sein Sperma von ihrem Po wischte, die Hose hochzog und schließlich neben ihm auf den Beifahrersitz sank.

Diese wenigen Minuten gaben ihm genug Zeit, seine Gedanken zu klären.

»Wir müssen reden«, sagte er.

»Okay«, sagte sie leise. Sie schloss den Sicherheitsgurt und blickte ihn erwartungsvoll an.

Er startete den Motor und lenkte den Mercedes aus der Parklücke.

6. Kapitel

Sie hatte das Gefühl, alles falsch gemacht zu haben. Es war nicht nur, weil Gregor sie immer wieder mit diesem harten Blick anstarrte. Sie hatte versagt.

Während sie fuhren, blickte Marie aus dem Seitenfenster. Sie war völlig versunken in der Erinnerung an das, was da gerade mit ihr passiert war. Daher dauerte es einen Augenblick, ehe Gregors Worte zu ihr durchdrangen.

»Hörst du mir überhaupt zu?«

Sie schüttelte leicht den Kopf, wandte sich ihm zu. Er hielt den Blick auf die Straße gerichtet, obwohl sie gerade an einer Ampel warteten.

»Wir brauchen Regeln«, sagte er. »Ein Safeword. Ein paar Absprachen, damit ich weiß, was gar nicht geht.«

Es hatte ihn doch bisher auch nicht gekümmert, was ging und was nicht. Aber Marie widersprach nicht.

»Was war das vorhin im Kabuff der Wachleute? Hast du eine Angstattacke bekommen oder was?« Die Ampel schaltete auf Grün. Er fuhr so abrupt an, dass sie in den Sitz gedrückt wurde.

»So was Ähnliches.« Sie atmete tief durch. »Ich ertrag es nicht, in engen Räumen eingeschlossen zu sein.«

»Führt das zu richtigen Panikattacken? Oder ist es nur ein gesteigertes Unwohlsein? So, wie du es nicht magst, gefesselt zu werden?« Seine Stimme klang hart.

Marie spürte, wie viel von ihrer Antwort abhing.

»Ich glaube, Letzteres.« Sie starrte jetzt auch nach vorne. Sie wusste, was sie mit diesen Worten bewirkte.

Aber die Zeit für Panik war vorbei, befand sie. Keine Angst mehr. Nicht vor ihm.

»Nyotaimori«, flüsterte sie.

»Wie bitte?« Kurz blickte er zur Seite.

»Mein Safeword. Nyotaimori.«

Er nickte. »Du wirst mir das aufschreiben müssen, aber meinetwegen.«

Sie musste es ihm nicht aufschreiben. Sie war nämlich gewillt, es in den nächsten Wochen kein einziges Mal auszusprechen.

Freitagabend. Die Nacht war lau, und in den Straßen waren viele Menschen unterwegs. Die Türsteher hatten gute Laune und drückten mal ein Auge zu. Auch hässliche Entlein sollten etwas vom Zauber der Clubs erleben dürfen.

Vielleicht war's an diesem Abend auch einfach so, dass zu wenige Leute sich in das stickige Dunkel der Clubs begeben wollten, weshalb sie keine allzu großen Ansprüche stellten. Sie wussten, was ihre Chefs wollten: volle Läden mit möglichst schönen Menschen, die sich vergnügten, Alkohol tranken und nicht herumpöbelten.

Allesamt Eigenschaften, von denen Bree gerne behauptete, sie zu besitzen. Das mit der Schönheit hatte sie sich hart erkämpft, weshalb sie kein Mitleid mehr mit denen hatte, die ihr Schicksal beklagten, weil die Natur sie nicht so großzügig bedacht hatte.

Sie war in dieser Nacht auf der Suche.

Sie wollte sich von Dave finden lassen.

In zwei Clubs war sie schon gewesen, von denen sie wusste, dass er sich dort oft herumtrieb. Dave ging nie an zwei aufeinanderfolgenden Wochenenden in denselben Club. Dies war einer der Grundsätze, die er ihr immer wieder erklärt hatte, während sie, den Notizblock auf den Knien, vor seinem Schreibtisch auf einem klapprigen

Besucherstuhl gehockt und er ihr Instruktionen gegeben hatte, was in seinem Leben in Ordnung gebracht werden müsse.

Sie trat aus der stickigen Wärme des Clubs. Gerade hielt ein Taxi am Bordstein und entließ drei ausgelassene Nachtschwärmer. Die beiden Frauen kreischten. Der Mann legte die Arme um sie und führte die Schönheiten zum Club. Man ließ ihn ohne Wartezeit ein.

Bree schnappte sich das Taxi.

»Na, wo soll's denn hingehen?«

Sie nannte ihm die Adresse des Clubs, in dem sie ihn letzten Freitag gefunden hatte.

Es war unwahrscheinlich, dass sie ihn dort traf. Aber irgendwas sagte ihr, dass sie es vielleicht auf diese große Unwahrscheinlichkeit ankommen lassen musste, um ihn zu finden.

Er hatte eine Woche Zeit gehabt, an sie zu denken. Eine Woche Zeit, sich zu wundern, wieso sie mitten in der Nacht verschwunden war. Eine Woche, in der er sich vielleicht gefragt hatte, wo sie steckte und wie er sie finden konnte.

Ja, wenn sie ihn dort traf, wusste sie, dass sie schon gewonnen hatte.

Anders als vor den anderen Clubs bildeten sich hier lange Schlangen. Kein Wunder: Hier ging man hin, wenn man gesehen werden wollte. Bree stellte sich an; geduldig wartete sie, bis der Türsteher alle abgewiesen hatte, bis auf ein Pärchen, das unter seinem Arm hindurch ins Innere des Gebäudes schlüpfte.

Er musterte Bree nur kurz. Kaugummigrinsen, Augen, die von oben nach unten zuckten. Aber sie bestand diese Musterung. Er ließ sie ein, und sie folgte den beiden ins Innere.

Früher hätte sie auch zu den erbärmlichen Gestalten gehört, die sich um die Tür herumdrückten und darauf hofften, dass der Glanz der Reichen und Schönen auf sie abstrahlte. Inzwischen wusste sie, dass es keine Zauberei war. Ob man eingelassen wurde oder nicht, konnte jeder selbst beeinflussen.

Sie genehmigte sich an der Bar einen Drink, lehnte sich mit dem Rücken dagegen und ließ ihren Blick über die Köpfe schweifen. Sie suchte ihn nicht, das wäre in diesem Gewühl ohnehin vergebene Liebesmüh.

Sie ließ sich von ihm finden.

»Na, Schönheit? Bist du vom Himmel gefallen?«

Sie runzelte die Stirn. Der Typ, der neben ihr stand, war ein bulliger Glatzkopf, glatt einen Kopf kleiner als sie. Seine Augen lagen tief in den Höhlen, wirkten winzig wie sein Mund. Einzig die Nase, schief und breit, stach aus dem Gesicht hervor. Die war ihm bestimmt nicht bloß einmal gebrochen worden.

Und als wär's nicht schon schlimm genug, trug er ein Goldkettchen um den Hals, und das Hemd stand so weit offen, dass sie seine rasierte Brust sehen konnte.

Es hatte eine Zeit gegeben – als sie noch nicht für Dave bereit gewesen war und sich ausprobiert hatte, sich und ihr neues Aussehen –, da hätte dieser Typ vielleicht sogar Chancen bei ihr gehabt. Aber jetzt wollte sie nur noch Dave.

»Hau ab«, brüllte sie gegen die wummernden Beats an.

Er zuckte nicht mal zurück, sondern gab dem Barkeeper ein Zeichen. Sofort stellte dieser zwei Gläschen Wodka neben Bree auf den Tresen.

»Lass uns einen trinken.« Er drückte ihr das eine Glas in die Hand und beugte sich vor. Bree hielt in beiden Händen die Gläser, ihre Clutch unter den Arm geklemmt. Keine Chance, ihm jetzt zu entkommen, es sei denn, sie kippte ihm den Wodka ins Gesicht. Und selbst dann würde er es vermutlich als Aufforderung zum Tanz begreifen.

Manchmal war ihr gutes Aussehen auch ein Fluch.

»Also: Prost!« Er kippte den Wodka runter. Bree stellte das Glas wieder auf den Tresen. Sie hielt sich lieber an ihrem Drink fest.

»Was denn, keine Lust? Wir könnten eine Menge Spaß haben, weißt du?« Er rückte näher. Sie drehte den Kopf weg.

Und sah Dave.

Es war schon ein unglaublicher Zufall, ihn einige Meter weiter an der Bar stehen zu sehen. Er wandte ihr den Rücken zu, und das blonde Mädchen, das an ihm hing wie eine Klette, lachte so schrill, dass Bree es zu hören glaubte.

Sie senkte den Blick.

Jetzt durfte sie bloß keinen Fehler machen.

Zunächst mal musste sie sich um ihren aufdringlichen Begleiter kümmern. Er hob Brees Wodka hoch und wollte ihn runterstürzen, doch sie hielt ihn davon ab.

»Das ist doch meiner, oder?«, rief sie über den Lärm, und ihm war's egal, er zuckte bloß mit den Schultern und reichte ihn ihr. Zugleich gab er dem Barkeeper ein Zeichen.

Sie kippte das Zeug mit einem entschlossenen Ruck herunter. Dann wandte sie sich ihm zu, drehte Dave demonstrativ den Rücken zu. Sie trug dieses rückenfreie Top und die Hose aus silbrig glänzendem schwarzem Stoff, der sich über ihren runden Pobacken spannte. Er musste sie einfach sehen. Er musste einfach daran denken, was er letzten Freitag mit diesem Po angestellt hatte.

Dann fiel ihm bestimmt sofort wieder ein, was er mit diesem Po noch machen musste.

Sie näherte sich dem kleinen, dicken Glatzkopf. Der grinste und offenbarte eine winzige Lücke zwischen den Schneidezähnen. »Wusste ich's doch, mit ein bisschen

Alkohol taut die kälteste Braut auf.« Er klang sehr zufrieden, und Bree ließ ihn in dem Glauben.

»Komm, trink noch einen.« Sie schob ihm die beiden hin, die der Barkeeper frisch eingegossen hatte, gab dem Mann zugleich ein Zeichen, die Flasche gleich dazulassen. Während der Glatzkopf den dritten Wodka runterkippte, beugte Bree sich über den Tresen und steckte dem Barmann diskret einen Fünfziger in die Hemdtasche. »Passt schon«, raunte sie, klopfte ihm auf die Brust, spürte die Muskeln unter dem Stoff.

Es wäre ihr lieber, so einen leckeren Typen wie ihn für ihr kleines Täuschungsmanöver zu benutzen. Und bliebe ihr mehr Zeit, würde sie nicht den Glatzkopf nehmen.

Aber Zeit war der entscheidende Faktor.

Zwei weitere Wodkas konnte sie dem Glatzkopf aufnötigen, ehe er darauf bestand, dass sie auch wieder einen trank. Bree goss das Glas nur halb voll, sie kippte es herunter und ließ noch einen ordentlichen Rest im Glas. Dann schenkte sie ihm wieder ein.

»Ich heiße übrigens Peter.« Er war näher gerückt, hatte seinen Arm locker um ihre Schulter gelegt und blickte ihr in den tiefen Ausschnitt.

»Britta.« Der Name war ihm doch ohnehin egal. Obwohl sie schon Männer erlebt hatte, die sich von diesem Namen abschrecken ließen.

»Mh. Britta. Hast du heute Nacht noch was vor?«

Sie lächelte. »Außer mit dir ein bisschen zu feiern? Und …« Ihre Hand fuhr über seine nackte Brust. »… mal gucken, was uns sonst noch einfällt?«

Sein Grinsen war einfältig. »Was fällt dir denn so ein?«

»Ach …« Sie zwinkerte, wiegte die Hüften, ließ sich von ihm auf den Hintern klapsen.

Sie wandte für einen winzigen Augenblick das Gesicht ab, während Peter sich wieder ganz dem Wodka widmete. Schloss die Augen und atmete durch den Mund.

Der Typ war nicht abstoßend oder eklig. Aber er war ihr eindeutig zu nahe. Sie fühlte sich bei ihm einfach nicht wohl.

Während sie die Augen geschlossen hielt, massierte Peter mit der einen Hand ihren Po. Die andere schenkte Wodka in die beiden Gläser. »Hase, das wird unsere Nacht.«

Sie wurden beobachtet, das spürte sie.

Es kostete sie unendlich viel Kraft, nicht die Augen zu öffnen. Sich nicht suchend nach Dave umzusehen. Sie musste sich einfach darauf verlassen, dass er sie längst entdeckt hatte. Dass in ihm die Wut aufkochte, weil sie sich von einem Wildfremden betatschen ließ.

Sie gab ihm noch fünf Minuten Zeit. Dann nahm sie die Clutch vom Tresen, schenkte Peter ihr strahlendstes Lächeln und meinte: »Ich muss mal kurz wohin. Lauf nicht weg, hörst du?«

Er stierte sie an. Der Wodka begann, seine Wirkung zu entfalten. Au weia. Sie hatte geglaubt, dieser Bulle von einem Mann vertrüge einiges, aber mit ein bisschen Pech hatte sie den einzigen Abstinenzler im ganzen Club aufgegabelt.

Andererseits: Er hatte mit dem Wodka angefangen.

Sie verschwand in der Menge. Statt die Damentoilette anzusteuern, wandte sie sich aber Richtung Ausgang. Sie hatte nicht vor, noch eine Minute länger zu bleiben.

Vielleicht sollte sie Mitleid mit Peter haben. Er hatte gehofft, den großen Lottogewinn gezogen zu haben, als sie ins Gespräch kamen, und jetzt ließ sie ihn einfach so stehen.

Leichtfüßig tänzelte sie Richtung Ausgang. Unterwegs schaute sie sich nicht um, stieß mit jemandem zusammen, der von vorne kam.

Im selben Moment packte jemand ihre Schulter.

Bree fuhr herum.

»Du bist ja gar nicht aufs Klo gegangen.« Peter klang ziemlich jämmerlich. Er starrte sie an, und einen Moment wusste Bree nicht, was sie sagen sollte.

Da bekam sie also die Quittung, weil sie ihm gegenüber so eklig war. Weil sie ihn benutzte, um Dave eifersüchtig zu machen.

»Sorry, ich …«

»Na ja, bisschen frische Luft hat noch keinem geschadet, oder?«

Schon hatte er sich bei ihr untergehakt. Seite an Seite traten sie in die laue Sommernacht hinaus. Hinter ihnen knallte die schwere Metalltür zu und sperrte die wummernden Beats aus. Bree atmete tief durch.

»Wie wär's also? Zu dir oder zu mir?« Er musterte sie erwartungsvoll.

Bree versuchte, nicht in Panik zu geraten. Ganz ruhig, dachte sie beschwörend. Du hast das schon häufiger geschafft, einen Mann abblitzen zu lassen, wenn er schon zu betrunken war, um es einfach zu akzeptieren …

Sie lächelte ihn gewinnend an. »Tut mir leid, Peter, aber das wird nichts mit uns beiden.«

»Hm«, machte er und blieb stehen. Bree ging ebenfalls nicht weiter. Sie standen jetzt direkt an der Bordsteinkante. Ein Auto näherte sich schnell.

Was danach passierte, wusste sie nicht so genau. Gut möglich, dass Peter einen Schritt auf sie zu machte und Bree instinktiv zurückwich. Sie rutschte mit ihren hochhackigen Sandalen von der Bordsteinkante ab, ihre Hand suchte nach Halt, aber da war nichts, weil Peter zu langsam war.

Sie stolperte zwei, drei Schritte rückwärts. Bremsen quietschten hinter ihrem Rücken, dann fühlte sie sich in die Luft gehoben. Nicht hoch, aber sie fiel auf den Asphalt und schlug mit Schulter und Schläfe auf. Einen Moment wurde alles um sie schwarz, dann spürte sie eine

Hand, die sie rüttelte, und wie aus weiter Ferne drang Peters Stimme zu ihr durch. »Hallo? Britta?«

»Lass sie in Ruhe. Sie ist verletzt.«

Eine andere Männerstimme.

Eine, die sie kannte.

Bree schluchzte erleichtert auf.

»Was geht's dich an?« Peter klang aggressiv, und Bree bewegte die Lippen, weil sie die beiden Streithähne beruhigen wollte. Es geht mir doch gut, dachte sie. Alles in Ordnung ...

»Sie ist irgendwie gestolpert, ich weiß auch nicht. Jemand sollte einen Notarzt rufen ...«

Bree öffnete die Augen. Sie schaute nach oben und sah Dave, der sich besorgt über sie beugte.

»Hi«, hauchte sie. »Ich hab dich vermisst.«

»Bree, kannst du mich hören?«

Sie nickte. Dann versuchte sie, erneut zu sprechen, aber es gelang ihr nicht.

»Kannst du aufstehen?«

Jemand im Hintergrund rief, er werde einen Krankenwagen rufen.

Bree tastete nach Daves Hand. »Keinen Krankenwagen«, flüsterte sie. Wenn er mitkam – was sie hoffte und er bestimmt tun würde –, würde er ihr Geheimnis enthüllen. Das durfte nicht passieren.

Sie spürte sein Zögern. Der Schmerz in ihrer Schläfe pochte, aber ansonsten fühlte sie sich okay. Darum richtete sie sich behutsam auf und versuchte aufzustehen.

»Hey, langsam, langsam.« Er half ihr auf die Beine. »Komm, wir gehen wieder rein und säubern dein Gesicht, okay? Ich möchte mir das bei Licht ansehen, ehe ich entscheide, ob du ins Krankenhaus musst.«

Sie nickte schwach. »Danke«, flüsterte sie.

In der Damentoilette machten die Frauen ihnen sofort Platz. Dave stellte sie vor ein Waschbecken, befeuchtete eines der Papierhandtücher und drückte es auf ihr Auge.

»Festhalten«, kommandierte er. Dann untersuchte er ihren Körper. Seine Hände fuhren über die Arme, ihren Torso, bis hinab zu den Beinen. Die Bewegungen hatten nichts Erotisierendes, und trotzdem wurde Bree von einer Welle der Zärtlichkeit und Dankbarkeit überflutet.

»Scheint alles okay zu sein«, murmelte er.

»Scheiße, wer hat dir das denn angetan?« Eine der Frauen musterte Bree.

»Ich bring dich lieber ins Krankenhaus«, sagte Dave.

Bree schüttelte heftig den Kopf. Sogleich verstärkte sich das Pochen wieder, und sie stöhnte leise auf. So hatte sie sich diese Begegnung mit Dave jedenfalls nicht vorgestellt. Sie ärgerte sich.

»Das sollte sich ein Arzt ansehen, Bree.«

»Kein Arzt«, brachte sie mühsam hervor. »Ist doch nichts gebrochen, oder?«

Er musterte sie zweifelnd, aber dann nickte er. »Okay, ich bring dich nach Hause.«

Sie hielt sich an ihm fest. Plötzlich schwankte der Boden unter ihren Füßen. Sie wollte nicht schon wieder das Bewusstsein verlieren, aber im nächsten Moment wurde ihr schwarz vor Augen.

Sie war nur wenige Sekunden später wieder da. Mit einem Ruck fuhr sie hoch, aber sofort war Dave zur Stelle. Sein Arm lag um ihren Körper, er stützte sie. Eine der Frauen öffnete die Tür. Die Musik wurde lauter und verstärkte ihre Kopfschmerzen.

Sie verließen den Club. Erst draußen fiel Bree ein, dass ihre Clutch noch im Waschraum lag. Egal, dachte sie erschöpft. Solange Dave bei ihr war, konnte ihr das alles gleichgültig sein.

Sie ließ sich von ihm zum Auto führen. Er setzte sie

auf den Beifahrersitz, und sie hielt während der Fahrt die Augen geschlossen. Sie versuchte, den Schmerz in ihrer Schulter auszublenden.

Eine halbe Stunde später lag sie in Daves Schlafzimmer auf dem Bett, eine Decke über sich gebreitet. Sie fror erbärmlich, und während sie ganz still dalag, hörte sie ihn irgendwo in der Wohnung telefonieren.

Als sie das nächste Mal aufwachte, beugte sich ein fremdes Gesicht über sie. Hände betasteten ihre Schulter, und als die Finger vorsichtig über ihr Gesicht fuhren, stöhnte sie auf.

»Gebrochen ist nichts«, sagte der Fremde. »Sie sollte die nächsten Tage vielleicht lieber liegen bleiben. Und es wäre besser, wenn du bei ihr bleibst.«

»Das werde ich.«

Sie blickte Dave an. Er stand in der Tür zum Schlafzimmer.

Nie hatte sie ihn so besorgt erlebt.

Erschöpft schloss sie die Augen. Es tat gar nicht mehr so weh.

7. Kapitel

Während Gregor das Zimmer inspizierte, blieb Marie abwartend in der Tür stehen. Sie wusste nicht, ob sie sich freuen sollte, aber er nickte schließlich zufrieden und setzte sich probeweise aufs Bett.

»Komm her«, sagte er leise. Sie spürte, er würde jetzt keinen Widerspruch mehr dulden. Sie konnte gehen und diesen Auftrag in den Wind schießen. Oder sie blieb. Dann aber blieb sie mit allen Konsequenzen.

Vorsichtig setzte sie sich neben ihn. Noch immer war sie verunsichert und wusste nicht, was er von ihr erwartete. Gregor sah sie von der Seite an. Etwas schien ihn unheimlich zu amüsieren. Er grinste.

»Was ist?«, fragte sie gereizt.

»Du bist wunderschön.«

Sie wandte verlegen den Kopf ab. »Lass das«, flüsterte sie.

»Warum?« Er saß jetzt so dicht neben ihr, dass ihre Oberschenkel sich berührten. Seine Hand fuhr an ihrem Rücken langsam nach oben, schlüpfte unter die Bluse und strich über ihre glatte Haut.

»Nicht.« Sie saß wie erstarrt.

Jetzt ging es also los. Jetzt musste sie den Preis für diesen Traumjob bezahlen. Marie schluckte schwer. Ich schaffe das, redete sie sich ein. Er ist ja kein Untier. Ich mag ihn sogar. Und wenn er seine Phantasien mit mir ausleben will, ist das okay.

»Du bist völlig verkrampft. Komm her.« Ohne auf ihre Antwort zu warten, kniete er sich auf die Matratze, streifte seine Schuhe ab und rutschte hinter sie. Seine Hände begannen, ihre Schultern zu bearbeiten. Marie zuckte zusammen. »Siehst du? Da sitzt der Schmerz. Und hier.« Er knetete ihre Muskeln, die sich vollkommen verkrampft hatten. Marie zog die Schultern hoch, was er mit einem sanften Klaps quittierte. »Lass dir doch helfen«, flüsterte er, den Mund an ihr Ohr gelegt.

Sie versuchte, sich zu entspannen.

»Schließ die Augen«, wisperte Gregor.

Sie gehorchte.

Jetzt gab es kein Zurück mehr. Sie ergab sich ihm. Beinahe hätte sie die Arme vom Körper weggestreckt, damit er sie fesseln konnte. Aber Gregor hatte es nicht eilig. Er massierte ihre Schultern, streichelte ihren Rücken und ließ nur einmal die Hand nach vorne wandern. Sie schlüpfte unter Maries Bluse und strich über ihren Bauch weiter nach oben. Sie hielt die Luft an, aber er streifte ihre Brüste nur, ehe er die Hand wieder zurückzog.

Sie wünschte nur, es wäre schon vorbei.

***

Er hatte das Gefühl, sie wollte es schnell hinter sich bringen.

Meine Güte! Er hatte gewusst, dass es ein hartes Stück Arbeit werden würde. Aber vorhin im Parkhaus, das war doch ein vielversprechender Anfang gewesen, oder nicht? Sie wollte ihn. Nur dass ein Teil von ihr ihren Empfindungen im Weg stand.

Sie wollte die Kontrolle nicht aufgeben, und das war für eine Frau, die eine natürliche Begabung hatte, sich dem Partner zu unterwerfen, einfach absurd. Und er war gewillt, ihr einen gezielten Kontrollverlust zuzufügen, damit sie endlich alle Hemmungen verlor.

Seine Hände begannen, ihre Bluse aufzuknöpfen. Nach

der Massage war Marie so entspannt und schnurrig wie ein Kätzchen. Sie schmiegte sich warm an ihn.

Sie war bereit.

Er entkleidete sie langsam. Es bestand kein Grund zur Eile. Diesen Moment wollte er zelebrieren; die ganze Zeit hatte er darauf hingearbeitet. Und dann kam sie ihm mit dem Quickie in der Tiefgarage einfach zuvor.

Aber eins bewies das ja: In ihr steckte mehr Leidenschaft, als sie selbst bereit war, sich einzugestehen.

Sie ließ sich von ihm entkleiden. Ihre Küsse waren süß und etwas ungeschickt, was er auf ihre Aufregung schob. Als sie vor ihm lag, nur noch mit Slip und BH bekleidet, kostete es sie offenbar Überwindung, nicht die Arme schützend vor den Brüsten zu kreuzen.

Er zog sich aus. Ließ ihr Zeit, während er seine Kleidungsstücke fein säuberlich auf den Sessel unter dem Fenster legte. Als er sich wieder zu ihr umdrehte, flog gerade ihr BH an ihm vorbei auf den Sessel.

Sie hatte kleine, feste Brüste. Das mochte er. Ihm gefiel ihre beinahe knabenhaft schmale Silhouette, die sich an den richtigen Stellen leicht rundete. Sie war perfekt.

Gregor setzte sich neben sie aufs Bett und legte die Hand an ihre Wange. Plötzlich schien alles ganz einfach zu sein. Er beugte sich zu ihr hinab, sie küssten sich. Ihre Hände streichelten seine Schultern, fuhren über seinen Rücken bis zu seinem Hintern. Er drängte sie aufs Bett, bis sie unter ihm lag, die Beine leicht für ihn geöffnet.

Ihre Schüchternheit ließ ihn an eine Jungfrau denken, die das erste Mal das Bett mit einem Mann teilte. Ein interessanter Gedanke; er konnte sich noch recht deutlich daran erinnern, was im Parkhaus passiert war.

»Wovor hast du Angst?«, fragte er leise. Er stützte sich auf die Ellbogen, um sie nicht mit seinem ganzen Gewicht niederzudrücken.

Sie zitterte. Es war nicht dieses lustvolle Beben, von

dem er wusste, dass es in ihr schlummerte, weil er es vorhin bereits hatte erleben dürfen. Es war ein unkontrollierbares Zittern. Ihre Haut war kalt.

Sie hatte Angst.

Er barg sie in seinen Armen, drückte sie an sich. »Ganz ruhig«, flüsterte er.

Diese Frau war wirklich ein Phänomen: einerseits die Leidenschaft in Person und zugleich so verunsichert, als ob sie noch nie mit einem Mann geschlafen hätte. Woher kam diese Unsicherheit? Viel wichtiger: Wie konnte er ihr helfen, sie zu überwinden?

Er begann, sie zu küssen. Auf die Stirn, die geschlossenen Lider, die Nasenspitze. Die Wangen, den Mund. Seine Zunge streifte ihre Lippen, doch widerstand er dem Drang, ihren Mund zu erkunden. Sie seufzte leise, als er ihren Hals küsste, winzige Schmetterlingsküsse auf ihre Kinnpartie hauchte und zum Ohr hinaufschlich. Seine Lippen packten ihr Ohrläppchen, sein Atem brandete in ihre Ohrmuschel. Sie hob sich ihm leicht entgegen. Das Zittern veränderte sich, die Haut wurde warm. Eine zarte Röte überzog ihre Wangen.

Von diesem Erfolg ermutigt machte er weiter. Er bahnte sich küssend einen Weg hinab zu ihren Brüsten. Seine Hände umschlossen die kleinen Knospen, und sie drückte sich ihm entgegen. Naschend ging sein Mund zwischen ihren Brüsten hin und her. Marie stöhnte, als er in ihren Nippel biss.

Er schob sich weiter nach unten. Küsste ihren Bauch, ließ die Hände über ihren Körper fahren. An der Schenkelinnenseite wanderte eine Hand nach oben; er spürte, wie sie sich wieder verkrampfte.

Es hätte nicht viel gefehlt, und er hätte eine dumme Bemerkung gemacht. Darüber zum Beispiel, was er von Frauen hielt, die sich erst schamlos aufdrängten und anschließend wie eine Auster zuklappten. Aber er ließ es. Er fürchtete sich ein bisschen vor ihrer Reaktion. Wenn er sie richtig einschätzte, konnte in dieser Phase ein falsches Wort genügen, dass sie aufsprang, alle Kleider an sich raffte und aus dem Zimmer, der Wohnung und seinem Leben stürmte.

Also übte er sich in Geduld.

Und es war ja nicht so, als würde er das Liebesspiel nicht genießen. Es war genau das, was er sich für die erste Nacht erträumt hatte.

Seine Finger spielten mit ihren Nippeln. Sie hob ihm die Hüften entgegen, und sein Mund traf auf die Baumwolle ihres Slips, unter der ihre Möse den satten, üppigen Geruch ihrer Lust verströmte. Er zog ihr das Höschen aus – inzwischen konnte er nicht länger warten. Er wollte sich in ihr versenken. Hart drückte sich sein Schwanz gegen ihren Unterschenkel.

Gregor rutschte nach oben. Er streckte sich nach dem Nachttischchen, auf dem die Kondome lagen. Zugleich rutschte Marie nach unten. Sie umfasste seinen Schwengel, bewegte die Hand ein paarmal versuchsweise auf und ab, ehe sie ihn mit der Zunge umkreiste. Dann glitt er in ihren Mund.

Gregor hielt die Luft an. Da war sie wieder, die schamlose Marie, die jede Hemmung einfach fallen ließ und ihm mehr gab, als er verlangte. Sie lutschte ihn hingebungsvoll, und er musste sich zusammenreißen, weil er nur zu gerne tief in ihren Mund gestoßen hätte.

Sie ermutigte ihn. Ihre Hände krallten sich in seine Pobacken, sie zog ihn dicht zu sich heran. Gregor zögerte, doch dann begann er, vorsichtig in ihre Mundhöhle zu stoßen. Er spürte, wie er tiefer in sie eindrang, als eigentlich möglich sein sollte.

Sie nahm ihn zur Gänze in sich auf.

Das war fast zu viel für ihn.

Hätte er sich nicht vorhin bereits in ihr verströmt,

wäre es jetzt um ihn geschehen. Seine Hoden zogen sich schmerzhaft zusammen. Er hielt ihren Kopf fest und zog sich behutsam aus ihr zurück.

»Nicht«, flüsterte er.

»Warum nicht?« Der Blick, mit dem sie ihn bedachte, war voller Unschuld.

»Später«, vertröstete er sie. Marie akzeptierte seine kleine Notlüge. Sie rutschte weiter nach oben, während Gregor die Kondomverpackung aufriss und sich das Kondom überstreifte. Sie öffnete die Beine für ihn und hieß ihn willkommen.

Der Moment des Eindringens war anders als beim ersten Mal. Jetzt war er vorbereitet auf das, was ihn erwartete. Sofort umschlossen ihre Schenkel seine Hüften, und er spürte das Zucken ihrer Vagina.

Sie war nicht nur bereit für ihn.

Sie kam.

***

Als er ihr das Höschen herunterzog, war es plötzlich so einfach. Alle Hemmungen verschwanden und machten einer ungebärdigen Lust Platz, die sie schon vorhin im Parkhaus verspürt hatte. Sie musste ihn einfach in den Mund nehmen, und wenn er sie nicht gestoppt hätte, hätte sie so lange weitergemacht, bis er kam.

Es war merkwürdig. Sie hatte sich so seltsam befangen gefühlt. Anders als vorhin. Vielleicht lag es an diesem Zimmer. Oder daran, dass sie genau *wusste*, was er von ihr erwartete. Dieser Druck war für Marie fast zu viel. Sie hatte das Gefühl, jeder Schritt könnte falsch sein und würde von ihm aufs Härteste bestraft werden.

Aber nichts von alledem geschah. Es war ein bisschen wie beim ersten Date, wenn man sich noch nicht sicher war, ob man den anderen wirklich mochte.

Nur dass sie ihn mochte. Und schon mit ihm geschlafen hatte.

Insgeheim hatte sie mit irgendetwas Perversem gerechnet. Mit Handschellen, mit Seilen, mit einem Paddle. Irgendwas, dem sie sich unterwerfen sollte. Gehörte das nicht zum Spiel?

Anscheinend nicht.

Offensichtlich wollte er einfach nur mit ihr schlafen.

Alle Gedanken, die ihr durch den Kopf schossen, verblassten in der Sekunde, als er langsam in sie eindrang. Er war nicht riesig, eigentlich würde sie sagen oberer Durchschnitt. Er fühlte sich so toll an, hart und unnachgiebig, dass sie sich ihm entgegenheben musste. Seine Hände packten ihre Handgelenke, er drückte sie mit seinem ganzen Gewicht in die Matratze. Marie stöhnte. Sie hatte nicht annähernd geahnt, wie erregt ihr Körper schon war. Hatten das seine Berührungen mit ihr gemacht? Oder der Sex?

Egal. Jetzt gab es nur ihn. Und ihre Lust, die sich schon nach wenigen Stößen dem ersten Höhepunkt näherte. Marie drückte ihr Gesicht an seine Schulter. Sie wollte nicht schreien; um nichts in der Welt gönnte sie ihm diesen schnellen Triumph. Sie verbiss sich in seiner Haut, um ihr Stöhnen zu unterdrücken – zu spät. Ein erster Laut entschlüpfte ihr. Sie erbebte unter ihm.

Ihre wachsende Lust, der nahende Höhepunkt – das schien Gregor nur noch mehr anzuspornen. Er fickte sie härter, geradezu erbarmungslos, und sie ergab sich. Sie schrie ihre Lust heraus, weil es in ihrem Körper nichts anderes mehr gab außer dem verzehrenden Feuer der Lust. Und in diesem winzigen Augenblick, da sie nichts denken konnte, wusste sie, es war gut und richtig, was sie taten. Sie wusste, sie wollte das hier, und nicht nur für diese eine Nacht.

Ihre Möse zog sich schmerzlich zusammen, und im

nächsten Moment kam Gregor. Sie glaubte zu spüren, wie sein Samen aus ihm herausschoss, und dieses Wissen, dass er sich mit so einer Wucht in ihr entlud, ließ sie erneut erbeben. Der zweite Orgasmus war mit dem ersten nicht zu vergleichen, doch genügte er, dass sie atemlos seinen Namen flüsterte.

Sie spürte, wie Tränen in ihre Augen stiegen, über ihre Schläfen rannen und in ihrem Haar versickerten.

Bei jedem anderen Mann hätte sie sich für so viele Gefühle geschämt.

Sie sollte sich langsam daran gewöhnen, dass bei Gregor alles anders war.

»Aus diesem Blickwinkel gefällt mir das Zimmer schon besser.« Gregor grinste zufrieden.

»Dann hab ich meinen Job ja richtig gemacht.« Müde kuschelte sie sich an ihn. Sie musste eingeschlafen sein.

»Und jetzt …« Er beugte sich zu ihr herüber und küsste sie auf den Mund. »Muss ich gehen.«

»Dann gehe ich auch.« Marie sprang aus dem Bett. Sie angelte nach ihren Sachen und begann, sich anzuziehen.

Er beobachtete sie belustigt.

»Was ist?«, fragte sie gereizt.

»Du könntest auch hierbleiben.«

»Ohne Dusche? Die kommt erst Montag.« Obwohl sie am liebsten nicht duschen würde. Sein Geruch haftete noch an ihrer Haut. Sie zog den Pulli über den Kopf und setzte sich auf die Bettkante, um in die Stiefel zu schlüpfen.

Gregor schmiegte sich von hinten an sie. Seine Hände schlüpften unter den Pulli und schoben sich unter ihren BH. »Was da vorhin im Parkhaus passiert ist, tut mir leid«, sagte er leise.

Sie erstarrte. »Mir nicht«, gab sie vorsichtig zurück.

»Wir haben kein Kondom benutzt.«

»Ach, das.« Sie schnürte den zweiten Stiefel zu und stand auf. »Ich hab keinen anderen, wenn du das damit andeuten willst.«

Seit einer Woche nicht mehr. Und sie hoffte, in seinem Leben gab es auch keine andere.

»Gibt es da jemanden?«, fragte sie ängstlich.

»Ach nein. Natürlich gibt es da keine.« Er zog sie zurück aufs Bett. »Sehen wir uns nächste Woche? Ist das nächste Zimmer Mittwoch so weit? Ich will dich nämlich so schnell wie möglich wiedersehen.« Seine Hand glitt zwischen ihre Beine. Marie stöhnte leise.

»Wir müssen dieses alberne Spiel nicht aufrechterhalten«, gab sie zurück. »Wir können auch …«

»Nein«, erwiderte er scharf. »Wir haben Regeln.«

Er stieß sie so heftig von sich, dass Marie stolperte. Fast wäre sie gestürzt, aber irgendwie gelang es ihr, den Sturz zu bremsen. Wütend fuhr sie zu ihm herum.

»Du bist ein richtiges Arschloch«, fauchte sie, raffte ihre Sachen an sich und verließ das Gästezimmer. Sie stürmte aus der Wohnung, knallte die Hand auf den Rufknopf des Aufzugs und wartete. Darauf, dass der Aufzug kam, vor allem aber darauf, dass Gregor ihr nachgelaufen kam.

Letzteres geschah nicht. Sie bestieg den Lift, sank erschöpft gegen die verspiegelte Wand und schloss die Augen.

Es war der größte Fehler gewesen, sich auf ihn einzulassen. Jetzt sah sie ja, was es ihr brachte. Nichts als Ärger und schlechte Laune.

Und himmlisch guten Sex.

Wenn sie bis Mittwoch fertig sein wollte, musste sie eines der kleinen Zimmer nehmen. Für das zweite Gästezimmer hatte sie schon den Teppich, die Stoffe und Möbel ausgesucht. Höchste Zeit, den Handwerkern eine Wochenendschicht aufzudrücken. Noch während sie im

Fahrstuhl stand, begann sie, die einzelnen Betriebe anzurufen und zumindest diejenigen, die sie erreichte, für einen Wochenendeinsatz einzuspannen.

Der Gedanke, Gregor erst Mittwoch wiederzusehen, war unerträglich. Sie wollte ihn sofort sehen, obwohl in ihr noch immer die Wut kochte. Er behandelte sie, als wäre sie sein Eigentum.

Bei jedem anderen Mann hätte dieses Verhalten dazu geführt, dass sie sich von ihm abgewendet hätte. Bei Gregor aber wuchs nur ihr Interesse. Ihre Leidenschaft.

Sie wollte ihn so bedingungslos, wie er sie wollte.

8. Kapitel

»Frau Wolf? Ich glaub, das müssen Sie sich mal angucken.«

Marie klappte genervt das Notizbuch zu, in das sie all die kleinen und großen Ideen für Gregors Penthouse notierte.

»Ich hoffe, es ist wichtig«, murmelte sie, stand auf und warf das Notizbuch auf den Sessel.

Seit heute früh war sie wieder im Penthouse. Sie beaufsichtigte die Arbeiten, organisierte letzte Kleinigkeiten für das zweite Gästezimmer und sorgte dafür, dass die Handwerker den Termin nicht vergaßen, den sie ihnen gesetzt hatte. Der war ohnehin mörderisch, und mehr als einer hatte behauptet, das sei unmöglich zu schaffen.

Komischerweise machten die Zuschläge für Überstunden es dann auf wundersame Weise doch möglich. Und auch die Möbelhäuser, die Normalsterbliche gerne mit acht bis zehn Wochen Lieferzeit quälten, hatten sich erstaunlich kooperativ gezeigt, als Marie andeutete, die Wohnung werde eine so große Klasse besitzen, dass sich die Wohnmagazine förmlich darum reißen würden, eine Fotostrecke dieser Penthousewohnung zu machen.

Sie wusste zwar nicht, wie sie dieses Versprechen dann letztlich einhalten sollte. Aber sie spürte es, wenn ihr etwas Großes gelang.

Der Handwerker führte sie zum Gästezimmer. »Ich wollt nur gucken, ob hier meine Pinsel noch auf der Fensterbank liegen.« Er blieb vor der Tür stehen. »Sie wissen doch, dass meine Männer nie so was machen würden, oder? Ich meine, wir arbeiten jetzt schon ein paar Jahre zusammen, und so was ... Also nee.«

Wenn der Mann mal beiseitetreten würde, könnte Marie sich ja auch ansehen, was er meinte. Aber er versperrte ihr immer noch die Sicht. Was auch immer hinter dieser Tür verborgen lag, er schien zu fürchten, Marie könnte ihn dafür verantwortlich machen.

»Nun lassen Sie schon sehen.« Ungeduldig drängte sie sich an ihm vorbei und öffnete die Tür.

Das Bett war zerwühlt, ein Kissen lag am Boden. Jemand – vermutlich Gregor – hatte das Fenster über Nacht gekippt, damit der leise Farbgeruch herausziehen konnte.

Und am Fußende des Betts lag auf dem frisch verlegten Teppich ein benutztes Kondom.

Marie schloss für einen Moment die Augen.

»Da hat keiner meiner Männer was mit zu tun«, hörte sie den Handwerker hinter sich. Er war mit seinen beiden Mitarbeitern für die Tapezierarbeiten und Malerarbeiten zuständig. Und weil er zu den Zuverlässigsten gehörte, die Marie kannte, hatte sie ihm einen Wohnungsschlüssel gegeben, falls sie sich morgens mal verspätete. Dann wäre wenigstens er da, um die anderen einzulassen, und es käme nicht zum Verzug.

»Für meine Männer leg ich die Hand ins Feuer, das war keiner von uns. Das müssen Sie mir glauben!« Er klang geradezu flehend. Marie konnte es ihm nicht verdenken; sie bezahlte gut, er leistete gute Arbeit. Beide Seiten profitierten von der Zusammenarbeit. »Also, ich kann die beiden holen, dass Sie sie befragen können, aber ...«

Marie schüttelte den Kopf. »Das ist nicht nötig«, sagte sie hastig. »Ich bringe das hier in Ordnung.« Sie drehte sich zu ihm um und lächelte fröhlich. »Ich hab den Schlüssel noch einer dritten Person überlassen. Die werde ich befragen, bevor ich auch nur einen Gedanken an Ihre Schuld verschwende.«

Er wirkte ziemlich zerknirscht. »Ist ja auch nicht richtig, dass Sie den Dreck von Fremden wegmachen«, knurrte er. Sein Blick ruhte dabei auf dem Kondom.

»Ich werde den Reinigungsdienst verständigen.« Marie schob ihn aus dem Zimmer. »Sorgen Sie nur dafür, dass die anderen Räume rasch fertig werden.«

Er tippte sich noch ein letztes Mal an den Malerhut, der von den unterschiedlichen Farben bunt gesprenkelt war, und zog ab.

Marie ließ die Tür ins Schloss fallen. Sie sank mit dem Rücken dagegen und rutschte nach unten.

Himmel! Gregor und sie mussten unbedingt besser aufpassen. Erst ließ sie sich bei ihrer Fotosession erwischen, und dann das! Wieso hatte sie denn nicht daran gedacht, heute Morgen als Erstes das Zimmer zu kontrollieren?

Nein, anders gefragt: Wieso hatte Gregor nicht wenigstens das Kondom weggeschmissen?

Weil er es genießt, mich in Verlegenheit zu bringen, dachte sie wütend. Weil ihm die Vorstellung gefällt, wie ich hier mit hochrotem Kopf stehe und vielleicht sogar versuche, eine schlüssige Erklärung zu finden.

Sie atmete tief durch.

Das Handy klingelte.

»Was denn? Willst du dich jetzt über mich lustig machen?«

Irgendwie kam ihr nicht in den Sinn, dass sie jemand anderes als Gregor anrufen könnte.

»Nein«, hörte sie eine vertraute Stimme. »Eigentlich wollte ich mal hören, ob es dich noch gibt.«

»Hey, Sonja.« Sofort entspannte sich Marie. Sie lehnte den Kopf gegen die Tür.

»Bist du grad mit der Besteigung des Kilimandscharo befasst, oder warum hab ich seit einer Woche nichts mehr von dir gehört? Unseren samstäglichen Mädchenbrunch hast du auch vergessen!« Ihre Freundin klang nicht direkt vorwurfsvoll. Eher belustigt. Aber es schwang auch eine gewisse Sorge mit, denn Marie war berüchtigt für ihre Pünktlichkeit und dass sie keine Verabredung vergaß. »Übrigens schon zum zweiten Mal.«

»Scheiße, das hab ich tatsächlich vergessen.« Marie stöhnte. »Und ich kann hier nicht weg, ich hab ein Dutzend Handwerker hier zugange.«

Sie hörte ein Kichern.

»Sonja, stehe ich etwa auf Lautsprecher?«, fragte Marie misstrauisch.

»Klar!« Das war Isabel. »Kat und ich überlegen gerade, was diese Handwerker wohl bei dir zu Hause *treiben.*«

»Wir sind nicht bei mir zu Hause«, erwiderte Marie unwirsch.

»Na, dann gibt's doch kein Problem. Auf, auf, schwing deinen kleinen, knackigen Hintern sofort her. Wir wollen alle schmutzigen Details wissen.« Kat klang fröhlich. Fast ein bisschen beschwipst. Bestimmt hatten die anderen drei schon einen Prosecco intus.

»Tut mir echt leid, aber ich kann hier nicht weg.«

In der Leitung raschelte es, dann hörte sie Sonja. »Jetzt hör mir mal zu, Süße. Die ganze Woche nichts von sich hören zu lassen ist das eine. Zum samstäglichen Brunch nicht zu erscheinen geht aber mal gar nicht. Du hast letzte Woche schon gefehlt.«

Stimmt, aber da war sie verkatert gewesen – und hatte sich dann mit Gregor getroffen.

»Was können diese Handwerker denn nicht tun, wenn du mal für zwei Stündchen weg bist?«

Sie können mich nichts fragen! Sie können sich auf die faule Haut legen! Alles in Marie wollte widersprechen, aber sie schwieg nur.

»Komm halt. Du weißt ja, wo wir sind.«

Sonja legte auf. Einen Moment lang blieb Marie sitzen und wog die unterschiedlichen Optionen gegeneinander ab. Aber eigentlich gab es nur eine Option.

Sie rappelte sich auf, verließ das Gästezimmer und ging zu dem Raum, in dem heute die Malerarbeiten ausgeführt wurden. Als sie an den Türrahmen klopfte, blickten die beiden Maler hoch.

»Ich muss noch mal weg. Bin in drei Stunden wieder da.«

Die beiden nickten bloß und malerten ungerührt weiter.

Na ja, was konnten sie in drei Stunden schon anstellen? Wenn sie den Farbton fürs Schlafzimmer im Wohnzimmer aufbrachten, das wäre eine mittelgroße Katastrophe. Aber Marie glaubte einfach mal, dass sie nicht so doof waren.

Sonja, Kat und Isabel saßen an ihrem Stammplatz, als Marie eine Viertelstunde später außer Atem das *Miezmiez!* betrat.

Das *Miezmiez!* war ein Café für Frauen, und Samstagmorgen war immer viel los. Für Marie und ihre Freundinnen war aber immer der Tisch in der Fensternische reserviert. Sonja winkte, und Marie schlängelte sich durch die Menge.

»Tut mir leid, ich musste …«

Weiter kam sie nicht.

»Sie!« Die Frau, die sich Marie in den Weg stellte, stemmte die Fäuste in die Hüften und funkelte sie aus dramatisch dunklen Augen an. »Schlampe!«

Marie musterte sie verblüfft. Das blonde Haar zu einem modischen Bob geschnitten, die Kleider mindestens so teuer wie Maries Monatsmiete und alles so perfekt, dass man glauben konnte, sie wäre eine Puppe. Und sie war ihr völlig unbekannt.

»Äh, ich …«

»Sie sind eine verfluchte Schlampe, jawohl! Oder wollen Sie das leugnen?«

»Ich weiß nicht, was …«

Verdammt, warum war sie in Situationen wie diesen nicht das kleinste bisschen souverän?

Sonja schien ihre Situation mit einem Blick zu erfassen. Sie sprang Marie zur Seite, stellte sich einfach neben sie, musterte die Frau von oben bis unten und sagte: »Hallo.«

Dieses kleine Wörtchen genügte, dass ihrem Gegenüber der Wind aus den Segeln genommen wurde. Marie spürte, wie Sonja sich bei ihr unterhakte. »Gibt's ein Problem?«, fragte sie.

»Allerdings!« Jetzt hatte die andere wieder in die Spur gefunden. Mit einem perfekt manikürten Zeigefinger wies sie anklagend auf Marie. »Ihre Freundin treibt es mit dem Mann *meiner* Freundin.«

Plötzlich war es totenstill im Café.

Die Blicke einiger Dutzend Frauen ruhten auf ihnen. Manche, die nicht verstanden hatten, worum es ging, ließen sich von ihren Freundinnen ins Bild setzen. Das Tuscheln und Rascheln zerrte mindestens ebenso sehr an Maries Nerven wie diese Anschuldigung. »Er ist nicht …«

»Ach, das hat er Ihnen erzählt, stimmt's?«

Nein. Eigentlich hatten sie darüber nicht geredet. Sie hatte nur noch seine Worte im Ohr. *Da gibt es niemanden.*

»Ich glaube, Sie verwechseln meine Freundin mit einer anderen Frau«, hörte sie Sonja sagen.

Marie machte sich los. Es war ja schön, wenn Sonja sie wie selbstverständlich in Schutz nahm. Und eigentlich wollte sie nicht glauben, dass Gregor verheiratet war und sie für ihn nur eine nette Ablenkung war. Aber sie ahnte, dass die Dinge etwas anders lagen.

»Lass uns gehen«, sagte Marie leise. Sie zupfte an Sonjas Ärmel, aber die war mit der Blondine noch nicht fertig. »Meine Freundin lacht sich nämlich nicht die Männer anderer Frauen an. Und wenn doch, dann hat's die Frau gar nicht besser verdient, denn dann bietet sie dem Mann nicht das, was er braucht«, fauchte sie.

Oje. Wenn Sonja sich mal in Rage redete …

»Bitte, Sonja. Lass doch mal.«

Mit einer unwilligen Armbewegung machte Sonja sich von ihr los. »Und das können Sie Ihrer blöden Freundin sagen. Wenn sie meint, ihr Mann sei ihr nicht treu, dann soll sie sich mal an die eigene Nase packen. Meist ist das Vertrauen nämlich von beiden Seiten zerrüttet worden.«

Gleich erzählte sie bestimmt wieder die Geschichte, wie man ihren Mann André des Mordes verdächtigt hatte. Keine schöne Geschichte und bestimmt nichts, was man einfach einigen Dutzend wildfremden Frauen in einem Café erzählen wollte. Die hingen nämlich geradezu an Sonjas Lippen.

»Sind Sie jetzt fertig?«

Sonja verschränkte die Arme. »Und wenn nicht?«

»Ich hab mir das ja nicht ausgedacht. Meine Freundin hat mir alles erzählt. Sie hat *Beweise*.«

Sonja schnaubte. »Solange ich die nicht gesehen habe, glaube ich gar nichts.«

»Können wir nicht einfach gehen?«, flehte Marie. Die ganze Situation war ihr schrecklich peinlich.

Das Schlimmste war aber, sich die ganze Zeit vorzustellen, wie Gregor abends nach Hause fuhr – in seine alte Wohnung – und von seiner Frau begrüßt wurde. Wie sie für ihn kochte, wie sie Sex hatten …

Wie konnte er auch nur einen Gedanken daran verschwenden, mit dieser Frau in das Penthouse zu ziehen, wenn er es vorher mit Marie in jedem Raum getrieben hatte?

»Nicht nötig.« Die Blonde warf den Kopf in den Nacken und drängte sich zwischen ihnen hindurch. »Ich gehe. Und erzähle meiner Freundin, dass Sie auch noch so dreist sind, mit Ihrer Eroberung zu prahlen!«

Marie starrte ihr mit offenem Mund nach.

»So eine blöde Zicke«, zischte Sonja. Sie schob Marie zum Tisch. »Jetzt musst du erst mal was essen, Süße.«

Marie blieb stehen. Sie blickte der Frau nach, die auf die Straße getreten war und sich suchend umschaute. Sie wäre ihr gerne nachgelaufen und hätte sie gefragt, ob sie tatsächlich von Gregor sprach.

Aber dafür fehlte ihr ohnehin der Mut. Sonja hätte das gekonnt, aber Sonja hätte der anderen dann auch die Augen ausgekratzt.

Sie sank auf den freien Stuhl. Kat drückte ihren Arm, und Isabel schob ihr sogleich ihr eigenes Glas Prosecco über den Tisch, das Marie runterkippte.

»Besser?«, fragte Sonja besorgt.

Sie nickte.

Ein Irrtum. Eine Verwechslung.

Gregor war bestimmt nicht verheiratet.

»Und jetzt erzähl schon! Wer ist der heiße Typ, der dich eine Woche lang deine Freundinnen hat vergessen lassen?«, drängelte Sonja. »Hab ich das richtig verstanden, dass er verheiratet ist?«

Sprachlos starrte Marie ihre Freundin an.

»Guck nicht wie Bambi! Natürlich ist er verheiratet. Männer, die uns alles andere vergessen lassen, sind immer verheiratet.«

»Aber ich … Er …«

»Ach, mein Kind …« Sonja klang jetzt wie eine ältliche Tante, die sich bemüßigt fühlte, ein junges Mädchen darüber aufzuklären, wie das Leben nun mal spielte. »Er hat dir nichts davon erzählt.«

»Kennen wir ihn?«, fragte Isabel. Sie winkte der Kellnerin, ihnen noch eine Runde Prosecco und die Karte zu bringen.

»Bestimmt nicht.«

Eigentlich hatte Marie darüber noch nicht nachgedacht. Aber nein, das war ziemlich unwahrscheinlich.

»Wie heißt er denn?«, bohrte Kat nach. »Meine Güte, du tust grad so, als wäre das ein großes Geheimnis!«

»Er heißt Gregor. Gregor Pelzer. Und das Schlimmste ist: Er ist mein Auftraggeber.«

Der Prosecco wurde serviert. Marie nahm ein Glas und stürzte es halb herunter. Erst dann bemerkte sie das Schweigen, das sich urplötzlich über den Tisch gesenkt hatte. »Was ist?«

»Ja, was ist los?« Kat schien als Einzige mit dem Namen nichts anfangen zu können.

Sonja und Isabel wechselten einen Blick. Es sah fast so aus, als schöben sie den schwarzen Peter hin und her, wer von ihnen nun Marie die Wahrheit sagen sollte.

»Er war auf Isabels Hochzeit.« Mehr schien Sonja zu dem Thema nicht sagen zu wollen, weshalb Marie Isabel anschaute.

»Guck mich nicht so an! Ich hab ihn auf dem Empfang nach der Hochzeit nur ganz kurz gesehen. Außerdem kenne ich ihn gar nicht, er ist mit Daniel befreundet und nicht mit mir.«

»Und woher weiß Sonja dann, dass er da war?«, warf Kat ein.

Eine gute Frage. Und die leichte Röte, die Sonjas Wangen überzog, lieferte prompt die Antwort.

»Nein!« Marie war ehrlich entsetzt. »Du hattest was mit ihm?«

»Also, das ist jetzt keine Überraschung«, meinte Kat trocken. »Du redest mit Sonja, schon vergessen?«

Marie antwortete nicht. Natürlich kannte sie Sonja. Sie war zwar mit André glücklich verheiratet – wie sie bei jeder sich bietenden Gelegenheit betonte –, aber von ehelicher Treue hielten beide nicht viel. Ihr Motto war: Erlaubt ist, was gefällt.

Und es hatte Sonja wohl irgendwann gefallen, mit Gregor ins Bett zu gehen.

»Ich hab euch doch die Geschichte erzählt. Also, meine Version von Isabels Hochzeit.«

»Das ist *der* Gregor?« Jetzt war auch Isabel entsetzt.

»Mein Gott, tut doch nicht so überrascht. Ich hatte Sex mit ihm, ja. Es war bloß eine Nacht, die wir im Übrigen sehr genossen haben, und danach hat er mir geholfen, als wir diese Probleme hatten und ich das Buch unbedingt fertigschreiben musste. Er hat mir eine kleine Wohnung zur Verfügung gestellt, aber da ist dann nichts mehr gelaufen. Außerdem ist das jetzt schon wie lange her, ein Dreivierteljahr? Tut mir leid, ich versteh eure Aufregung nicht. Hamburg ist groß, aber wir bewegen uns in Kreisen, in denen es schon mal vorkommt, dass jemand was mit dem neuen Lover einer anderen hatte. Was ist schon dabei?!« Sie reckte kampfeslustig das Kinn.

»Aber ... also ...« Marie wusste nicht, was sie sagen sollte. Außer vielleicht: Er gehört mir! Aber Sonja hatte ja im Grunde recht. Es war im letzten Jahr passiert, als Marie ihn noch gar nicht kannte. Sie sollte sich viel lieber Sorgen machen, weil er anscheinend verheiratet war ...

»Dann ist er durch dich auf mich gekommen.« Die Erkenntnis tat weh. Bisher hatte sie geglaubt, er hätte sie angesprochen, weil er von ihrer Arbeit überzeugt war. Obwohl auch das nicht zu seinem Vorgehen passte. Er hatte nicht gewusst, wie sie war, ehe sie einander das erste Mal gegenübersaßen. Er hatte nicht ahnen können, wie sehr sie sich insgeheim danach sehnte, die Kontrolle abgeben zu dürfen.

»Das kann nicht sein«, widersprach Sonja entschieden. »Wir haben uns nie über dich unterhalten.«

Marie blickte Isabel an. Die wurde knallrot. »Also, kann sein, dass wir mal über dich geredet haben«, sagte sie. »Er war letztens zum Dinner bei uns. Du weißt schon, diese gähnend langweiligen Veranstaltungen, die Daniel seiner Mutter zuliebe ausrichtet. Er lädt ein paar Gäste ein, die sich zu benehmen wissen, und sie glaubt, er würde ein anständiges Leben führen, bis sie wieder denkt, er hätte sich mit seiner Berufswahl alles verbaut. Also müssen wir alle halbe Jahre so ein Dinner ausrichten, damit wieder Ruhe im Karton ist und sie nicht mehr droht, ihn zu enterben.«

»Isabel, bitte! Komm zur Sache«, flehte Marie. Welche Probleme Daniel mit seiner Mutter hatte, interessierte sie nun wirklich nicht.

»Es ging auch um die Frage, welche innovativen Innenarchitekten es in Hamburg gibt. Und da kamen wir eben auf dich zu sprechen. Ganz allgemein, und es gab neben Daniel und mir noch ein Pärchen am Tisch, das deine Arbeit in den höchsten Tönen gelobt hat. Ich vermute, das hat er sich gemerkt.«

Marie schüttelte den Kopf. »Ihr wisst ja nicht, wie das alles anfing«, sagte sie düster. »Das ergibt für mich keinen Sinn. Wenn es nur eine harmlose Empfehlung war, hätte er sich nicht so verhalten, oder?«

»Wie hat er sich denn verhalten?«, fragte Kat.

Marie seufzte. Eigentlich hatte sie die pikanten Details ihrer ersten persönlichen Begegnung für sich behalten wollen.

Doch dann gab sie sich einen Ruck. Rasch erzählte sie, was sich in der Trattoria zugetragen hatte.

»Meine Güte!« Selbst Sonja, die ja nun wirklich kein Kind von Traurigkeit war, wirkte ein bisschen verwirrt. »Das hätte ich ihm jetzt nicht zugetraut.«

Isabel versteckte ihr Gesicht hinter der riesigen Milchkaffeeschale, die sie mit beiden Händen umfasst hielt.

Marie wartete. Irgendwann musste Isabel den Milchkaffee ja ausgetrunken haben.

»Mh?«, machte Isabel und setzte die Schale ab.

»Da war noch mehr, oder?«

Ob Isabel diesmal rot wurde, konnte Marie nicht erkennen. Das Gesicht ihrer Freundin war so rosig verfärbt, dass etwas mehr Röte gar nicht ins Gewicht fiel.

»Also gut, ja. Kann sein, dass Daniel und Gregor sich nach dem Dinner noch ein bisschen unterhalten haben. Als seine Mutter schon weg war«, fügte sie hinzu, als handelte es sich dabei um ein wichtiges Detail.

»Isabel!«

Sonja schien im Gegensatz zu Marie nicht allzu überrascht. »Männer sind eben genauso große Klatschweiber wie wir Frauen«, bemerkte sie ungerührt. »Dann hat Gregor also von Daniel genauere Kenntnisse über die sexuellen Präferenzen und geheimen Wünsche unserer kleinen Marie?«

»Kann schon sein ...« Isabel schob das inzwischen erkaltete Rührei mit der Gabel auf dem Teller hin und her.

Marie war wütend. Wie konnte sich Daniel erdreisten, so über sie zu reden?

Beruhigend legte Sonja die Hand auf Maries Unterarm. »Und woher wusste er, dass Marie ihm gefiel?«

Isabel zuckte mit den Schultern. Sie traute sich kaum aufzublicken. »Das weiß ich nicht. Ehrlich.«

»Schon gut.« Sonja streichelte beruhigend Maries Arm, und Marie musste unwillkürlich daran denken, wie sie Sonja und André mal heimlich beobachtet hatte, als die beiden mit Isabel das Bett teilten. Die Erinnerung ließ die Lust in ihr erwachen.

Das war neu. Bisher waren Erinnerungen nicht mehr als die wehmütigen Gedanken an etwas, das gewesen war. Erregt hatten sie sie noch nie.

Vielleicht veränderte sie sich ja. Vielleicht gelang Gregor tatsächlich, was sie sich nie hatte vorstellen können. Er brach ihren Panzer aus Furcht auf. Endlich begann sie, sich wie eine Frau zu fühlen, die begehrte und begehrt wurde. Sie hatte das hier immer schon gebraucht, und jetzt kam er und gab ihr genau das, was sie brauchte, um die Tiefen ihrer Lust zu erkunden.

War es da nicht im Grunde egal, wie das geschah? Dass er von einem gemeinsamen Freund über ihre Macken aufgeklärt worden war – die im Übrigen kein Geheimnis waren, er hätte es früher oder später selbst herausgefunden. Und war es nicht auch egal, dass er verheiratet war?

»Hat er seine Frau mitgebracht zu diesem Dinner?«, fragte Marie. Eigentlich wollte sie wissen: Hast du gewusst, dass er verheiratet ist?

»Nein«, sagte Isabel und fügte nach kurzem Zögern hinzu: »Und er hat sie, wenn es sie gibt, mit keinem Wort erwähnt.«

Als Marie zwei Stunden später in das Penthouse zurückkehrte, war sie vom Prosecco und den Gesprächen mit ihren Freundinnen beschwipst und in einer seltsamen Hochstimmung. Nicht mal die Konfrontation mit dieser blonden Zicke konnte ihr jetzt noch was anhaben.

Gregor war also verheiratet. Na und? Sie wollte nichts von ihm, außer Sex. Okay, und natürlich Sex. Sex, Sex, Sex.

Mit Liebe hatte das hier doch nichts zu tun.

Die Handwerker waren in der Zwischenzeit gut vorangekommen. Sie überzeugte sich in jedem einzelnen Raum von den Fortschritten, kontrollierte die Maler, ob sie auch sauber arbeiteten, und bewunderte den Parkettfußboden, der in dem zweiten Gästezimmer verlegt wurde. Dann ging sie in das zukünftige Schlafzimmer. Hier standen im Moment vor allem Tapetenrollen und Farbeimer, denn diesen Raum hob sie sich bis zum Schluss auf.

Links führte ein Durchgang zu dem riesigen begehbaren Kleiderschrank, für den sie am Dienstag einen Termin mit einem Schreiner gemacht hatte. Daneben führte eine zweite Tür in das Badezimmer.

Im Badezimmer stand die Badewanne mit Löwenfüßen. Seine einzige Vorgabe. Und die größte Herausforderung, wenn Marie ehrlich war, denn eigentlich passte die Wanne nicht zu dem Konzept, das sie für Gregors Penthouse entworfen hatte. Ursprünglich hatte sie für das Bad klare Formen geplant, die zu den schwarzen Marmorfliesen und weißen Mosaiken an der Wand passten. Das harmonierte wiederum nicht mit den Messingfüßen der Wanne. Es sei denn, sie nahm diesen Stilbruch als Element auf. Sie könnte grünliches Glas bei der Duschkabine einsetzen und die Kontraste zwischen Schwarz und Weiß zu einem Dunkelgrau mit zartem Hellgrau herabstufen. Vielleicht ging es dann auf. Allerdings blieben die Messingfüße. Silberne Armaturen verboten sich da eigentlich, wenn nicht …

Sie wurde von hinten gepackt. Marie wollte schreien, doch jemand presste ihr eine Hand auf den Mund. »Still«, hörte sie eine Stimme zischen.

Sie versuchte, sich aus der Umklammerung zu lösen, aber sie hatte keine Chance. Gerade noch hatte sie mitten im Badezimmer auf dem Boden gehockt und nachgedacht, wie sie das Problem lösen konnte, jetzt wurde sie hochgerissen. Ihre Füße fanden keinen Halt, sie strampelte verzweifelt.

Der Fremde zerrte sie aus dem Bad in das Ankleidezimmer. Sie fühlte seine Hand im Rücken, die sie gegen die nackte Wand drückte. Die Schiebetüren zum Schlafzimmer glitten lautlos zu.

Marie versuchte, sich zu befreien, aber er war schon wieder da und drängte sie gegen die Wand. Ihre teure Seidenbluse wurde von dem Rauverputz aufgekratzt, sie spürte es und wusste, dass sie die Bluse nach dieser Aktion in die Mülltonne werfen konnte. Das weckte in ihr eine grenzenlose Wut. Sie wand sich in seinem Griff.

»Halt still«, knurrte er. »Sonst gehe ich.«

Sie gehorchte. Obwohl sie die Stimme nicht erkannte, war sie sicher, es könnte sich nur um Gregor handeln. Etwas an ihm war anders ... Sie versuchte, den Kopf zu drehen, um wenigstens aus dem Augenwinkel einen Blick auf ihn zu erhaschen, aber er packte ihren Hinterkopf, drehte ihn von sich weg und drückte ihr Gesicht in den Putz. Marie wimmerte.

»Hör auf.«

Sie verstummte. Ihr Körper spannte sich an. Er hielt jetzt ihre beiden Hände hinter ihrem Rücken fest, mit der anderen Hand glitt er unter ihre Bluse. Gregor zerrte am obersten Knopf ihrer Jeans. Sie spürte, wie die Knöpfe nacheinander aufsprangen, dann war seine Hand wieder heiß auf ihrer Haut, schlüpfte in ihr Höschen und erkundete sie. Er fand ihre Klit, fand ihre tropfnasse Spalte und begann, sie mit den Fingern zu befriedigen. Sofort drang er mit zwei Fingern in sie ein, und Marie zuckte unter dieser fast schmerzhaften Berührung zusammen, weil sie nicht bereit war, so viel von ihm in sich aufzunehmen. Aber Gregor ließ sich davon nicht beirren, und nachdem er versuchsweise zwei-, dreimal in ihre Möse gestoßen hatte, waren seine Finger von ihren Säften geradezu gebadet. Er verteilte ihre Nässe großzügig auf ihrer Spalte und widmete dabei ihrer Klit besondere Aufmerksamkeit, bis sie aufschrie.

Was er sofort mit einem Klaps auf ihren Hintern quittierte. Dafür musste er ihre Hände loslassen, und Marie wollte schon zu ihm herumfahren. Doch er war schneller und drückte sie wieder gegen die Wand. Ihre kleinen, zarten Brüste wurden von der Seidenbluse kaum geschützt, und sie hatte das Gefühl, ihr Oberkörper würde von oben bis unten mit Sandpapier abgerieben.

»Das hast du dir selbst zuzuschreiben.« Er packte ihre Hände, legte sie auf die Wand und stand so dicht hinter ihr, dass sie nicht entkommen konnte. »Ich sag das jetzt ein letztes Mal. Wenn du nicht brav bist, gehe ich einfach, dann kannst du sehen, wo du mit deiner Lust bleibst. Vielleicht hat ja einer deiner Handwerker Bock, dich kleine Schlampe ranzunehmen.«

Marie wimmerte. Das war nicht, was sie sich erhofft hatte. Er tat ihr weh, und sie war völlig überrumpelt worden von seiner Attacke.

»Bist du brav?«

Sie nickte.

Er riss ihr die Hose runter. Marie stolperte, als er ihr die Hosenbeine über die Pumps zerrte, aber sie hielt die Hände fest gegen die Wand gedrückt. Auch das würde sie später bereuen, denn schon jetzt waren die Handflächen vom Putz rau. Wenn das so weiterging, war die Wand später rot von ihrem Blut.

Sie wollte es ertragen. Denn auch wenn die Schmerzen da waren, auch wenn es Augenblicke gab, in denen sie glaubte, diese Schmerzen nicht aushalten zu können, wollte sie es. Und als er jetzt einfach ihr Höschen beiseiteschob und drei Finger auf einmal in ihre Möse rammte, sackte ihr Körper nach unten. Doch sie ließ die Wand nicht los, und sie gab keinen Laut von sich. Das Einzige, was es jetzt noch für sie gab, war das herrliche Gefühl der Lust, das sich mit dem Schmerz vermischte und über sie hinwegschwemmte.

Seine erbarmungslosen Finger vollbrachten etwas, das Marie so nicht für möglich gehalten hätte. Sie spürte einen Orgasmus heranrauschen, der mit der Wucht einer Welle über sie hinwegspülen würde. Sie wappnete sich, denn es gab für sie kein Zurück mehr.

Genau in dem Augenblick, als sie glaubte, es gäbe kein Zurück mehr, verharrte er. Ihr Keuchen vermischte sich mit seiner beschleunigten Atmung, sein Mund lag dicht an ihrem Ohr. »Bitte mich darum.«

Marie wimmerte. »Bitte«, flehte sie.

Seine Finger drangen tief in sie ein. Sie spürte, wie ihre Fotze ihn fest umschloss, sie pulsierte. Es war unmöglich, nicht zu kommen, und trotzdem gelang es ihm irgendwie, sie daran zu hindern. Heiße, wütende Tränen rannen über ihre Wangen. Sie hielt die Augen geschlossen, wollte ihren Körper zwingen, sich seinen Händen zu widersetzen. Aber er war stärker. Er besaß Macht über ihren Körper, und er war bereit, diese Macht weidlich auszunutzen.

»Bitte.« Sie flüsterte heiser.

Er zog die Finger so abrupt aus ihr heraus, dass sie das Fehlen als schmerzliche Leere empfand. Das leise Klappern eines Gürtels drang an ihr Ohr, das Öffnen eines Reißverschlusses. Sie heulte erleichtert.

»Danke«, hauchte sie.

»Bedank dich nicht zu früh. Schlampe.«

Sie wusste nicht, warum er so mit ihr redete. Bei jedem anderen Mann hätte sie es abstoßend gefunden und hätte sich geweigert, nur einen Moment länger mitzumachen. Bei ihm war so vieles anders ... Sie ergab sich ihm. Völlig. Und das war es, was er von ihr verlangte und wonach sie sich insgeheim immer gesehnt hatte.

Sein Eindringen empfand sie als Wohltat. Sie biss sich auf die Unterlippe. Sofort erwachte das Pochen wieder in ihr, und diesmal wusste sie einfach, dass es kein Zurück mehr gab. Selbst wenn er sie jetzt von sich stieß und sie einfach liegenließ, konnte er ihren Orgasmus nicht mehr aufhalten.

Aber das wollte er anscheinend auch nicht.

Er begann, sie mit langen, beinahe zärtlichen Stößen zu ficken. Sie seufzte, ergab sich seinen Stößen und reckte ihm das Hinterteil entgegen. Er belohnte sie dafür mit einem Klaps. Marie verlor sich ganz in dieser Welle, die über sie hinwegströmte und jeden schlechten Gedanken, jedes unangenehme Gefühl einfach fortschwemmte. Sie nahm diesen Orgasmus als Geschenk, der ihr bewies, dass es nichts gab, das sie jetzt noch fürchten musste.

Doch er war noch nicht mit ihr fertig. Seine Hände hielten ihre Hüften fest, als Marie nach ihrem Höhepunkt atemlos gegen die Wand sank. Ihre Hände suchten nach Halt, wo es keinen Halt gab. Er versenkte sich tiefer in ihr, grub seinen Schaft so tief in ihr Inneres, dass allein dieses Gefühl sie ein zweites Mal kommen ließ. Und er verharrte, ließ sich von ihrer zuckenden Möse umschließen. Er stöhnte.

Sie spürte es, als der Samen aus ihm herausschoss, als er in ihr puckerte und sich in ihr verströmte. Sie spürte es und wusste, dass er sich auch diesmal nicht die Mühe gemacht hatte, ein Kondom zu benutzen.

Nichts hätte ihr gleichgültiger sein können.

Sanft ließ er sie zu Boden gleiten. Marie kauerte an der Wand. Ihre Hände tasteten suchend über den Estrich. Sie zog ihre Jeans zu sich herüber, hielt die Augen geschlossen und wartete, bis sie wieder zu Atem kam.

»Marie.« Sie schüttelte den Kopf. Nein, sie wollte jetzt nicht reden. »Sieh mich an, Marie.«

Widerstrebend hob sie den Kopf. Er stand über ihr, beugte sich zu ihr herab und strich das wirre schwarze Haar aus ihrem Gesicht. Sein Zeigefinger zeichnete die Linie einer Träne nach. »Da draußen sind immer noch die Handwerker. Ich schlage vor, du wartest ein bisschen, bis du wieder einigermaßen beieinander bist, ehe du da rausgehst.« Er grinste. »Sie sollen ja nicht unbedingt alles wissen.«

Stumm nickte sie. Sein Samen rann aus ihrer Möse und versickerte im Stoff ihres Höschens. Kein unangenehmes Gefühl. Sie lächelte. Der Geruch, der aufstieg und sie umhüllte, war herrlich.

»Wir sehen uns Mittwoch.« Er küsste sie auf den Scheitel. Dann war er weg, und Marie lehnte erschöpft an der Wand. »Bis Mittwoch«, flüsterte sie.

Und hoffte doch so sehr, er überraschte sie vorher noch mal so wie jetzt.

9. Kapitel

Sie blieb im Ankleidezimmer hocken und ließ die Zeit verrinnen. In ihr klang nach dem Liebesspiel ein leises Summen nach, das sie ebenso genoss wie das Gefühl, von ihm vor wenigen Minuten noch vollständig ausgefüllt worden zu sein.

Sie vermisste ihn.

Aber sie glaubte, allmählich zu begreifen, was er von ihr erwartete.

Irgendwann rappelte sie sich auf. Ihre Muskeln schmerzten, ihre Handflächen brannten und waren blutig geschrammt. Auf der Wand konnte man deutlich erkennen, wo sie sich abgestützt hatte. Verdammt. Wenn einer der Handwerker in diesen Raum reinschaute ... Nicht auszudenken. Dann müsste sie sich wieder eine Ausrede einfallen lassen, und langsam wurde es unglaubwürdig.

Sie schlich humpelnd ins Schlafzimmer und nahm sich einen Eimer tiefrote Farbe und eine Malerrolle. Ursprünglich hatte sie das Ankleidezimmer ganz in Weiß halten wollen, doch kam es ihr jetzt richtig vor, das Konzept ein wenig zu modifizieren.

Sie begann, die Stellen mit ihren blutigen Handabdrücken zu übermalen. Marie war so in diese Aufgabe vertieft, dass sie gar nicht hörte, wie jemand ins Schlafzimmer kam. Erst als sich jemand räusperte, fuhr sie herum.

Sonja lehnte gegen eine der Schiebetüren.

»Gott, hast du mich erschreckt. Ich dachte schon, es wäre einer der Handwerker.«

»Die hältst du jedenfalls ganz schön auf Trab für einen Samstag. Sie stehen nicht mal rum. Oder ich hab sie aufgescheucht.« Sonja trat näher und legte den Kopf schief. »Was wird das?«

Marie wurde rot. Sie malerte konzentriert weiter, obwohl man schon jetzt von ihrem Blut nichts mehr sehen konnte. »Ich wollte nur die Farbe ausprobieren, mehr nicht.«

»Ich dachte schon, du verschandelst jetzt seine Wohnung, nachdem du denken musst, dass er verheiratet ist.«

Darauf gab Marie keine Antwort. Verbissen bewegte sie die Farbrolle auf und ab, tauchte sie in den Farbeimer, rollte sie über das Gitter und machte weiter. Einige rote Punkte waren inzwischen auf dem nackten Fußboden aufgeblüht.

»Woher wusstest du, wo ich bin?«

Sonja stand jetzt direkt neben ihr. »Ich hab ihn angerufen.«

»Ach, und dann erzählt er dir sofort, wo dieses Penthouse ist?«

»Marie.« Sonja hielt ihren Arm fest. »Tut mir leid. Ich will mich für so vieles bei dir entschuldigen, aber ich weiß einfach nicht, wie. Ich hab mich ziemlich blöd benommen vorhin.«

Marie schüttelte den Kopf. »Blöd ist es, herzukommen.« Genug. Wenn sie nicht aufhörte, sah es bald nicht mehr bloß wie eine Farbprobe aus. Marie trat einen Schritt nach hinten. »Du hast ihn angerufen und gefragt, stimmt's?«

Sonjas Schweigen war ihr Antwort genug.

»Und er weiß von dir, dass ich jetzt von seiner Ehe erfahren habe?«

»Davon habe ich bis heute auch nichts gewusst, das musst du mir glauben.« Eigentlich wollte Marie niemandem mehr glauben. »Ich habe vor einem Dreivierteljahr wochenlang in einer Wohnung in Lübeck gearbeitet, die er mir zur Verfügung gestellt hatte. Damals war auch nie die Rede davon, dass er eine Frau hat. Du musst mir glauben, ich war genauso ahnungslos, wie du es jetzt bist.«

»Es gibt nur einen kleinen Unterschied«, sagte Marie leise. »Für dich stand damals ohne Zweifel fest, dass du bei André bleibst. Ich habe Dave noch am selben Tag verlassen, als ich Gregor kennengelernt habe.« Das war gelogen; eigentlich hatte sie Dave schon vorher verlassen. Aber wäre Gregor nicht gewesen, hätte sie diese Entscheidung inzwischen vermutlich angezweifelt. Wer weiß, vielleicht säße sie dann schon wieder bei Dave auf dem Sofa ...

Sie blickte auf. Dann ließ sie die Farbrolle los und streckte Sonja eine zerschundene Handfläche entgegen. »Siehst du, was er mit mir macht?«

Sonja zuckte zurück. »Himmel!«

»Das trifft es irgendwie, ja. Es ist der Himmel.« Sie schloss den Farbeimer und schleppte ihn zurück ins Schlafzimmer. Der Griff grub sich schmerzhaft in ihre Handfläche. »Ich habe immer Angst gehabt, mich einem Mann völlig zu öffnen, das wissen wir beide. Bei ihm ist es irgendwie anders ...«

»Er versteht dich.«

»Er weckt diesen Teil von mir auf. Wie ein Dornröschenschlaf, aus dem ich wachgeküsst wurde. Verstehst du? Seit ich mir das Studium als Nyotaimori-Mädchen verdient habe, fällt es mir schwer, mich hinzugeben.«

»Und er hat das gespürt, nicht wahr? Ja, so was kann er.« Sonja seufzte. »Du solltest das behandeln lassen, Süße.«

Marie entzog ihr die Hand. »Quatsch.«

Sonja beharrte nicht darauf. Sie verließen nach einem letzten Kontrollgang durch die einzelnen Räume das

Penthouse. Die Handwerker würden auch bald Schluss machen; sie hatten an diesem einen Tag Erstaunliches geleistet. Wenn jetzt noch die Möbel wie versprochen am Dienstag kamen, stand dem Mittwochstermin für das zweite Gästezimmer nichts mehr im Wege. Marie war zufrieden.

»Ich will einfach, dass du weißt, wie ahnungslos ich vorhin war«, sagte Sonja.

Sie standen im Fahrstuhl. Marie starrte geradeaus, die zerschundenen Hände zusammengepresst. Der Schmerz tat ihr gut; er erinnerte sie an das, was passiert war.

»Das hilft mir nicht«, erwiderte Marie scharf.

»Nein? Gregor und ich sind befreundet. Soweit man das sein kann, wenn da mal was war.«

Dieses Geständnis überraschte Marie. »Für dich macht es einen Unterschied?«, fragte sie ehrlich erstaunt. »Ich dachte immer, irgendwelche Liebeleien könnten dir nichts anhaben.«

Sonja lachte. Sie lehnte den Kopf an die Fahrstuhlwand. »Das glauben viele. Ich hab das früher auch immer geglaubt. Aber der letzte Herbst ...« Sie sprach nicht weiter.

»Wollen wir noch einen Kaffee trinken?«, schlug Marie vor. Insgeheim hoffte sie, so mehr über Sonjas Affäre mit Gregor zu erfahren.

»Sorry, aber André wartet auf mich.« Sie traten in den hellen Nachmittag und umarmten sich zum Abschied. »Lass deine Hände versorgen, hörst du?« Sonja hielt Maries Schultern umfasst.

»Sonst noch irgendwelche Empfehlungen?«, fragte Marie etwas zu bissig.

»Nur die eine: Genieß es. Ich bin sicher, er möchte dir nichts Böses.«

»Und seine Frau?«, fragte Marie leise. »Was wird aus ihr?«

»Das darf dich nicht kümmern«, meinte Sonja nur lapidar. »Sonst gehst du daran kaputt.«

Marie blickte ihrer Freundin nach.

Bisher hatte sie sich immer eingeredet, es müsse sich um einen Irrtum handeln. Als er heute zu ihr kam, hatte sie ihn nicht gefragt, ob er verheiratet war – es war ihr nicht in den Sinn gekommen. Ihr ganzer Körper hatte sich allein auf ihn konzentriert – und auf die Leidenschaft, die sie bei ihm fand. Mit der er langsam schaffte, was die Liebhaber der letzten Jahre nie vermocht hatten. Er brach ihre verkrusteten Ängste auf. Was darunter zum Vorschein kam, war verletzlich. Und ausgerechnet einem verheirateten Mann sollte sie vertrauen können?

Wer einmal betrügt, tut es auch ein zweites Mal.

Nur dass sie diese Vorstellung nicht im Geringsten schreckte. Sie wollte ihn. Und wenn es schmerzlich wurde, war sie bereit, auch diesen Schmerz auf sich zu nehmen.

***

Er ließ sie schlafen, die ganze Nacht und den halben darauffolgenden Tag.

Als Bree aufwachte, wusste sie erst nicht, wo sie war. Dann fiel es ihr wieder ein, und mit der Erinnerung kamen auch die Schmerzen zurück. Leise jammernd richtete sie sich auf und zog die Bettdecke hoch. Bis auf ihr Höschen war sie nackt. Ihre Sachen lagen auf einem Stuhl, fein säuberlich zusammengelegt.

Sein Schlafzimmer. Seine Wohnung.

Er hatte sie ein zweites Mal mit hierhergenommen. Sie erlaubte sich trotz der Umstände, Hoffnung zu schöpfen. Vielleicht gelang es ihr ja, ihn zu zähmen.

Sie biss die Zähne zusammen und schlich ins angrenzende Badezimmer. Nachdem sie heiß geduscht hatte, machte sie sich auf die Suche nach ihm.

Dave saß auf dem Sofa und schaute sich die Übertragung eines Motorradrennens an, als Bree nur mit seinem Bademantel bekleidet das Wohnzimmer betrat.

»Hey«, sagte sie leise.

Er drehte sich um und lächelte. »Hallo. Ausgeschlafen?«

Sie trat ans Sofa. Ihre Muskeln schmerzten, und diesen Schmerz hatte auch die heiße Dusche nicht vertreiben können.

»Mh«, machte sie.

»Komm, setz dich zu mir.« Er klopfte neben sich auf die Sitzfläche. »Hast du Hunger? Fürs Frühstück ist es vielleicht schon etwas spät, aber ich könnte das Abendessen vorziehen.«

Sie sank vorsichtig in die weichen Polster und lehnte sich zurück.

»Abendessen wäre prima.« Behutsam betastete sie ihr Gesicht. Vorhin im Badezimmer hatte sie sich nicht getraut, in den Spiegel zu sehen. Und als das heiße Wasser auf ihre Schulter traf, hatte sie nur mühsam einen Schrei unterdrückt. Es tat ziemlich weh.

»Warte.« Dave stand auf und verschwand im Küchenbereich. Sie hörte, wie er Leitungswasser in ein Glas gab, dann kam er mit einer Tablette und einem Glas Wasser zurück. »Hier, gegen die Schmerzen.«

Gehorsam schluckte sie die Tablette und lehnte sich wieder zurück. »Heute Nacht war da jemand …«

»Ein befreundeter Arzt. Ich habe ihn gebeten, dich zu untersuchen. Es ist nichts gebrochen, aber du solltest in den nächsten Tagen lieber nicht allein bleiben.«

Sie versuchte sich an einem Lächeln. »Heißt das, ich muss hierbleiben?«

Er wirkte seltsam verlegen. »Du musst gar nichts. Ich würde mich freuen, wenn du bleibst.«

Sie schloss die Augen. Die Tablette entfaltete ihre Wirkung und bekämpfte nicht nur den Schmerz, sondern machte sie auch schläfrig.

Sie war ziemlich sicher, dass Dave noch nie eines seiner Betthäschen länger als nötig bei sich behalten hatte. Bei ihr war es anders, und dieser Unterschied ließ sie die Schmerzen vergessen.

Aber sie kannte Dave. Er war schnell gelangweilt. Wenn sie ihn jetzt zwang, tagelang für sie die Krankenschwester zu spielen, würde ihn das ermüden, und irgendwann hätte er keine Lust mehr auf sie. Ihr blieb nur, schleunigst zu verschwinden.

Mühsam richtete sie sich auf. Die Schmerztablette war ein echter Klopper, der sie ziemlich ausknockte. Behutsam stand sie auf und schlich Richtung Schlafzimmer.

»Legst du dich wieder hin?«, fragte Dave.

Sie schüttelte den Kopf.

Er folgte ihr ins Schlafzimmer. Ohne sich von seiner Anwesenheit irritieren zu lassen, streifte sie den Bademantel ab und stand nackt mitten im Raum. Sie versuchte, in den Slip zu steigen, aber schon bei dieser Übung scheiterte sie kläglich. Sie schwankte. Dave sprang ihr zur Seite und hielt sie fest, sonst wäre sie wohl umgefallen.

»Was soll das?«, fragte er.

Unwirsch machte sie sich von ihm los und kleidete sich weiter an.

Dave redete auf sie ein. »Du kannst jetzt nicht gehen. Ich habe dir ein Abendessen versprochen, schon vergessen?« Er berührte sacht ihre Schulter. »Hey. Redest du noch mit mir?«

Sie schüttelte den Kopf. Verbissen kämpfte sie mit ihrem Top, das schon unter normalen Umständen schwierig über den Kopf zu zwängen war. Mit einer zerschlagenen Schulter war es sogar unmöglich. Sie ließ die Arme sinken und atmete tief durch. Wappnete sich für den Schmerz, wenn sie einen erneuten Versuch unternahm.

Dave hielt ihren Arm nieder. »Was machst du denn?«, fragte er sanft. Seine Stimme klang so zärtlich, und sie hätte sich so gerne in seine Besorgnis gekuschelt und sich von ihm einlullen lassen. Stattdessen machte sie sich von ihm los.

»Ich gehe.«

»Aber wo willst du denn hin?«

Nach Hause. Sie wollte sich in ihrer kleinen Wohnung einfach nur ins Bett legen und schlafen, schlafen, schlafen.

Wenn sie ging, würde Dave vielleicht vergessen, wie schwach sie war. Vielleicht würde er bei ihrer nächsten Begegnung nur daran denken, wie sie's getan hatten in jener ersten Nacht. Und nicht daran, wie sie völlig erschlagen in seinem Bett gelegen hatte.

»Heim«, sagte sie leise. Dann hob sie mit einem Ruck die Arme und zog das Top über den Kopf. Schwarze Punkte tanzten vor ihren Augen, und sie stöhnte erstickt.

»Kommt ja überhaupt nicht in Frage. Wenn du schon unbedingt nach Hause willst, fahre ich dich natürlich hin.«

Bree sank auf die Bettkante. »Ich nehme mir ein Taxi.«

Sie versuchte, die Füße in ihre Pumps zu zwängen. Es tat höllisch weh. Jede Bewegung tat höllisch weh; anscheinend kam das Schmerzmittel nicht gegen alles an.

Dave stand vor ihr. Er wirkte ratlos, und sie konnte es ihm nicht verdenken. Aber er durfte sie nicht nach Hause fahren. Wenn er das tat, sah er, wo sie wohnte. Und es war noch zu früh, dass er erfuhr, wer sie wirklich war. Sie wollte mit dieser Enthüllung warten, bis sie sicher sein konnte, dass er sie nicht sofort fallen ließ. Jetzt war es dafür definitiv noch zu früh. Das Einzige, was sie verband, war eine gemeinsame Nacht, in der sie ihm einiges verwehrt hatte, weil sie wusste, dass sein Interesse dann länger wach blieb.

Aber wenn er jetzt erfuhr, dass sie die Britta war, die ihn vor Jahren immer geradezu gluckenhaft nach den durchwachten oder besser gesagt durchfickten Nächten mit einem Frühstück in ihrer Wohnung begrüßt und völlig selbstlos seine Hemden gebügelt hatte, die er ihr immer mitgab … nein. Dann verlor sie den Nimbus als unnahbare Schöne, und er würde in ihr wieder das aschbraune Moppelchen sehen, das sie bis vor einem Jahr gewesen war.

Wenn sie jedoch blieb, langweilte sie ihn.

Ein schreckliches Dilemma. Sie musste eine Entscheidung treffen.

Die Entscheidung wurde ihr abgenommen. Als sie aufstand, wurde ihr schwarz vor Augen, und sie kippte einfach zur Seite weg.

Und wurde von Daves starken Armen aufgefangen.

Er ließ sie behutsam auf das Bett gleiten. »Du bleibst hier«, sagte er fest. »Zumindest bis morgen. Und dann werden wir es davon abhängig machen, wie es dir geht.«

Sie nickte schwach. Mit geschlossenen Augen spürte sie seine Hände, die ihr die Kleider wieder auszogen. Er, der im Bett immer so wild war – das hatte sie am eigenen Leib ja bereits erfahren dürfen –, ging so behutsam zu Werke, als wäre sie zerbrechlich.

Ein bisschen fühlte sie sich so.

Aber nur ein bisschen.

***

Sie hatte nicht gefragt.

Vielleicht war sie auch zu überrascht gewesen, als er im Penthouse aufgetaucht war, und schon nach wenigen Augenblicken war zwischen ihnen kein Platz mehr für ein überflüssiges Wort gewesen. Er hatte damit gerechnet, dass etwas in der Art früher oder später passieren würde.

Für seinen Geschmack war es aber zu früh passiert.

Er atmete tief durch und versuchte wieder, sich auf seine Arbeit zu konzentrieren. Aber was kümmerten ihn Verträge und Akten, wenn er genau wusste, was ihn morgen erwartete.

Seit Samstag hatte er nichts von Marie gehört, und insgeheim sorgte er sich, sie könnte es nach der Enthüllung dieses einen pikanten Details seines Privatlebens vorziehen, die Wohnung auf gänzlich professionelle Art einzurichten. Und das bedeutete für ihn: Sie schickte ihm keine Fotos mehr von den fertigen Zimmern.

Dabei hatte der richtige Spaß doch noch gar nicht begonnen.

Und wenn er in die Offensive ging? Er könnte ihr erzählen, was es bedeutete, mit Helena verheiratet zu sein. Helena, die Schöne ... Er lachte bitter auf. Unwillkürlich schob er den Vertrag beiseite, den er gerade studiert hatte. Gregor schwang den Bürostuhl herum und starrte aus dem Fenster.

Sie hatten sich vor zehn Jahren kennengelernt. Sie: die reiche, verwöhnte Tochter eines Großreeders. Er: ein armes Schwein, frisch von der Uni und mit Schulden, die abzubezahlen er nicht mal in hundert Jahren zu hoffen wagte. Zusammen kamen sie bei einem Galopprennen, bei dem er Champagner servierte. Sie hatte ihn verführt, hatte ihn in einen Rennstall gelockt, wo er sie – ohne es vorher zu wissen – in einer leerstehenden Box entjungfert hatte. Das war ihre Art, sich gegen den übermächtigen Vater aufzulehnen. Sie heiratete einen armen Schlucker, der ehrgeizig und stolz genug war, kein Geld von ihrem Vater anzunehmen, sondern sich selbst nach oben arbeiten wollte.

Fünf glückliche Jahre folgten. Fünf Jahre, in denen er sich abrackerte, um Helena das zu bieten, was sie wollte. Er glaubte, wenn er ihr die Welt und einen Reichtum zu Füßen legte, der mit dem ihres Vaters mithalten konnte, würde sie ihm auf ewig dankbar sein.

Nur vergaß er, dass Dankbarkeit keine gute Grundlage für eine Ehe war.

An dem Tag, als er Helena ihr erstes Rennpferd schenkte, verlor er sie. Er merkte es daran, wie geistesabwesend sie den Braunen streichelte. Es war ein gutes Pferd, beste Abstammung. In Deauville hatte er ein Vermögen für diesen Jährling hinblättern müssen.

Und das Einzige, was Helena dazu einfiel, war: »Hübsch.« Mehr nicht. Sie streichelte die Nüstern des quicklebendigen Tiers und sah Gregor nicht mehr an.

Zwei Wochen später erfuhr er, dass sie eine Affäre hatte. Mit einem Jungen, kaum älter als zwanzig, der sich um den Garten des gemeinsamen Hauses kümmerte. Wäre es nicht so ein jämmerliches Klischee gewesen, hätte Gregor darüber vielleicht lachen können.

Die folgenden Jahre waren für ihn anfangs die Hölle. Er hatte um sie kämpfen wollen, doch hatte Helena keinen Platz mehr gelassen neben sich, um den er kämpfen konnte. Später gewöhnte er sich daran, neben Helena zu leben, ohne dass ihre Leben einander noch sonderlich berührten. Eine Scheidung lehnte sie aus verständlichen Gründen ab – er hatte ihr ein Nest gebaut, in dem sie sich wohl fühlte. Und sie gönnte ihrem Vater nicht den Triumph, den ein Scheitern ihrer Ehe bedeutete.

In den letzten Wochen hatte er sich oft gefragt, warum er nicht darauf bestanden hatte, sich von ihr scheiden zu lassen. Und er hatte erkennen müssen, dass er nicht zu den Männern gehörte, die bis ums letzte Möbelstück einen Rechtsstreit führen wollten. Das gemeinsame Leben war nun mal irgendwann vorbei, und es gab noch diese

Formalitäten, die eine Ehe mit sich brachte. Sie hatten sich in diesem Leben nebeneinander eingerichtet.

Jeder bewunderte Gregor und Helena, weil sie die perfekte Ehe führten. Aber für beide war klar, dass dieses Arrangement nur so lange funktionieren würde, wie Helena es wollte.

Und vor fünf Monaten war ihr Vater gestorben.

Drei Tage später hatte sie ihn auf der Beerdigung beiseitegenommen und ihm angeboten, die Scheidung einzureichen. Ihre Bedingungen waren finanziell schmerzhaft, und er würde einige Jahre brauchen, um sich davon zu erholen. An einen Ehevertrag hatte er damals keinen Gedanken verschwenden wollen.

Das Penthouse gehörte zu diesen Bedingungen.

Er war im Grunde auch erleichtert gewesen, dass sie dieses Kapitel ihrer Ehe nun beendeten. Er grollte ihr nicht. Beide hatten Fehler gemacht, als sie jung waren. Kein Grund, heute ein Drama daraus zu machen.

Er hatte ihr versprochen, die Luxuswohnung komplett einrichten zu lassen. Und nachdem sie sich umgehört hatte, wer für diesen Job geeignet wäre, hatte sie ihm in diesem kühlen Tonfall, der seit der Beerdigung vor fünf Monaten herrschte, befohlen, Marie mit der Ausführung zu betrauen. Als er sich bei einem Dinner bei Freunden nach den besten Innenarchitekten in Hamburg erkundigte, fiel ebenfalls Maries Name. Das hatte ihn schließlich überzeugt.

Bis zu ihrer Begegnung in der Trattoria hatte er Marie noch nie gesehen. Er hatte mit ihr telefoniert, sie hatte den Termin verpennt, was ihn unendlich wütend gemacht hatte, weil er diese leidige Angelegenheit möglichst schnell vom Tisch haben wollte. Aber als sie schließlich pünktlich das Restaurant betrat – ein bisschen zerzaust, der Lippenstift nicht ganz akkurat, die Bluse etwas zerknittert –, hatte er es gewusst.

Sie war die Richtige.

Danach war alles ganz einfach. Er fasste schnell den Entschluss, sie zu verführen. Es war nicht schwer; in ihren Ängsten konnte er lesen wie in einem offenen Buch.

Es schien ihm eine gerechte Strafe für Helenas Gier zu sein, wenn er sich mit Marie in dem Penthouse vergnügte. Seine zukünftige Exfrau war nicht arm; dafür hatte schon der Pflichtteil gesorgt, den sie nach dem Tod ihres Vaters geerbt hatte.

Ihm ging es aber inzwischen vor allem um Marie.

Warum hatte er ihr nicht einfach die Wahrheit gesagt?

Wenn er ehrlich war, wusste er das nicht so genau. Es gab dafür vielleicht nur einen Grund: Er hatte nicht daran gedacht. Für ihn war die Ehe mit Helena seit Jahren abgeschlossen.

Bitter nur, dass er jetzt fürchten musste, diese Ehe könnte das Einzige zerstören, was in den letzten Jahren überhaupt eine Bedeutung für ihn gehabt hatte. Und es half nichts, wenn er hier herumsaß und darüber nachgrübelte, ob Marie ihm die Sache übelnahm oder nicht. Er sollte sie einfach fragen und ihr reinen Wein einschenken. Das hatte sie nämlich verdient.

Gerade beugte er sich vor und wollte die Taste von der Telefonanlage drücken, als jemand klopfte.

»Was denn?«, blaffte er.

Seine Sekretärin steckte den Kopf herein. »Da ist Besuch für Sie, Herr Pelzer.«

Die Art, wie sie »Besuch« sagte, war sehr beredt. So sprach sie sonst nur, wenn seine Frau vorbeischaute. Seine Sekretärin hatte ein feines Gespür dafür, welche Menschen ihrem Chef guttaten. Manchmal glaubte er, die Mittfünfzigerin wäre ein bisschen verknallt in ihn und versuchte, ihn vor der Frauenwelt zu beschützen.

Er sank nach hinten. »Soll reinkommen«, sagte er resigniert. Wenn Helena meinte, ihm eine Szene machen zu müssen, weil sie zweifellos inzwischen auch von Marie erfahren hatte … Nun, dann gönnte er ihr den Spaß. Er konnte ihr im Gegenzug unzählige Affären vorhalten.

»Sind Sie sicher?« Frau Steiner zögerte. »Ich glaube nicht …«

»Doch, lassen Sie sie ein.« Er klang jetzt barsch. Irgendwie wollte er dieses Gespräch schnell hinter sich bringen, möglichst ohne dass sie sich anbrüllten.

Frau Steiner straffte sich. »Wie Sie meinen.« Sie klang sichtlich pikiert.

Und wenige Augenblicke später verstand er, was ihr so übel aufstieß. Denn zu seiner Überraschung war es nicht Helena. Auch nicht Marie, wie er kurz gehofft hatte.

Die Frau trug einen Lederminirock, Overknee-Stiefel und eine platinblonde Perücke. Unwillkürlich fühlte er sich an Julia Roberts in *Pretty Woman* erinnert, zumal sie ein so breites Lächeln zur Schau stellte und mit offenem Mund Kaugummi kaute.

»Heilige Scheiße, was für ein geiles Büro!«, entfuhr es ihr. »Junge, Junge! Wusste ich gar nicht, dass du so ein reicher Schnösel bist.«

Sie kam zielstrebig zu ihm und setzte sich ohne Umschweife auf die Schreibtischkante.

»Kennen wir uns?« Gregor war irritiert. Was war das hier? Ein böser Scherz, den Helena sich mit ihm erlaubte?

»Nee, aber ich hoff doch mal, dass wir gleich noch etwas bekannter miteinander werden. Dafür bin ich schließlich hier.«

Sie packte seine Krawatte.

In diesem Moment bemerkte er die Abschürfungen an der Handinnenfläche.

Marie.

Er wusste nicht genau, was sie von ihm erwartete. Einstweilen versuchte er einfach mitzuspielen.

»Okay, Frau …« Er machte eine erwartungsvolle Pause.

»Nenn mich halt Viv. Und halt dich nicht mitm Siezen auf. Ich sieze die Kerle nie, mit denen ich poppe.«

Sie war also tatsächlich eine kleine Pretty Woman für ihn. Er lachte leise. Die Verkleidung war perfekt, und sie war in diese Rolle geschlüpft, die ihr passte wie eine zweite Haut. Das hätte er gar nicht gedacht, dass seine kleine Marie so ein Schauspieltalent besaß.

Und nachdem er sie erkannt hatte, erregte ihn das Nuttige über alle Maßen.

»Wie willst du's denn? Ich sag's gleich, auf den Mund küsse ich dich nicht.«

»Na ja …« Jetzt wurde er doch nervös. Sie glaubte doch nicht etwa, er werde mit ihr hier, in seinem Büro …

»Mir ist es egal, solange du zahlst.« Sie hielt ihm auffordernd die offene Hand hin.

»Was denn, du willst jetzt …«

»Sorry, Süßer. Gab schon kranke Typen, die mich verprügelt haben, um nicht zahlen zu müssen. Ich bin lieber vorsichtig.«

Er zog die Brieftasche hervor und drückte ihr einen Fünfziger in die Hand. Sofort verzog sie das Gesicht. »Mehr willste nicht? Nur ein bisschen französisch?«

Ihm imponierte, wie sie ihn herausforderte. Und natürlich wollte er mehr, weshalb er dem ersten zwei weitere Fünfziger folgen ließ. Marie steckte das Geld in die kleine pailettenbestickte Clutch und legte diese außer Reichweite auf die Tischkante. Dann setzte sie sich direkt vor ihn auf den Schreibtisch.

»Dann mal los.« Sie spreizte die Beine.

Er wusste nicht, was er erwartet hatte. Aber als er sich zurücklehnte und den Bürosessel nach hinten wippen ließ, erhaschte er einen Blick auf ihre nackt rasierte Möse, die ein Stückchen aufklaffte. Ihr violettes Fleisch glänzte feucht. Er fuhr mit einer Hand langsam über ihren Oberschenkel nach oben. Marie stellte die Füße auf die Sessellehnen und stützte sich mit den Händen ab.

Er schloss verzückt die Augen.

Ja, so wollte er sie.

***

Als ihr die Idee gekommen war, hatte sie zuerst Angst bekommen. Sie hatte zwei Nächte darüber geschlafen, aber weil sie sich immer häufiger dabei ertappte, wie sie die verschiedenen Utensilien zusammensuchte, die sie für die Umsetzung dieses verrückten Plans brauchte, beschloss sie, es tatsächlich zu tun.

Dienstagfrüh nahm sie im Penthouse das zweite Gästezimmer ab. Sie war zufrieden: modern, klare Linien, Walnussholz und naturfarbene Akzente. So hatte sie es sich vorgestellt, und die Wirklichkeit übertraf ihre Erwartungen sogar noch.

Sie fotografierte das Zimmer nachlässig mit ihrer Handykamera – das Foto war dieses Mal nicht so wichtig, fand sie –, fuhr nach Hause und zog sich um.

Dann hatte sie ihren großen Auftritt.

Zuerst wollte Gregors Sekretärin sie nicht vorlassen. Verständlich, schließlich sah sie nicht nur wie eine Nutte aus, sie verhielt sich auch so. Aber als Marie sich auf den Schreibtisch der Sekretärin setzte und diese schon nach dem Wachdienst rufen wollte – bloß nicht, das Vergnügen hatte sie schließlich schon mal gehabt –, spielte Marie ihre Trumpfkarte aus. »Er erwartet mich.«

Der Blick der Sekretärin war geradezu ätzend. »Das glaube ich kaum«, erwiderte sie kühl.

»Fragen Sie ihn lieber. Könnt mir vorstellen, dass er ziemlich sauer ist, wenn er erfährt, dass Sie mich weggeschickt haben.« Marie beugte sich vor. »Sie wissen schon, ein Mann hat Bedürfnisse. Ist nicht das erste Mal, dass er mich bestellt. Seine Frau und er, na ja …« Sie machte eine bedeutungsschwangere Pause und hoffte, die Sekretärin würde mehr wissen als sie.

Wenn sie sich trotzdem weigerte, musste Gregors Ehe in den Augen seiner Sekretärin intakt sein. Und Sekretärinnen wussten immer alles, was mit ihren Chefs los war. Bree, die jahrelang alle noch so intimen Details aus Daves Privatleben kannte war da ein gutes Beispiel. Marie war sicher, wenn sie Bree fragte, würde sie aus allen Wolken fallen, weil sie dann Details erfuhr, die sie vielleicht gar nicht wissen wollte.

Wenn die Sekretärin jetzt zögerte, wusste Marie wenigstens dies: Die Ehe war nicht intakt. Es war möglich, in sie einzudringen. Denn sie wollte ihn. Und wenn sie um ihn kämpfen musste, war sie bereit.

»Ich sehe nach, was ich tun kann.«

»Danke, Schätzchen.« Marie grinste.

Es machte nichts, dass er sie so früh durchschaute. Im Gegenteil. Jetzt begann erst der richtige Spaß; sie wollte es ihm nicht so leichtmachen.

Nicht, nachdem er sie belogen hatte.

Während sie mit gespreizten Beinen auf seinem Schreibtisch saß und spürte, wie seine Hand langsam an ihrem Oberschenkel nach oben wanderte, schloss Marie verzückt die Augen. Sie war feucht, seit sie dieses Büro betreten hatte; ihn hinter dem Schreibtisch sitzen zu sehen, hatte sie erregt. Zu wissen, dass er sich auf ihr Spiel einließ, weckte das fordernde Pochen in ihrer Möse. Sie stellte einen Fuß auf seinen Oberschenkel. Gregor zuckte zusammen; die Overknee-Stiefel hatten schmerzlich spitze Pfennigabsätze.

In diesem Moment berührten seine Finger ihre Schamlippen. Er fuhr mit einem Finger über ihre Spalte. Rauf und runter. Zugleich ließ er sie nicht aus den Augen.

Sie blickte gespielt gelangweilt beiseite. »Was hält denn deine Frau davon, wenn du dir ne Nutte holst?«, fragte sie. »Macht die keinen Terror?«

Seine Hand verharrte in der Bewegung. Er räusperte sich. Marie warf ihm einen verächtlichen Blick zu. »Mann, du lässt dich aber schnell aus der Ruhe bringen. Hast wohl noch nie dafür bezahlt?«

Er wirkte zerstreut. »Ich rede dabei nur nicht gerne über meine Frau.« Sein Blick suchte ihren. »Die im Übrigen bald meine Exfrau ist.«

Sie spürte ihr Herz bis zum Hals schlagen. »Macht für mich keinen Unterschied«, behauptete sie.

Gelogen. Es war ein himmelweiter Unterschied. Sie wollte mehr hören. Dass er sich von ihr trennte, genügte ihr nicht.

»Ich nehme an, ich habe nicht den ganzen Tag Zeit, mh? So ist das doch, man hat ein Stündchen, alles darüber hinaus kostet extra.«

»Du kannst mich gleich für die ganze Nacht buchen, das kostet aber eine ordentliche Stange Geld.« Sie grinste frech und hoffte, er bemerkte nicht, wie sie zitterte.

Er leugnete also nicht, verheiratet zu sein.

Immerhin hatte er mit Sonja telefoniert. Er wusste also, dass sie es wusste, und vermutlich konnte er sich denken, dass sie davon nicht unberührt blieb.

Gut.

Was sie glauben durfte und was nicht, würde sie später entscheiden.

»Ich glaube, ich bevorzuge das, was ich bereits bezahlt habe. Los, runter vom Schreibtisch.«

Sie nahm ihren Fuß von seinem Oberschenkel und glitt langsam vom Schreibtisch.

»Dreh dich um.«

Sie gehorchte. So wollte sie ihn. Befehlsgewohnt. Hart. Oh ja, so hart …

Sie hörte den Reißverschluss seiner Hose. Dann spürte sie seine Finger, die an ihrem Rock nestelten. Es dauerte nur wenige Augenblicke, bis sie mit entblößtem Arsch vor ihm stand. Seine Hand umfasste ihre tropfnasse Scham. »Schön feucht«, murmelte er zufrieden.

Doch statt sofort von hinten in sie einzudringen, massierte er ihre nasse Spalte und verteilte ihre Säfte auf ihrer Kimme. Sein Zeigefinger massierte ihr Arschloch. Marie klammerte sich an den Schreibtisch.

»Ganz ruhig.« Mit der anderen Hand drückte er ihren Oberkörper nieder. Marie spürte seine Hand an ihrem Rückgrat hinaufgleiten, bis er sie auf ihren Kopf legte. Ihre Wange wurde auf den Tisch gedrückt. Er tat ihr weh, aber vermutlich hatte sie es nicht anders verdient. Sie hatte ihn bloßgestellt.

Der Schmerz war nicht unerträglich. Im Gegenteil, sie erkundete ihn und ließ ihren Körper darin baden. Es war ein guter Schmerz, den sie voll auskostete.

Als er mit dem Finger in sie eindrang, stöhnte Marie. Sofort legte er die Hand in ihren Nacken. »Halt's Maul«, befahl er ihr grob. »Ich hab keine Lust, hierbei erwischt zu werden.«

Sie biss sich auf die Unterlippe. Er ging nicht gerade zärtlich vor, aber sie merkte, dass er genau wusste, was er tat. Er war nicht der Erste, der sie anal nahm. Aber anders als zum Beispiel Dave, der immer ziemlich grob zur Sache ging, verstand er sein Handwerk. Nachdem er ihr Arschloch mit mehreren Fingern ordentlich geweitet hatte, druckte er seinen Schwengel gegen ihr Hintertürchen.

Sie seufzte. Sein Schwengel fühlte sich riesig an, und einen Moment lang glaubte sie, er würde sie zerreißen. Aber schon beim zweiten vorsichtigen Stoß war es besser, und mit dem dritten Stoß hatte er sie für sich gewonnen.

Heimlich suchte ihre Hand nach ihrer Möse. Sie fand

die Klit und drückte zwei Finger darauf. Vorsichtig ließ sie die Finger kreisen.

»Lass das.« Grob riss er ihre Hand weg. Mit der anderen Hand drückte er ihr Kreuz nieder und drang wieder tief in ihr Arschloch vor. »Wenn du vom Arschficken allein nicht kommst, hast du's auch nicht verdient. Frigide Schlampe.«

Sie spürte Tränen in den Augen brennen. Alles schmerzte: seine Worte, seine Hände, die mit ihrem Körper nach Belieben verfuhren, sein Schwengel, der sich tief in sie grub. Er nahm sich, was er wollte, und ihr blieb nichts anderes übrig, als es ihm zu geben. Er war brutal, benutzte und beschimpfte sie.

Ihr brannte das Safeword auf der Zunge, obwohl sie sich geschworen hatte, es nie auszusprechen.

In diesem Moment, als sie den Mund aufmachen und »Nyotaimori« stammeln wollte, passierte etwas mit ihr. Sie konnte es nicht anders erklären; es war, als werde der Schmerz emporgeläutert zu einem Summen, das in ihrem Körper jede Faser erfasste. Wie eine Geige, die man stimmte. Und wenn man den richtigen Ton traf, war es einfach perfekt.

Sie kam lautlos. Ihr Körper bebte, sie biss sich in die Unterlippe und schmeckte ihr eigenes Blut. Ihr Stöhnen erstickte sie, indem sie den Mund auf die kühle Glastischplatte presste.

Diese Zurückhaltung kannte Gregor nicht. Er schien alles um sich zu vergessen – einschließlich seiner Sekretärin – und brüllte seine Lust heraus. Ein letztes Mal schien sein Schwengel in ihr anzuschwellen, dann schoss der Samen in ihren Arsch.

»Ich korrigiere mich«, flüsterte er ihr ins Ohr. Seine Finger spielten mit einer platinblonden Locke ihrer Perücke. »Du bist alles andere als frigide.«

Zufrieden schloss Marie die Augen.

10. Kapitel

Mit einem Ruck zog er sich aus ihr zurück. Einen Moment lang erlaubte Marie sich, erschöpft ihr Gewicht auf den Tisch zu stützen. Dann richtete sie sich auf und bückte sich nach ihrem Rock.

»Marie.«

Sie ignorierte ihn.

»Hör mal, du … wenn du willst, musst du da nicht raus.« Er wirkte verlegen.

Sie verharrte mitten in der Bewegung. Dann lächelte sie fein, schnappte sich den Rock und stieg hinein. Während sie den Reißverschluss schloss, grinste sie ihn frech an. »Was denn, tut's dir jetzt leid, ne Nutte flachgelegt zu haben? Ihr Ehemänner seid doch alle gleich.« Jetzt war sie wieder ganz in ihrer Rolle.

»Ich meine, wenn es dir peinlich ist …«

»Süßer.« Sie trat ganz dicht zu ihm. Half ihm, seine Hose zu schließen. »Wenn mir irgendwas peinlich wäre, wär ich wohl kaum hergekommen.« Sie schnappte sich die Clutch und zog einen Umschlag heraus. »Hätt ich jetzt fast vergessen.« Sie legte den Umschlag auf den Schreibtisch, zupfte ihren Rock zurecht und ging.

In dem Umschlag war ein Foto vom neuen Zimmer. Eine Uhrzeit hatte sie auf den Abzug gekritzelt. Mehr brauchte er hoffentlich nicht.

Und sie würde bereit sein, wenn er morgen Abend dorthin kam.

***

»Dave, ich muss jetzt wirklich gehen.« Bree klang gleichermaßen verzweifelt und belustigt.

»Warum?« Müde kuschelte er sich an sie.

»Na ja, lass mich überlegen. Ich hab einen Job, ein Leben …«

»Du hast vor allem eine schwere Verletzung, die erst mal gründlich auskuriert werden muss.« Sanft küsste er ihre nackte Schulter. »Vorher lasse ich dich nicht gehen.«

Sie versuchte, sich aus seinen Armen zu befreien. »Bitte, ich muss aufs Klo.«

Nur widerstrebend ließ er sie gehen. Bree stieg aus dem Bett, warf sich den Morgenmantel aus tiefroter Seide über und lief barfuß ins Badezimmer.

Während sie auf dem Klo hockte, versuchte sie, einen Plan zu schmieden. Irgendwas, das ihr erlaubte, sich aus der Freundinnenfalle zu befreien.

Genau das, was sie die ganze Zeit zu verhindern versucht hatte, war eingetroffen: Dave glaubte, sie wäre der perfekte Ersatz für Marie. Und Marie hatte er jahrelang nach Strich und Faden belogen und betrogen. Dafür war Bree sich zu schade – mehr noch: Sie wollte ihn für sich allein und ihn nicht mit den Frauen teilen, die ihm zwangsläufig in den Hamburger Nächten über den Weg liefen.

Seit Freitagnacht hatte sie die Wohnung nicht verlassen. Erst hatte sie nicht gekonnt, später hatte sie nicht mehr gewollt. Was vor allem an Daves überzeugenden Argumenten und seiner Fürsorge lag. Er hatte es irgendwie geschafft, für sie Klamotten in der richtigen Größe zu organisieren. Richtig geschmackvolle, teure Sachen, Unterwäsche, der Bademantel, ein Nachthemd, zwei Hosen, Oberteile, eine Jacke. Sie müsste nicht mehr im Partyoutfit von Freitagnacht auf die Straße, wenn sie ging.

Überhaupt: Er kümmerte sich. Sie fühlte sich bei ihm geborgen. Die Schmerzen waren inzwischen erträglich, und seit Sonntag hatten sie die meiste Zeit zwischen Bett und Sofa gewechselt, hatten Filme geschaut oder stundenlang geredet. Es wäre perfekt, wenn es nicht so falsch wäre …

Das Schlimmste war wohl, dass er kein einziges Mal versucht hatte, sie zu verführen. Sie schlief in seinen Armen ein, sie wachte in seinen Armen auf. Aber obwohl sie auf die geheimen Zeichen achtete, versuchte er nicht ein einziges Mal, die Situation auszunutzen.

Verdammt, warum nicht?, dachte sie verzweifelt. Bin ich für ihn inzwischen so asexuell, dass er einfach keinen Gedanken daran verschwendet, mit mir zu schlafen?

Die Vorstellung war schrecklich.

Sie musste schleunigst verschwinden.

Als sie ins Schlafzimmer zurückkam, war das Bett leer. Sie hörte Dave in der Küche rumoren. Rasch zog sie sich an, nahm die Pumps in die Hand und schlich zur Wohnungstür.

Er summte. Die Dunstabzugshaube lärmte. Wenn sie die Tür vorsichtig ins Schloss zog, würde er es bestimmt erst bemerken, wenn das Frühstück fertig war und er nach ihr suchte.

Bree zögerte.

Wenn sie jetzt ging, verlor sie Dave dann nicht? Er musste ja glauben, sie hätte kein Interesse an ihm. Oder sein Jagdinstinkt war geweckt. Dave interessierte sich nur für die Frauen, die er nicht haben konnte. Die verfolgte er geradezu manisch, bis er sie zur Strecke brachte. Danach verlor er jegliches Interesse an ihnen.

Sie hatte sich geschworen, dass ihr dieser Fehler nicht unterlaufen würde. Und bisher hatte auch alles ganz wunderbar geklappt – bis dieser Idiot im Club ihr dazwischengefunkt hatte.

»Wo willst du denn hin? Brötchen habe ich schon geholt.« Dave lehnte im Türrahmen zur Küche, weiß Gott, wie lange schon. Und sie hatte einfach hier herumgestanden und nichts getan.

»Ach so. Ich dachte …«

»Kaffee ist schon fertig.«

Es wäre perfekt. Wenn er nicht geradezu mönchisch neben ihr schlafen würde, Nacht um Nacht. Und selbst dazu hatte sie ihn beinahe zwingen müssen; ursprünglich hatte er auf dem Sofa übernachten wollen. Aber das war ihr falsch erschienen, denn er hatte ein breites Bett. Wenn er ihr nicht nahekommen wollte, musste er das nicht tun.

Sie hatte ihre Reize überschätzt, und dieser Gedanke war schrecklich deprimierend. All die Monate im Fitnessstudio waren für die Katz.

»Ich hab keinen Hunger«, log sie. »Ich muss los.«

»Kommt nicht in Frage.« Er war mit zwei Schritten neben ihr und nahm ihre Hand. »Du hast doch in den letzten Tagen auch so gut gegessen.«

Der Teil von Bree, der immer noch Angst hatte, wieder fett zu werden, wollte ihn anfauchen. Männer mochten keine Frauen, die ordentlich aßen.

Er machte es ihr aber schwer, Zurückhaltung zu üben. Heute gab es neben Vollkornbrötchen und Schwarzbrot Rührei mit Krabben, eine Käseplatte und für jeden ein Schüsselchen Obstsalat. Bree ließ sich nur widerwillig von Dave auf einen Barhocker vor der Kochinsel schieben, während er das Rührei mit Schnittlauchröllchen verfeinerte und auf zwei Tellern verteilte.

»Mit Liebe gekocht«, sagte er und stellte ihr den Teller hin.

Verlegen senkte sie den Blick. So ein blöder Spruch.

»Bree? Alles in Ordnung?« Er setzte sich mit seinem Teller neben sie und schenkte ihr Kaffee ein.

Stumm nickte sie.

»Mache ich zu viel?«

Gott, nein! Wie kam er denn auf die absurde Idee? Sie war versucht aufzulachen, doch als sie ihm einen Seitenblick zuwarf, merkte sie, wie er sie musterte.

Da lag nicht nur Besorgnis in seinem Blick, sondern noch etwas anderes, das ihr völlig neu war. Etwas Zärtliches, Suchendes. Als wüsste er nicht, ob ihm das erlaubt war, was er so gerne tun wollte.

Es rührte sie zutiefst.

»Wieso glaubst du, es könnte zu viel sein?« Ihre Stimme kratzte.

»Weil ich das so nicht gewohnt bin.« Er pickte im Rührei herum. »Hör mal, du kannst es ruhig sagen, wenn du lieber gehen willst. Ich bin dir nicht böse drum, ehrlich. Ich habe nur gedacht, wenn ich mich um dich kümmere, also wenn du dich bei mir wohl fühlst …«

»Ja?«, hakte sie leise nach, weil er nicht weitersprach.

»Ach, nichts.« Er stand auf.

Bree beobachtete ihn, wie er den Kühlschrank öffnete. Sie fasste einen Entschluss. Vorsichtig stützte sie sich an der Theke ab und rutschte vom Hocker. »Ich gehe jetzt«, sagte sie leise.

Er fuhr so heftig zurück, dass er sich den Kopf stieß. »Was?« Ungläubig starrte er sie an. »Wieso? Wohin?«

»Nach Hause«, sagte sie sanft. »Und bevor du anbietest, mich heimzubringen: Ich komm alleine klar. Du hast schon mehr als genug für mich getan.«

Er schloss den Kühlschrank mit einem sanften Plopp. »Das habe ich befürchtet.«

Sie wartete.

»Ich habe keine Erfahrung hiermit«, gab er schließlich leise zu.

»Was meinst du?«, fragte sie sanft.

Er machte eine ausholende Handbewegung. »Das alles. Frühstück für eine Frau machen. Mich um sie kümmern.

Ich habe mir schon gedacht, dass es für eine Klassefrau wie dich zu viel wird.« Er zuckte die Schultern und stellte den Joghurtbecher auf die Kochinsel. »Ich hab's wohl zum ersten Mal in meinem Leben verbockt.«

Bree wartete.

Doch statt sich ihr nun vollends zu enthüllen – was sie auch nicht zu hoffen gewagt hätte, weil es da nichts zu enthüllen gab! –, fragte er bloß: »Darf ich dich wiedersehen?«

»Wenn du mich diesmal davor bewahrst, vor ein Auto zu laufen.« Sie lächelte.

»Ich gebe mir Mühe.«

»Freitagnacht. Im *Club Delight*?«

Er hob die Augenbrauen. Ihm war der Club also nicht unbekannt. Gut für sie, das machte es leichter.

»Einverstanden.«

Sie lächelte. Freitagnacht also.

Dann konnte sie sich ihm nicht länger entziehen. Sie hoffte, er wollte das. Sie hoffte, dann zu erleben, wie sehr er sie wollte. Und dass kein anderer Mann sie berühren durfte – das hoffte sie auch.

Obwohl sie es ihm natürlich nicht ersparte, es wenigstens jemanden versuchen zu lassen.

***

»Marie?«

Gregor wanderte durch die Räume der Penthousewohnung. Das Gästezimmer war leer gewesen, keine Spur von Marie.

In den letzten Tagen war hier viel passiert. Er sah, dass es tatsächlich nicht so lange wie befürchtet dauerte, bis alle Räume gestaltet waren. In den meisten gab es schon Bodenbeläge und Tapeten, einige hatten schon Vorhänge, und im Wohnzimmer standen bereits die Möbel, die vermutlich später auf die anderen Räume verteilt wurden. Irgendwann im Laufe der letzten Tage waren schon erste Teile der Küche geliefert worden. Alles war geordnet, was für eine Baustelle merkwürdig war. Aber sie schien nicht nur den Auftrag, sondern auch die Handwerker im Griff zu haben.

Was ihn nicht wunderte, denn sie hatte auch ihn inzwischen fest im Griff. Das hatte sie gestern eindrucksvoll bewiesen.

Er betrat die Küche. Jemand hatte einen weißen Umschlag am Kühlschrank festgeklebt. Er riss ihn herunter, öffnete ihn und zog zwei Polaroids und einen Zettel heraus.

Das erste Polaroid zeigte Marie an ein Andreaskreuz gefesselt. Jemand hatte ihr die Augen verbunden, und ihre Lippen waren knallrot, wie von Blut befleckt.

Das zweite Foto zeigte nur ein Gebäude.

Und auf dem Zettel stand bloß: *Finde sie bis Mitternacht, sonst ist sie fort.*

Er schluckte schwer. Erneut blickte er das erste Foto an. Wieder war es ihr gelungen, ihn zu überraschen. Und wieder hatte sie sich für ihn in eine Situation begeben, von der er *wusste*, dass sie sich davor fürchtete. Gefesselt und blind. Sie wäre ihm vollends ausgeliefert.

Dass sie die Regeln seines Spiels neu schrieb, war ihm egal. Er musste sie nur noch finden.

* * *

»Und du bist sicher, du schaffst das?«

Sonja schloss die Fußmanschetten und kontrollierte noch ein letztes Mal die Armmanschetten. Sie musterte Marie besorgt, ehe sie die Augenbinde von dem Tischchen nahm, auf dem Marie noch ein paar weitere Utensilien bereitgelegt hatte.

Sie nickte entschlossen. Ihre Stimme versagte, weshalb sie nur flüsterte: »Er wird kommen.«

»Wenn er nicht kommt, stehst du im Zweifel drei Stunden blind und gefesselt am Kreuz«, murmelte Sonja. »Keine gute Idee, wenn du mich fragst.«

Marie schüttelte entschieden den Kopf. »Ich habe mir alles genau überlegt«, beharrte sie.

»Klar. Und wenn er nicht kommt, habe ich die Last mit dem seelischen Wrack, das du sein wirst.« Sonja seufzte. »Soll ich wirklich nicht bleiben?«

Marie funkelte sie wütend an. »Er hilft mir, meinen Ängsten zu begegnen. Das kann ich bestimmt nicht, wenn meine beste Freundin Händchen hält, oder?«

»Also gut. Aber sag mir später nicht, ich hätte dich nicht gewarnt.« Sonja legte ihr die Augenbinde um.

Marie atmete tief durch. Ich habe kein Problem damit, hier wehrlos auf ihn zu warten, redete sie sich ein. Sie versuchte, die Schwärze willkommen zu heißen.

»Geht's?«, fragte Sonja bestimmt zum zehnten Mal besorgt, und diesmal nickte Marie bloß und ersparte beiden einen bissigen Kommentar.

»Ich komm um Mitternacht wieder. Und wenn er da ist, ziehe ich mich diskret zurück. Einverstanden?«

»Er wird kommen.« Marie erlaubte sich nicht, an etwas anderes zu denken. Wenn sie sich vorstellte, dass er nicht käme, geriet sie in Panik. Und stundenlang in Panik gefesselt zu sein war nicht gerade das, was sie sich unter einem lustvollen Erlebnis vorstellte …

»Wie auch immer.« Marie hörte Sonja zurücktreten. »Alles okay?«

Marie nickte ungeduldig. »Geh jetzt«, flüsterte sie.

Sie wollte mit dem, was kam, allein sein.

Sonja ging. Marie hörte die Tür der Lagerhalle ins Schloss fallen. Ein lauter Knall, der sie zusammenzucken ließ. Ihre Hände rissen an den Manschetten. Sie hielten

Marie fest. Selbst wenn sie es mit aller Kraft versuchte, konnte sie nicht entkommen.

Gut.

Stille und Dunkelheit umhüllten sie. Und die Kälte griff schon bald nach ihren nackten Muskeln. Sie spürte, wie sich ihr Körper zusammenzog, nur um eine Winzigkeit, aber schon das genügte, dass sie seufzte.

Es ging schon jetzt los. Allein dieses Warten war von der Lust durchtränkt, die sie erwartete.

Sie stellte sich insgeheim auf eine lange Wartezeit ein. Es war nicht leicht, das Lagerhaus zu finden. Sie hatte es ihm nicht zu einfach machen wollen, und sie hatte sich darauf gefreut, ein, zwei Stunden völlig hilflos auf ihn zu warten.

Es war eine neue Grenze, die sie für ihn überschritt. Sie wusste, er würde es zu schätzen wissen.

Die Zeit verrann und verflog. Sie verlor jegliches Gefühl für oben und unten, heiß und kalt, spät und früh. Es hätte eine Ewigkeit vergehen können, ohne dass sie Hunger, Durst oder andere Bedürfnisse verspürte.

Nur eines wuchs ohne Unterlass: ihre Lust. Ihr Begehren, ihre Sehnsucht nach seinen kundigen Händen, die ihren gespannten Körper befreiten.

Sie trug nur Höschen und BH. Und selbst die beiden Kleidungsstücke hätte sie gerne abgelegt. Doch da hatte Sonja nicht mitgespielt. »Wenn jemand anderes zufällig reinkommt, wärst du seinen Blicken schutzlos ausgeliefert«, hatte sie argumentiert.

Wer sollte schon kommen? Die Lagerhalle lag in einem Gewerbegebiet am Rand der Stadt, der Mietvertrag lief auf Maries Namen. Sie hatte die Halle vor ein paar Monaten angemietet, um ein paar Möbel unterstellen zu können, wenn diese einem Kunden noch nicht geliefert werden konnten.

Ihre Gedanken flogen wieder zu Gregor. Sie stellte sich

vor, wie er durch das Penthouse ging, den Umschlag am Kühlschrank fand. Sein Lächeln, getränkt von Entsetzen und Freude, als er die Polaroids betrachtete. Während er sich auf die Suche nach ihr begab, stellte sie sich vor, wie er immer wieder die beiden Bilder zur Hand nahm. Nicht, um das Lagerhaus zu betrachten, sondern um sich an ihrem Anblick aufzugeilen, der ihn schon bald hier erwarten würde. Ja, er geilte sich an ihrer Wehrlosigkeit auf.

Sie wimmerte. Ihre Muskeln schmerzten inzwischen von der ungewohnten Haltung, und langsam wurde der Schmerz unerträglich. Beeil dich, Gregor, flehte sie. Mach schon, ich brauche dich!

Es gab nur einen Teil ihres Körpers, der nicht von der Kälte betroffen war: ihr Unterleib. In ihm brannte eine unglaubliche Hitze. Marie konzentrierte sich auf ihren pochenden Schoß; es schien das Einzige zu sein, was sie davor bewahrte, den Verstand zu verlieren.

Wie spät es wohl war? Wenn er nicht bald kam …

Wenn er nicht bald kam, würde sie es aushalten. Das hier war ihr Spiel. Ihre Regeln.

Sie war bereit, für ihn bis zum Äußersten zu gehen.

***

Es war Viertel nach elf, als er endlich am Ende einer Sackgasse das Lagerhaus vom Polaroid erkannte. Gregor seufzte erleichtert. Er griff zum Handy, wählte eine Nummer und hatte nach wenigen Sekunden Sonja am anderen Ende.

»Ich glaub, ich habe es gefunden«, sagte er und nannte ihr die Adresse.

»Gut«, sagte sie bloß und legte auf.

Er parkte am Straßenrand und stieg aus. Es war merklich kühler geworden; der Spätsommer hielt Einzug. Ein frischer Wind wehte eine Plastikplane über den Vorplatz und ließ Blätter aufwirbeln. In der Ferne grollte es, und erst jetzt fiel ihm das Wetterleuchten im Westen auf.

Ein Gewitter zog auf.

Er ging auf die Metalltür zu, blieb einen Augenblick stehen und wartete, während der Wind aufheulte und in einer Ecke des kleinen Vorplatzes Sand und Steinchen gegen die Wand wirbelten.

Und wenn sie nicht drin ist? Wenn das auch nur ein Teil ihres Spiels ist, um mir zu zeigen, dass sie sich mir eben nicht widerstandslos unterwirft?

Dann musste er sich den Tatsachen stellen. Dann war sie noch nicht so weit.

Aber irgendwas sagte ihm, dass er sie hinter dieser Tür fand. Und allein die Vorstellung, dass sie so wie auf dem Polaroid auf ihn wartete und sich ganz und gar seinem Willen unterwarf, ließ ihn zögern. Er wollte den Moment genießen. Wenn er die Tür öffnete, gab es kein Zurück mehr.

Weder für ihn noch für sie.

***

Marie lauschte angestrengt. Hatte sie da nicht gerade ein Auto gehört? Ihre Nerven waren zum Zerreißen gespannt.

Jetzt war es so weit.

Es musste einfach so weit sein.

»Gregor«, flüsterte sie.

Nichts passierte.

***

Er wartete. Etwas in ihm wehrte sich dagegen, durch die Tür zu gehen. Es gäbe dann kein Zurück mehr.

Tat sie das, weil sie ihn wollte? Oder weil sie glaubte, er würde sie so haben wollen?

Wenn er die Lagerhalle betrat und Marie am Andreaskreuz sah, wäre er blind und taub für alles andere. Er könnte vielleicht nicht mal dafür garantieren, dass er von ihr abließ, wenn sie das Safeword sagte.

Das machte ihm Angst.

Mit einem Ruck riss er die Metalltür auf.

Hörte Marie erschreckt kreischen.

In der Lagerhalle war es stockdunkel. Er tastete neben der Tür nach einem Lichtschalter. Maries Schrei war verhallt, doch glaubte er noch immer, sie zu hören.

Gregor fand den Lichtschalter. Neonröhren flackerten unter der hohen Decke auf. Die Lagerhalle war riesig, sie maß bestimmt zehn mal zwanzig Meter. Am anderen Ende entdeckte er an der rückwärtigen Wand Marie – gefesselt am Andreaskreuz, die Augen verbunden.

Selbst aus dieser Entfernung konnte er sehen, wie ungeduldig sie war. Zumindest redete er sich das ein.

Er ließ die Metalltür laut ins Schloss knallen. Beobachtete, wie sie zusammenzuckte. Sie richtete sich sogleich wieder auf, als wollte sie ihm nicht die Genugtuung gönnen, ihre Angst zu sehen.

Langsam näherte er sich ihr.

Es war so wie auf dem Polaroid. Sie hatte ihr Versprechen eingehalten.

Neben dem Andreaskreuz stand auf dem Boden eine Kiste. Links gab es in der Ecke der Halle ein Podium, auf dem ein Futon stand. Hübsch, fand er. Sie hatte wirklich an alles gedacht.

Am besten gefiel ihm aber ihr Anblick.

Sie hielt ganz still, während er sich langsam näherte. Legte den Kopf schief, als lauschte sie. Er blieb in fünf Metern Entfernung stehen und wartete.

Sie sagte kein Wort. Sie wartete bloß.

Vielleicht schlummerte in ihr doch ein unterwürfiges Naturtalent. Eines, das durch Ereignisse in der Vergangenheit zu oft gezwungen wurde, etwas zu tun, das ihr widerstrebte. Darum sträubte sich jetzt alles in ihr, sich ihm so hinzugeben, wie beide es brauchten.

Aber sie war hier und wartete auf ihn.

»Hallo, Marie«, sagte er schließlich leise.

Sie lächelte selig. »Hallo, Gregor.«

»Geht's dir gut?«

Über die Frage dachte sie einen Moment nach. Dann nickte sie langsam. »Danke, ja.«

»Dann habe ich dich nicht zu lange warten lassen?«

Wieder dieses selige Lächeln. »Ich hätte noch länger auf dich gewartet.«

Er trat näher und schaute in den Karton. Ein paar Sextoys, ein großes Messer. Er verstand.

»Wieso hast du nicht nackt auf mich gewartet? Auf dem Foto warst du nackt.« Langsam bückte er sich und zog das Messer aus dem Karton. Er versuchte, dabei kein Geräusch zu machen. Marie drehte den Kopf und schien angestrengt zu lauschen.

»Also? Wieso bist du nicht nackt?«

»Weil ich so feucht bin«, flüsterte sie. Ihre Hüften bewegten sich, und er konnte sich direkt vorstellen, wie nass sie war. »Mein Saft wäre über meine Schenkel gelaufen …«

»Das hätte mir gefallen«, murmelte er.

»Das Messer«, hauchte sie. In ihrer Stimme schwang ein Beben mit. Angst?

»Hab keine Angst.«

Er trat ganz nah zu ihr. Sein Atem strich über ihre Haut. Sie wandte den Kopf, lauschte auf seine Atemzüge und schien darauf zu warten, dass er endlich etwas tat.

»Ich habe das Messer in der Hand.«

»Dann benutz es doch endlich«, sagte sie leise.
Er gehorchte.

* * *

Das Messer fühlte sich im ersten Moment eiskalt an.

Er fing oben an, bei den Trägern ihres BHs. Sie war ganz steif vor Angst und wagte nicht, sich zu rühren. Sie wusste, wie scharf dieses Messer war; darauf hatte sie geachtet. Nichts sollte ihn bremsen, schon gar nicht ein stumpfes Messer, mit dem er minutenlang herumsäbeln musste, ehe es die Träger durchtrennte.

Er schob die Klinge unter den linken Träger. Einmal hin und her, dann spürte sie, wie er sich löste und niedersank. Sie atmete unwillkürlich aus. Gregor bewegte sich vor ihr, sie spürte wieder seinen Atem auf ihrer Haut. Er schnupperte an ihr, und sie lachte zittrig.

»Halt still!« Seine Stimme gewann an Schärfe.

Sie gehorchte.

Der zweite Riemen ging ebenso schnell. Sie seufzte. Um den BH tat es ihr ein bisschen leid, das Ding war sauteuer gewesen. Aber sie hatte es wie alles andere auf die Rechnung gesetzt, die Gregor bezahlte.

Jetzt stand er direkt vor ihr. Sie hatte das Gefühl, ihn direkt anzusehen – merkwürdig, wie die anderen Sinne geschärft wurden, wenn man blind war. Diesmal fuhr die Klinge schneller unter den Stoff zwischen ihren Brüsten. Ein einziges Ziehen, und schon war er entzwei.

Mit der Messerspitze schob er den Spitzenstoff über ihrer linken Brust beiseite. Marie schluckte schwer. Tränen brannten ihr in der Kehle, und zugleich dachte sie an ihr Safeword. Sie hatte so schreckliche Angst, dass er ihr weh tat.

Er war ganz dicht an ihrem Ohr. »Vertraust du mir, Marie?«, flüsterte er.

Stumm nickte sie, obwohl alles in ihr nein schreien wollte.

Die Messerklinge grub sich etwas tiefer in das zarte Fleisch. Sie zitterte, und wäre sie nicht an Armen und Beinen fixiert, wäre sie einfach umgefallen.

»Vertraust du mir?«, wiederholte er. Diesmal klang seine Stimme nicht sanft, sondern hart. Die Klingenspitze unterstrich seine Worte. Sie glaubte zu spüren, wie er in ihr Fleisch schnitt.

»Ja«, wimmerte sie. »Ich vertrau dir doch, bitte!«

In diesem Moment passierte etwas mit ihr. Später konnte sie nicht genau erklären, was es war. Es fühlte sich an, als drückte Gregor einen Schalter bei ihr. Und danach war es anders.

»Ich vertrau dir«, wiederholte sie. Diesmal hatte sie leise gesprochen, dennoch klang ihre Stimme fest und entschlossen.

Er zog das Messer zurück. »Gut«, sagte er bloß.

Dann zog er den BH hinter ihrem Rücken hervor und warf ihn weg. Sie hörte den Stoff auf den Boden fallen.

Seine Hände machten sich an ihrem Höschen zu schaffen.

Sie hatte vorhin nicht gelogen; sie war die ganze Zeit schon tropfnass und voller Vorfreude auf das Kommende gewesen. Jetzt aber, da er sie berührte und das, was sie so lange ersehnt hatte, wirklich greifbar wurde, spürte sie erneut Nässe ihre Möse fluten. Sie seufzte leise.

Seine Hand schob sich unter den Stoff. Halb hoffte sie, er würde ihr diesmal das Messer ersparen, doch ein anderer Teil von ihr, über den sie nicht zu genau nachdenken wollte, hoffte zugleich, er würde genau das tun.

Er erfüllte ihre schlimmste Sehnsucht.

Zuerst waren da nur seine Finger, die sich von oben in den Slip schoben und ihn ein Stück nach unten zerrten.

Sie legten sich auf ihre Schamlippen, die sich schwerer anfühlten. Marie rieb sich an ihm.

Er versetzte ihr mit der flachen Seite der Klinge einen Schlag auf den Oberschenkel. »Lass das.«

Sie gehorchte. Seine Finger begannen, sie zu bearbeiten, die Handfläche rieb ihre Klit. Marie seufzte leise, aber er wusste genau, wie weit er gehen durfte, ohne sie kommen zu lassen. Als er die Hand zurückzog, jammerte sie leise.

Das Messer kam zurück. Es kroch an ihrem Bauch hinab, schob sich unter den Bund ihres Slips und noch weiter hinunter. Sie konnte nicht mehr atmen, und ihr Herz raste.

»Marie?«, hörte sie ihn leise fragen.

Sie schüttelte den Kopf. Alles in ihr schrie danach, ihn daran zu hindern. Sie wusste aber, dass sie es tun musste. Sie hatte sich ihm ausgeliefert. Es war ihre Idee gewesen, und sie wollte sich ihm so unterwerfen. Es war fast zu viel, aber nur fast.

Sie rang die Panik nieder, die sich ihrer bemächtigte. Er will mir nicht weh tun, dachte sie, und dieser Gedanke half ihr.

Noch.

Später, wenn er die anderen Utensilien in dem Karton entdeckte, würde er ihr garantiert weh tun.

Das Messer zerschnitt den Seidenslip wie Butter. Sie hörte das leise Ratschen, dann Stille. Das Messer durchtrennte die Nähte an den Hüften, dann schlich es wieder unter den Stoff im Schritt und durchschnitt ihn vollständig. Mit der Klinge schob er den Stoff von ihrer Haut.

Jetzt stand sie vollkommen nackt vor ihm. Sie wusste, dass er lächelte. Sie wusste es einfach. Und darum lächelte sie auch, obwohl sie am ganzen Körper zitterte. Ein seltsames Hochgefühl bemächtigte sich ihrer.

Sie hörte Gregor zurücktreten, dann wühlte er in dem Karton. Etwas klirrte leise, dann hörte sie ein Klappern.

Etwas schlug gegen seine Hand oder seinen Unterarm, als probierte er es aus. Dann kam er wieder zu ihr.

»Das war ziemlich unartig von dir.« Jede Zärtlichkeit war aus seiner Stimme verschwunden. »Die Regeln waren eindeutig. Du erwartest mich in dem Zimmer.«

Sie schluckte hart. »Ich dachte …«

Das Paddel sauste auf ihren Oberschenkel nieder. Sie zuckte zusammen. »Hör auf zu denken, Schlampe«, stieß er hervor. »Es reicht, wenn ich das für dich übernehme.« Ein zweiter Schlag, diesmal heftiger als der erste. Sie schnappte nach Luft.

»Also. Du hast nicht dort auf mich gewartet. Warum?«

Sie presste die Lippen zusammen.

»Warum, Miststück?«

»Weil ich dachte, das hier könnte dir gefallen«, flüsterte sie.

Er schlug sie als Antwort erneut. Dieser Schlag kam ihrer Scham gefährlich nahe.

»Ach, tatsächlich?! Mir kommt's so vor, als könnte es vor allem dir gefallen.« Er trat vor. Sie spürte seinen Körper, obwohl er sie nicht berührte. Als gingen Schallwellen von ihm aus, die ihr Leib empfing. Seine Finger schlossen sich schmerzhaft fest um ihre linke Brustwarze. Er kniff sie. »Gefällt dir das?«

Sie wimmerte. Oh ja, es gefiel ihr. Dies war ein Spiel, und doch war es so ernst, dass sie fürchten musste, nicht unversehrt aus diesem Spiel hervorzugehen.

»Willst du mehr davon?« Er zwirbelte den Nippel zwischen Daumen und Zeigefinger, und sie glaubte, vor Schmerz und Lust zu vergehen. Der Schmerz grub sich durch ihren Leib, von der Brust bis hinab zur Scham, wo er zu einer weißglühenden Lust erblühte.

»Ja, ich will mehr davon«, flüsterte sie gehorsam.

»So ist's brav.« Er ließ von dem Nippel nur einen kurzen Moment ab. Das Nächste, was sie spürte, war etwas Kaltes, das die Brustwarze fest zusammenquetschte.

Die Nippelklemmen.

Er fuhr fort, sie zu beschimpfen, bearbeitete ihren zweiten Nippel wie schon den ersten, zog an der Kette, die beide verband. Marie wand sich unter seinen Händen. Die zweite Klemme schloss sich um den Nippel.

Sie wusste, was jetzt kam. Schließlich hatte sie die Utensilien selbst ausgesucht. Und sie hatte mit Bedacht gewählt.

Sie wollte ihm alles geben.

Gregor schien zu zögern. Er zog an der Kette, und Marie ließ sich von dem Schmerz davontragen.

»Bist du sicher?«, hörte sie ihn flüstern.

Sie nickte bloß stumm.

»Ich nehme an, du hast so was noch nie gemacht.«

Das stimmte, aber sie antwortete darauf nicht.

Gregor bearbeitete sie nun wieder mit dem Paddel. Erst die Oberschenkel, dann näherte er sich ihrer Scham und begann, sie mit zarten und immer härteren Schlägen zu bearbeiten. Zugleich zog er immer wieder an der Kette zwischen den Klemmen. Maries Kopf sackte nach vorne. Sie biss sich auf die Unterlippe und schmeckte Blut. Sie wollte nicht schreien. Kein Safeword sollte ihr entschlüpfen.

Das Paddel konzentrierte sich auf ihren Schamhügel. Hier durfte er nicht zu fest zuschlagen, das wusste sie. Er bearbeitete sie ohne Unterlass, die Schläge nahmen an Geschwindigkeit und Intensität zu, bis sie glaubte, es nicht mehr auszuhalten. Sie jammerte leise, und gerade als sie glaubte, der nächste Schlag wäre zu viel, der nächste Hieb wäre unerträglich für sie, hielt er inne.

Und setzte die dritte Klemme auf ihre kleine, hart geschwollene Klitoris.

Diesmal schrie Marie. Laut.

11. Kapitel

Es war zu schön, sie beim Orgasmus zu beobachten.

Ursprünglich hatte er gedacht, sie würde nicht durchhalten. Schon das Messer war ihm zu riskant erschienen, weshalb er sich vermutlich ein paarmal zu oft besorgt bei ihr erkundigt hatte, ob es ihr gutgehe. Das war nicht die ihm zugedachte Rolle, und erst nachdem sie diese Hürde gemeistert hatten, konnte er sich ganz auf sie konzentrieren. Auf ihre Lust.

Immerhin hatte sie den Karton gepackt. Er ging daher davon aus, dass es sich nicht um eine zufällige Auswahl handelte, sondern dass sie mit Bedacht gewählt hatte.

Ihr erster Orgasmus gab ihm recht.

Sie kam langsam wieder zu Atem. Gregor trat dicht an sie heran und drückte seinen Körper gegen ihren – einerseits, weil er sich nach ihr verzehrte, vor allem aber, um sie seine Gegenwart spüren zu lassen. Sie keuchte, ihr Körper war völlig verschwitzt.

Er wollte sie befreien. Seine Hand glitt nach oben, er fingerte an der Ledermanschette herum, aber sofort versteifte sie sich.

»Ich sollte dich einfach hier hängen lassen.« Er ließ die Hand wieder sinken.

Damit hatte er nicht gerechnet. Dass sie so … begierig war. Sie wollte mehr.

Und wenn er ehrlich war, hatte er nichts dagegen, sie noch eine Weile zu beschäftigen. Aber im Moment fiel es ihm schwer, einen klaren Gedanken zu fassen. Sein Schwanz war steinhart. Am liebsten hätte er in ihrem

Mund abgespritzt, aber so lange er sie nicht vom Kreuz nahm, war das wohl unmöglich.

Abwartend stand er vor ihr. Seine Hände fuhren über ihre Arme nach oben und wieder hinab zu ihrem Oberkörper. Ungeduldig rissen sie an der Kette. Marie stöhnte.

Er machte einen Schritt nach hinten, öffnete die Hose und holte seinen Schwanz raus. Langsam streichelte er ihn; es war eine Qual, sie noch nicht vögeln zu dürfen. Wenn er es jetzt schon tat, würde er sie schon viel zu früh belohnen.

Es sei denn …

»Wenn du kommst, höre ich auf.« Er trat wieder zu ihr. Da Marie auf einem Podest stand, war sie in der idealen Höhe, damit er mühelos in sie eindringen konnte. Er tat es einfach, mit einer fließenden Bewegung versenkte er sich bis zum Anschlag in ihr. Sofort bewegte er sich, umklammerte ihre Hüften und stieß hart zu. Marie stöhnte, ihr Fleisch zuckte. Er verharrte, obwohl alles in ihm nach Erleichterung schrie.

»Du bist doch nicht ungezogen?«

Sie schüttelte stumm den Kopf.

»Gut. Ich erlaube dir nämlich nicht, zu kommen.«

Er begann wieder, sie zu ficken. Diesmal ohne Raffinesse. Er gab sich keine Mühe, ihm ging es nur darum, sich Erleichterung zu verschaffen. Marie hielt brav still – wie hätte sie sich denn auch bewegen sollen? – und gab keinen Ton von sich.

Es war ein angenehmer kleiner Fick und schnell vorbei. Schon rauschte sein Höhepunkt heran, und weil er spürte, wie sie sich um ihn zusammenzog, rutschte er aus ihrer Möse heraus und verspritzte seinen Samen auf ihrem nackten Bauch.

Zugleich zog er so heftig an der Kette zwischen den Klammern, dass sie nur diesen Schmerz spüren dürfte.

Das Stöhnen blieb ihr im Hals stecken.

Das war gut; er wollte ihr einen intensiven Orgasmus schenken. Damit das gelang, musste sie sich jetzt zunächst eine Weile gedulden.

Ungefähr ein paar Stunden.

* * *

Sein Samen erkaltete auf ihrem Bauch. Sie hörte, wie er in der Halle hin und her ging, dann das leise Plopp – er hatte also den Champagner gefunden, den sie neben dem Futon in einem Kühler auf dem Boden platziert hatte – und ein zufriedenes Seufzen.

Sie zerrte an den Manschetten. War es noch nicht vorbei? Hatte er denn nicht bekommen, was er wollte? Sie hatte sich ihm hingegeben, sie hatte die Kontrolle vollkommen abgegeben. Konnte er sie jetzt nicht von ihren Fesseln und der Augenbinde befreien?

»Gregor?« Ihre Stimme klang brüchig.

»Halt die Klappe.«

Es war also noch nicht vorbei.

Sie verkrampfte sich. Darauf war sie nicht vorbereitet. Sie hatte gehofft, es ginge schnell vorbei. Vielleicht hatte sie sogar geglaubt, mit ihrer Bereitschaft wäre es getan. Aber nein, er nahm sich, was sie ihm bot.

Alles.

»Ich bin noch nicht mit dir fertig.« Lautlos hatte er sich genähert und stand wieder dicht vor ihr. Sie zuckte zusammen, als er ihr etwas gegen die Lippen drückte. Erleichtert stellte sie fest, dass es sich um die Champagnerflasche handelte. Gehorsam öffnete sie den Mund, und Gregor kippte ihr etwas hinein. Es war zu viel, sie konnte gar nicht so schnell schlucken und hustete.

»Na, na, na. Benimm dich.« Er gewährte ihr eine kurze Pause, ehe er ihr weiter Champagner in den Mund kippte.

Marie schluckte und schluckte. Es lag kein Genuss darin, aber sie war nach dem stundenlangen Warten und der ersten Runde völlig ausgedörrt.

»Besser?«, fragte er.

Sie nickte stumm. Dass es ihm nicht gefiel, wenn sie redete, hatte sie inzwischen begriffen.

»Bereit für die nächste Runde?«

Wieder nickte sie.

Er entfernte sich. Als er zurückkam, hörte sie, wie er in dem Karton kramte. Ihr Unterleib zog sich schmerzlich zusammen. Sie ahnte, was jetzt kam.

Noch mehr Schmerzen. Noch mehr Lust.

***

Nach einer halben Stunde hatte sie genug, das sah er daran, wie sie den Kopf abwandte. Für ihr erstes Mal als devote Sklavin hatte sie Erstaunliches mit sich machen lassen, und er war durchaus bereit, sie dafür angemessen zu belohnen.

Als er die Manschetten an den Händen löste, sank sie nach vorne. Ihre Arme legten sich um seinen Hals, und ihr Gewicht ruhte auf ihm.

»Kannst du stehen?«, fragte er leise.

Sie nickte, und er löste sich von ihr, um auch die Fußmanschetten zu lösen.

Danach half er ihr von dem Podest herunter. Ihre Beine zitterten unkontrolliert, und sie sank zu Boden. Nichts hielt sie mehr auf den Beinen, und er hob sie einfach hoch und trug sie zum Futon.

Sie machte keine Anstalten, die Augenbinde herunterzuziehen. Als er es versuchte, schüttelte sie den Kopf. »Lass«, flüsterte sie heiser.

Also beließ er es dabei.

Auf dem Futon lagen Decken, und er deckte sie erst

sorgfältig zu und schob ihr ein Kissen unter den Kopf, ehe er sich vollständig entkleidete und zu ihr unter die Decke schlüpfte. Ihr Körper war eiskalt, an einigen Stellen aber brannte ihre Haut von seinen liebevollen Züchtigungen.

Sie liebten sich auf dem Futon, unter den Decken in den Armen des anderen. Es war ein zärtliches Liebesspiel, viel zärtlicher, als er es sich erhofft hatte. Maries Körper reagierte auf jede seiner Berührungen mit einer bebenden Hingabe, und diesmal ließ er sie kommen. Ihre Beine umklammerten ihn, sie zog ihn tief in sich und krallte die Finger in seinen Rücken. Schon spürte er, wie auch seine Beherrschung schwand, und diesmal gab er dem Drang nach. Mit langsamen Stößen trieb er sie sogleich zum zweiten Höhepunkt, und diesmal erlaubte er sich, mit ihr zu kommen.

Danach brauchten sie beide eine Weile, in der sie einfach nichts sagten. Er spürte ihrem Herzschlag nach, der in ihrem Brustkorb flatterte wie ein Vögelchen.

Sie hob den Kopf, lächelte zu ihm auf. Ihre Lippen fanden seine, als wäre sie nicht seit Stunden blind. Vorsichtig schob Gregor ihr die Augenbinde herunter. Er wollte ihre Augen sehen.

Die Augen glänzten. Sie wollte etwas sagen, doch versagte sogleich wieder ihre Stimme, und er legte besänftigend den Finger auf ihren Mund.

Sie brauchte nichts zu sagen. Sie war bei ihm, und das war für den Augenblick das Wichtigste.

* * *

Irgendwann nahm sie allen Mut zusammen und stellte ihm die Frage, die ihr seit Samstag unter den Nägeln brannte. Die Frage, die sie hierhergebracht hatte.

»Was ist das mit deiner Frau?«

Gregor rollte sich neben ihr auf den Rücken und starrte in das Dunkel über ihren Köpfen. Irgendwo da oben wölbte sich die Hallendecke.

»Ich hätte dir von ihr erzählen sollen«, gab er zögernd zu. Seine Hand suchte ihre. »Aber ich habe es nicht über mich gebracht, weil …«

Sie wartete geduldig. Seine Finger streichelten ihre Handinnenfläche. »Es ist nicht so leicht …«

»Versuch's trotzdem«, flüsterte sie und drehte sich auf den Bauch. Sein Samen rann aus ihr heraus und befleckte das Laken. Sie lächelte. Das war ein intimes Gefühl, das sie bisher bei keinem anderen Mann hatte erleben dürfen. Bisher hatte selbst in festen Beziehungen ein Kondom für sie dazugehört. Und hier ließ sie jede Vorsicht einfach fahren, vertraute ihm blind.

Gregor zögerte. Sie sagte nichts, sondern wartete einfach. Er sollte selbst entscheiden, ob er sich ihr anvertrauen wollte. Wenn er es nicht tat, verriet ihr das eine Menge über ihre Beziehung. Denn sie hatte jeden Zweifel überwunden, hatte ihre größten Widerstände niedergerungen, um mit ihm so zusammen zu sein, wie er es wollte. Und sie hatte erfahren dürfen, dass diese Art der Nähe, wenn sie sich ganz in seine Hände begab, das Größte war. Sie war nicht mehr das Nyotaimori-Mädchen, das sich dem Willen Fremder unterwarf. Sie war nicht mehr die Unberührbare.

»Es ist eine lange Geschichte«, fing Gregor leise an. Er richtete sich auf, hangelte die Champagnerflasche aus dem Sektkühler und setzte sie an den Mund. »Wenn du die Zeit hast …«

Sie kuschelte sich an ihn. »Wir haben alle Zeit der Welt.«

Ein ganzes Leben, wenn du willst.

Aber sie sprach es nicht aus. Ein letzter Rest von ihr mahnte zur Vorsicht und wollte nicht alles preisgeben.

Er begann zu erzählen. Von Helena, dem Kennenlernen, seiner anfänglichen Faszination für diese Frau, von der er sich in den folgenden Jahren immer mehr entfremdet hatte. Von der Hochzeit, dem Zerwürfnis mit ihrem Vater und seinem Bemühen, ihr das zu bieten, was sie seinetwegen aufgegeben hatte. Von seinem Scheitern und von der Eiseskälte, die irgendwann in der Beziehung Einzug hielt. Wie sie sich immer fremder wurden, bis die Ehe bloß noch auf dem Papier existierte. Wie er außerhalb der Ehe suchte, was er in ihr nicht fand, bis zu der nun bevorstehenden Trennung.

»Ich brauche also ein neues Zuhause«, sagte er leise. »Und damit meine ich nicht das Penthouse …«

»Sondern?«, hakte sie nach, weil er nicht weitersprach.

Es war inzwischen schon so spät, dass es fast wieder früh war. Wenn sie das Licht löschten, könnten sie im heraufdämmernden Grau des neuen Tags beisammenliegen.

Die Neonröhren summten und brummten. Gregor schwieg lange. Dann lachte er, beugte sich über sie und küsste Marie auf die Stirn.

»Ich glaube, wir haben uns ein bisschen verquatscht. Ich hab heute ein paar wichtige Termine und sollte vorher dringend nach Hause und mir saubere Sachen anziehen. Und du hast auch noch einen Job, nicht wahr?«

Sie schluckte schwer.

Gutgelaunt erhob Gregor sich vom Futon, sammelte seine Sachen ein und begann, sich anzuziehen.

Das war's?, dachte sie. Mehr haben wir nicht zu sagen?

Vielleicht beim nächsten Mal. Vielleicht fiel es Gregor noch schwerer als ihr, sich Gefühle für einen anderen Menschen einzugestehen. Er hatte lange Jahre eine Frau geliebt, die ihn verließ, weil er zu dem wurde, vor dem sie weggelaufen war.

Marie würde sich nicht ändern. Nicht in der Hinsicht. Aber sie konnte nicht verhindern, dass schon jetzt etwas anders war.

Sie vertraute ihm. Wollte mit ihm zusammen sein, mit allen Konsequenzen. Das war so neu und aufregend für sie, dass es sie sprachlos machte. Kein Wort des Abschieds fand sie, als Gregor sich über sie beugte, noch einen letzten Kuss auf ihren Scheitel setzte und dann mit beschwingten Schritten verschwand.

So einfach war's für ihn. Sie hatte getan, was er wollte, und jetzt blieb ihr nur, das nächste Zimmer für ihn einzurichten und damit eine neue Möglichkeit zu schaffen, dass sie zusammen sein konnten.

Mehr nicht.

***

Endlich hatte sich Bree von Dave loseisen können. Er hatte die Sachen für sie in einen Weekender gepackt, ihr ein Taxi bestellt und Geld geliehen, das sie ihm – versprochen! – bei nächster Gelegenheit zurückzahlen würde.

Es war ein merkwürdiges Gefühl, nach so vielen Tagen in seiner Gesellschaft wieder allein zu sein. Bree tastete unter der Fußmatte nach dem Ersatzschlüssel und betrat ihre Wohnung. Sie musste unbedingt im Club anrufen und fragen, ob dort jemand ihre Clutch gefunden hatte.

Sie schaute sich in ihrer Wohnung um. Sie goss die Blumen, packte die Tasche aus und sah die Post der letzten Tage durch. Nichts Wichtiges, nur Rechnungen und die Fernsehzeitung. Manchmal konnte man eine Auszeit vom Leben nehmen, ohne dass es irgendwem auffiel.

Sie fuhr ihren Computer hoch und checkte die Mails – ein paar Kunden hatten sich gemeldet und ihr neue Aufträge erteilt. Auch das klappte also reibungslos, ohne dass sie sich mit der schweißtreibenden Akquise aufhalten musste. Bree lächelte zufrieden. Sie kochte eine Kanne Tee und machte sich mit Feuereifer an die Arbeit. Einerseits, weil die Arbeit sich tatsächlich türmte, vor allem aber, um Dave zu vergessen.

Seit sie vor Jahren bei Dave gekündigt hatte, arbeitete sie selbständig. Sie hatte ein Sekretariatsbüro gegründet, bei dem Geschäftsleute auf ihre Dienste als Sekretärin zurückgreifen konnten. So fertigte sie Schriftsätze an, tippte nach Diktat Texte ab, erledigte Recherchen und schrieb Geschäftsbriefe. Da sie stundenweise abrechnete und einen ordentlichen Stundensatz verlangte, verdiente sie inzwischen weitaus besser als früher. Außerdem konnte sie sich die Zeit frei einteilen. Nur so war es ihr möglich gewesen, sich regelmäßig für ihr Fitnessprogramm zu motivieren.

Was sie zum nächsten Problem brachte. Sie hatte bei Dave vier Tage lang nichts getan, außer faul auf dem Sofa zu liegen und alles in sich hineinzustopfen, was er ihr servierte. Und das war nicht gerade wenig gewesen. Höchste Zeit also, sich langsam wieder an den Workout zu gewöhnen.

Nach vier Stunden konzentrierter Arbeit schickte sie einem Auftraggeber den verlangten Schriftsatz nebst Rechnung, fuhr den Computer runter und schnappte sich ihre Sporttasche, die stets gepackt neben ihrer Garderobe stand, damit sie gar nicht in die Versuchung kam, ihre Pflicht zu »übersehen«. Sie fuhr ins Fitnessstudio *FemininFit*.

Das Studio war nur für Frauen, was Bree anfangs sehr beruhigend gefunden hatte, weil es ihr die Angst vor den Blicken anderer genommen hatte. Frauen waren da nicht wie Männer. Sie musterten die anderen nicht abfällig, wenn diese sich anfangs noch mit leichteren Gewichten oder nur zehn Minuten auf dem Crosstrainer plagten. Nach einem halben Jahr, das wusste sie inzwischen, war jeder von ihnen dies ins Blut übergegangen.

Statt heute an den Geräten zu trainieren und Gewichte zu stemmen, wollte sie lieber ein leichtes Ausdauertraining absolvieren. Nach dreißig Minuten auf dem Laufband wechselte sie aufs Rad und fuhr noch mal achtzig Minuten mit einem hügeligen Profil. Danach war sie völlig durchgeschwitzt und reif für eine Dusche.

Sie lief in die Umkleidekabine, öffnete ihren Spind und zog das verschwitzte T-Shirt über den Kopf. In den Mittagsstunden war selten viel los, und so war sie auch diesmal ganz allein.

Gerade wollte sie die Hose herunterschieben, als sie eine Stimme hinter ihrem Rücken hörte. »Ich würde mich an deiner Stelle jetzt nicht völlig entblößen.«

Mit einem entsetzten Aufschrei fuhr sie herum. »Dave!«, rief sie entsetzt.

Männer gehören nicht ins Frauenfitnessstudio, dachte sie, doch dann setzte sich ein ganz anderer Gedanke in ihr fest: Wie hatte er sie bloß gefunden?

***

Er hatte gespürt, dass sie wieder allein sein wollte, und auch wenn es ihm widerstrebte, ließ er sie gehen. Sie würde zu ihm zurückkommen, wenn sie wollte.

Dave räumte die Wohnung auf, ging duschen und checkte auf dem Blackberry die E-Mails. Seit Freitagabend war er nicht im Büro gewesen und hatte seine Sekretärin bloß Montag und Dienstag darüber informiert, dass er nicht kommen könne, sie solle seine Termine verschieben. Inzwischen waren einige Mails aufgelaufen, aber nichts davon war wirklich brenzlig. Er konnte sich später darum kümmern.

Gerade wollte er gehen, als ihm quasi zwischen Tür und Angel ein bulliger Typ mit schwarzem T-Shirt und schwarzer Jeans über den Weg lief. »Dave Urban?«, fragte er.

»Ja?« Misstrauisch beäugte Dave den Fremden. »Mein Chef hat gesagt, ich solle Ihnen das hier bringen.« Etwas verlegen hielt der kantige Kerl eine kleine, mit Pailletten besetzte Clutch hoch. »Er meinte, die hat Ihre Freundin letzten Freitag im Club liegengelassen.«

Manchmal hatte es doch Vorteile, wenn man die Clubbesitzer kannte. »Stimmt, danke. Die hat sie schon vermisst«, sagte Dave.

»Mein Chef meint außerdem, es tue ihm leid, was da passiert ist. Mit Ihrer Freundin. Sie soll das nächste Mal zu ihm kommen, wenn sie da ist. Er will sich bei ihr entschuldigen. Na ja, der Taxifahrer konnte zum Glück grad noch rechtzeitig bremsen, ich meine, es ist ja nichts passiert.«

»Richte ich ihr aus«, sagte Dave. Er wog die Clutch in der Hand. Schlüssel klapperten dezent darin, und sicher war auch ihre Geldbörse im Täschchen. Er zögerte. Erst nachdem der Schrank von einem Mann sich verabschiedet hatte, öffnete er das Täschchen und schaute nach: Lippenstift, Parfümflakon, Schlüsselbund und eine kleine Geldbörse, außerdem ihr Handy.

Sie ließ ihm keine Wahl, oder? Wenn sie so ein Geheimnis aus ihrer Adresse machte, musste er eben das nehmen, was er kriegen konnte.

Er fand in der Geldbörse ein paar Scheine, eine Taxiquittung und ihren Personalausweis.

Die Adresse war ihm vertraut. Er drehte den Personalausweis um, schaute auf den Namen und stutzte. Das Bild kam ihm seltsam bekannt vor …

Vergessen war das Büro, vergessen auch die wichtige Telefonkonferenz, die seine Sekretärin für heute Nachmittag angesetzt hatte. Er musste mit Bree reden, unbedingt! Jetzt wurde ihm endlich so einiges klar …

Er fuhr zu der Adresse. Die Gegend war ihm nur allzu bekannt, denn früher hatte er fast jeden Samstagmorgen bei Bree auf der Couch gesessen und sich von ihr mit Kaffee und der Samstagszeitung verwöhnen lassen.

Vor dem Haus parkte er und wartete. Irgendwie erschien es ihm falsch, jetzt einfach vor ihrer Tür aufzutauchen. Er glaubte allmählich zu verstehen, was sie zu diesem Versteckspiel getrieben hatte.

Als sie mit der Sporttasche aus dem Haus kam, beobachtete er, wie sie in einen orangefarbenen Mini Cooper stieg und wegfuhr. Er folgte ihr. Vor dem Fitnessstudio wartete er über anderthalb Stunden, bis er einen Plan fasste. Den er auch sofort in die Tat umzusetzen gedachte.

Es gab einen Notausgang. Natürlich gab es den, und mit ein bisschen Glück führte der direkt zu den Umkleiden. Er hatte dieses bisschen Glück, schlüpfte durch die Tür – die an diesem heißen Sommertag offen stand, wie er missbilligend feststellte – und schlich durch die kühlen Gänge.

Die Frauenumkleide war leer.

Nur Bree stand vor einem offenen Spind und wollte sich gerade die Hose ausziehen.

»Ich würde mich an deiner Stelle jetzt nicht völlig entblößen«, hörte er sich sagen.

Bree fuhr zu ihm herum. Alle Farbe wich aus ihrem Gesicht, und ihre Stimme war kaum mehr als ein Flüstern. »Dave!«

Er machte zwei Schritte auf sie zu. »Britta.«

***

Obwohl sie vom Sport verschwitzt und erhitzt war, erfasste sie ein Schauer, als er sie Britta nannte.

Er wusste es also.

Zögernd griff sie zu ihrem T-Shirt und zog es langsam wieder über den Kopf, ohne ihn dabei aus den Augen zu lassen.

»Du brauchst dich nicht vor mir zu verstecken«, sagte er leise.

Sie blickte ihn nicht an. Blieb stehen und wartete, was er als Nächstes tat.

Dave machte einen Schritt auf sie zu. »Ich hätte vorher drauf kommen können«, sagte er leise. »Bree – Britta. Wenn ich nicht so verliebt in die Vorstellung gewesen wäre, dass du eine Fremde warst, die mich besser zu kennen scheint als ich selbst, hätte ich vielleicht auch mal einen Gedanken daran verschwendet, woher du so viel weißt. Oder immer das Richtige sagst und tust. Wieso ich das Gefühl hatte, dass wir uns schon ewig kennen. Kein Wunder, wir kennen uns ja schon ewig.« Er machte einen Schritt auf sie zu. »Warum hast du es mir nicht gesagt, Britta?«

Sie zuckte zusammen, als er ihren Namen aussprach.

»Bree«, sagte er daher leise.

Sie schaute zu ihm auf. Jetzt erkannte er die Britta, die sich hinter der Fassade dieser coolen, sportlichen Frau versteckt hatte. Das verletzliche Mädchen, mit dem er lange Jahre zusammengearbeitet hatte, ehe sie kündigte und ihn im Stich ließ.

»Hättest du denn dann mit mir getanzt? Oder mich mit nach Hause genommen?« Ihre Stimme klang rau.

»Natürlich nicht! Du warst immer eine wunderbare Freundin für mich, das hätte ich doch nie aufs Spiel gesetzt für …«

Noch während er es aussprach, dämmerte ihm die ganze Wahrheit. »Du hast das geplant. Du wolltest, dass ich dich mit nach Hause nehme. Du hättest schon damals mehr gewollt.«

Ihr Gesichtsausdruck war gequält. »Müssen wir noch weiter darüber reden?«, fragte sie.

»Ich finde schon.«

Er machte noch einen Schritt auf sie zu. Sie atmete heftig, ihre Brust hob und senkte sich. Er stellte sich vor, mit den Piercings in ihren Nippeln zu spielen. Sie in den Mund zu nehmen und über ihre Brust zu lecken. Ihren Schweiß zu schmecken und ihren Duft einzuatmen.

»Lass es, Dave. Ich habe viel riskiert und verloren. Damit hätte ich wohl rechnen müssen.«

Nein, nein, nein!, wollte er schreien. Doch stattdessen machte er etwas anderes. Er packte ihre Handgelenke, drängte sie gegen die Spinde und drückte ihren Leib gegen die Metalltüren.

»Ich werde nichts lassen«, raunte er. Sein Knie schob sich zwischen ihre Schenkel. Ihre Haut war heiß und verschwitzt. »Weil ich dich nämlich will, Bree. Du warst vier Tage lang in meiner Wohnung, und ich habe nicht ein einziges Mal versucht, dich zu verführen, weil ich gedacht habe, du würdest mir schon irgendwie zeigen, wenn du daran interessiert wärst. Wolltest du mich?« Er rieb seinen Leib an ihrem. Sie wimmerte. »Sag schon, wolltest du mehr von mir?«

Sie drehte den Kopf und sah ihn offen an. In ihrem Blick lag jene Verletzlichkeit, die er Jahre zuvor immer hatte übersehen wollen. Jene Sehnsucht, der er sich damals nicht hatte stellen wollen, weil es bedeutet hätte, sich den eigenen Gefühlen zu stellen.

»Ich will *immer* mehr von dir«, flüsterte sie.

Er küsste sie. Ohne Rücksicht auf ihre kaum verheilten Verletzungen, ohne einen Gedanken daran zu verschwenden, dass er, wenn man sie beide hier erwischte, vermutlich von den versammelten Frauen gelyncht werden würde. Bree klammerte sich an ihn, ein Bein legte sie um seine Hüfte, und eine Hand krallte sich in seinen Po.

Sie zog ihn zu sich, rieb ihren Unterleib an seinem, damit er ihre Hitze spürte. Ihr Körper bearbeitete seinen harten Schwanz, und es hätte nicht viel gefehlt, dass er sie hier und jetzt genommen hätte – egal, was dann passiert wäre. Es gab kein Morgen und kein Gestern mehr, sondern nur noch Bree und ihn.

***

Sie zog ihn in die Toilette, knallte die Tür zu, drehte den Schlüssel um. Ihre Hände zerrten sein Hemd aus dem Hosenbund.

Er wollte sie. Mehr musste sie nicht wissen. Oder sie zerbrach sich einfach später den Kopf über das, was sie nicht wissen wollte.

Ihre Finger nestelten eifrig an seiner Hose herum, lösten mit schlafwandlerischer Sicherheit den Gürtel, Knopf und Reißverschluss. Sie hatte ihn warten lassen wollen, bis er sie anflehte, aber jetzt war sie diejenige, die es nicht abwarten konnte. Und obwohl ihr Körper nach dem Workout ziemlich erschöpft war, erwachten neue Lebensgeister in ihr. Sie wollte ihn so bedingungslos wie einst, als sie ihn samstags morgens in ihre Wohnung gelassen hatte, und in ihr Herz, obwohl jede seiner Frauengeschichten es fast gebrochen hätte.

Dave drehte sie um, doch sie protestierte, weil sie ihm diesmal in die Augen sehen wollte.

Irgendwie gelang es ihnen in der engen Kabine zueinanderzufinden. Sie zog ihre Hose herunter, streifte sie über beide Füße, legte ein Bein um seine Hüfte und hielt sich mit einem Arm an ihm fest, während sie sich mit der freien Hand an der Kabinenwand abstützte.

Daves Finger schoben das Höschen beiseite. Er erkundete sie behutsam, als wäre sie für ihn völliges Neuland. Dann drang er in sie ein, erst nur mit einem Finger, und begann sie zu massieren. Bree verbiss sich in seiner Schulter. Sie wusste, wenn sie nicht nur mit einem Mann, sondern auch beim Sex mit ihm erwischt würde, drohte ihr vermutlich der Rausschmiss aus dem Fitnessstudio.

Das wäre es allemal wert, befand sie.

Sanft stieß sein Finger zu. Ein zweiter gesellte sich rasch dazu, dann ein dritter. Sie stöhnte an seinem Hals, schmeckte Schweiß und seinen süßen Duft. Sie wollte ihn tief in sich aufnehmen und beide vergessen lassen, dass sie mit ihrem Versteckspiel vermutlich mehr riskiert hatte, als gut für sie beide war.

Dave zog die Finger aus ihr heraus und hielt sie ihr hin. Bree lutschte daran, erkundete ihr eigenes Aroma und seine Finger. Zugleich spreizte er mit der anderen Hand ihre Scham und schob dann seinen harten Schwengel ganz langsam in sie hinein.

Es war fast zu viel. Nein, es *war* zu viel, denn in dem Augenblick, als er sich vollständig in ihr vergrub, erfasste der Orgasmus sie bereits, und sie biss so heftig in seine Schulter, dass blutunterlaufene Male zurückblieben. Sie stöhnte seinen Namen an seinem Hals, und das schien auch ihn zu erregen; es dauerte nicht lange. Seine Stöße waren hart und füllten sie vollständig aus. Sie spürte ihn in sich anschwellen und kam ein zweites Mal.

Diesmal entschlüpfte ihr ein lauter, gedehnter Schrei, den Dave nicht mal verhindern konnte, indem er ihr die Hand auf den Mund presste.

Sie sank danach auf den Klodeckel und kam nur langsam wieder zu Atem, während Dave seine Kleidung bereits wieder in Ordnung brachte.

»Alles okay?«, fragte er besorgt, und sie nickte. Er schloss die Tür auf und trat aus der Kabine.

Drei Frauen standen im Vorraum, die Arme vor der Brust verschränkt, ihre Blicke funkelten wütend. Dave nickte ihnen freundlich grinsend zu und schob sich an ihnen vorbei. Sie ließen ihn passieren und starrten Bree feindselig an.

»Ich vermute, ich gebe dann lieber gleich meine Schlüsselkarte ab«, meinte sie nur.

Aber das war egal. Sie hatte bekommen, was sie wollte. Und mit diesem Gefühl aus Begehrtsein und Sex-Appeal würde sie sich auch in jedes andere Fitnessstudio trauen. Auch in die, wo ihr jetzt die Männer hinterhergucken würden.

12. Kapitel

»Ich werde aus Gregor so recht nicht schlau«, gab Marie zu. »Jetzt habe ich mich ihm unterworfen und trotzdem … Er scheint immer noch darauf zu bestehen, dass wir dieses Spiel weiter durchziehen.«

»Vielleicht gibt es noch einen anderen Grund für dieses Spiel?« Sonja warf die Rosenblütenblätter in die Badewanne. »So eine Verschwendung, findest du nicht?«

Marie zuckte mit den Schultern. »Ach, ich find's hübsch«, sagte sie.

Diesmal hatte sie sich wieder Hilfe geholt, um den neuen Raum herzurichten. Zwei Wochen waren seit jener Nacht im Lagerhaus vergangen. Die Arbeiten schritten erfreulich schnell voran, und nach drei weiteren Zimmern war heute das Badezimmer fertig geworden. Bevor es dunkel wurde, hoffte Marie, noch ein paar gute Fotos zu bekommen.

»Kennt eigentlich irgendjemand diese Helena?«, fragte Sonja.

»Das hatte ich dich eigentlich fragen wollen.«

»Mir wurde sie nie vorgestellt. Aber Gregor und ich haben ja nur eine Nacht miteinander verbracht.«

»Und er hat dir eine Wohnung zur Verfügung gestellt.«

»Da hat er mich ziemlich oft besucht, das stimmt. Aber du vergisst, dass es mir damals echt dreckig ging. Zwischen Gregor und mir war da nichts mehr. Er hat mir geholfen, und ich hatte das Gefühl, es hat ihm auch gutgetan, einfach für jemanden da sein zu dürfen. Das sollte reichen.« Einen letzten Beutel mit frischen Rosenblütenblättern verteilte sie auf dem heißen Wasser. Im Badezimmer schwebte der Geruch von Rosen, und Wasserdampf bedeckte den Spiegel. »Hinein mit dir, du American Beauty.«

Marie schlüpfte aus dem flauschigen Bademantel. Sie tauchte eine Zehe probeweise ins Wasser – es war angenehm heiß, wie sie's mochte – und stieg dann in die Badewanne. Sonja baute derweil die Kamera auf.

»Weißt du, ich frage mich einfach, welche Frau so einen Mann für den Pooljungen verlässt! Er ist so aufmerksam und lieb, er hört zu … Er hat meine tiefsten Ängste begriffen und mir geholfen, sie zu überwinden.«

»Die Geschichte zu erzählen wirst du ja nie müde«, bemerkte Sonja trocken. »So, jetzt aber! Den einen Arm auf den Wannenrand, die andere Hand darfst du auf deinen Schamhügel legen.«

Marie gehorchte. Sie vertraute Sonjas künstlerischem Geschick. Dieses Bild musste Gregor einfach den Atem rauben. Die letzten waren so einfallslos gewesen, dass sie schon fürchtete, er würde sich beklagen. Bisher war das nicht passiert; jedes Bild schien seinen Ansprüchen zu genügen.

Sie fand aber, dass er mehr verdiente.

Außerdem war schon mehr als die Hälfte der Zeit rum, mehr als die Hälfte der Räume war fertig gestaltet. Was kam dann? Was würde aus ihnen werden? Würde er sich mit der Begleichung der letzten Rechnung aus ihrem Leben verabschieden? Wäre er dann bloß eine Episode, an die sie sich gerne zurückerinnerte, weil er der Mann gewesen war, der es ihr ermöglicht hatte, sich ihren Ängsten zu stellen und sich endlich bereit für eine Beziehung zu fühlen?

Oder wäre es bei anderen Männern nicht so? Sie fürchtete sich davor, mit einem anderen Mann als ihm zusammen zu sein. Er verstand sie, war für sie da. Sie wollte ihn nicht ziehen lassen.

»Jetzt guck nicht so miesgelaunt in die Kamera!«, schimpfte Sonja lachend. »Glaub mir, man sieht förmlich, wie es hinter deiner Stirn rattert.«

»Tut mir leid.« Sie versuchte, sich wieder auf ihre Aufgabe zu konzentrieren. Aber irgendwie schweiften ihre Gedanken immer wieder ab, und es gelang ihr einfach nicht, so »verträumt und sexy« auszusehen, wie Sonja es sich wünschte.

»Berühr dich«, sagte Sonja plötzlich.

»Bitte?« Entsetzt riss Marie die Augen auf. »Das ist nicht dein Ernst.«

Sonja blickte durch den Sucher. »Wenn du ihm ein Foto fürs Familienalbum schicken willst, können wir eins von den letzten dreihundert nehmen, die sind alle gleich langweilig. Wenn es eins werden soll, bei dem er rote Ohren und einen harten Schwanz bekommt, sollten wir dich schon ein bisschen in Action zeigen.«

Marie zögerte. Ihre Hand ruhte auf der Scham, doch sie traute sich nicht, die Finger zu bewegen.

Sonja wartete.

Vorsichtig ließ sie die Finger über ihre Spalte gleiten. Marie verkrampfte sich. »Ich kann das nicht, wenn jemand zuguckt«, beklagte sie sich.

»Soll ich lieber rausgehen und in zehn Minuten wiederkommen?«, fragte Sonja.

Sie meinte das wirklich ernst! Heftig schüttelte Marie den Kopf. Das Wasser geriet in Bewegung, und der schwere Rosenduft stieg auf.

»Möchtest du, dass ich dich berühre?« Jetzt klang Sonja ganz leise und vorsichtig, als wüsste sie nicht, ob dieser Vorschlag bei Marie gut ankäme.

Marie schloss die Augen. Die Vorstellung, wie Sonja sie berührte ... Sie nickte schwach.

Sonja trat an die Badewanne. Leise plätscherte das Wasser. Ihre Hand tauchte ein, streifte Maries Oberschenkel und ihren Bauch. Wie Schmetterlingsflügel glitten die Finger über Maries Haut. Sie ließ es einfach geschehen.

Schon oft hatte sie davon geträumt, wie es wäre, von Sonja berührt zu werden. Nicht bloß zu beobachten, wie sie es mit anderen Frauen und ihrem Mann tat. Damals mit Isabel hatte Marie hinter der Tür gehockt und zugeschaut. Aber auch danach war es eine erregende Phantasie gewesen, sich vorzustellen, wie Sonja sie berührte.

Eine Phantasie, die nun Wirklichkeit wurde …

Sonjas Finger spreizten ihre Schamlippen. Sie umkreisten den Kitzler und massierten ihre Möse. Marie seufzte und sank tiefer in das heiße Wasser. Ihr Körper wurde von den herrlichsten Empfindungen überschwemmt.

»Nicht«, flüsterte sie, als Sonja die Hand zurückziehen wollte. Sie packte Sonja, legte ihr die Hand in den Nacken und zog sie zu sich herunter. »Hör jetzt nicht auf.«

Sie küssten sich. Marie wurde von ihrer eigenen Leidenschaft überrascht. Sie versuchte, Sonja zu sich in die Wanne zu ziehen, doch die entzog sich ihr, bearbeitete zugleich jedoch weiter ihre Möse.

»Bitte, Sonja …«, flehte Marie.

»Warte.« Mit einem Finger drang Sonja in sie ein, bewegte ihn schnell in Marie, fand ihren G-Punkt und massierte ihn, während der Daumen unnachgiebig ihren Kitzler bearbeitete.

Marie riss die Augen auf. Der Orgasmus rauschte mit einer nie gekannten Macht auf sie zu. Sie wollte etwas sagen, aber es kam nur ein erstickter Laut über ihre Lippen. Sie sank gegen den Wannenrand, klammerte sich daran fest. Wasser schwappte mit Rosenblättern gekrönt über den Rand.

Sonja zog die Hand zurück und griff nach einem Handtuch. Sie grinste zufrieden. »So ist's gut«, sagte sie bloß, griff mit der anderen Hand nach der Kamera und begann, Marie zu fotografieren. »Und jetzt berühr dich.«

Marie gehorchte. Es war so einfach. Ihre Schamlippen waren geöffnet, sie fühlte sich heiß an. Während sie sich mit der Rechten berührte, schloss sie die Augen. Das Klicken des Auslösers wirkte beinahe beruhigend.

»Und jetzt komm«, sagte Sonja leise. »Wir haben gute Fotos.« Sie half Marie aus der Wanne und führte sie ins angrenzende Schlafzimmer.

Das Bett war vor zwei Tagen geliefert worden, und jetzt stand es frisch bezogen mitten im Raum. »Es wäre doch eine Sünde, das nicht auszunutzen, oder?«, fragte Sonja. Sie nahm Maries Hand und zog sie zum Bett.

Marie folgte ihr willig. Sie sanken auf die Matratze. Sonja zog ihr Oberteil über den Kopf und warf es achtlos beiseite. Darunter trug sie nichts, und ihre Nippel waren hart, die Brüste schwer. Marie beugte sich vor und umschloss einen Nippel mit ihrem Mund. Vorsichtig saugte sie daran.

Scharf sog Sonja die Luft ein. Sie seufzte, ihre üppige Brust drängte sich Marie entgegen und drückte sich in ihren Mund. Maries Hände fuhren hinab zu Sonjas Hose und knöpften sie auf.

Gregor und die Fotos waren vergessen.

Sonja lächelte glücklich, als Marie ihr die Hose auszog. Sie waren beide ungeduldig, als hätte das Rosenbad in ihnen eine Sehnsucht erwachen lassen, die nun um jeden Preis gestillt werden musste. Sonja zog Marie zu sich aufs Bett. Sie schob einfach den Stoff ihres Slips beiseite und präsentierte ihre nackte Möse.

Marie zögerte nicht. Bisher hatte sie immer Angst gehabt, sich auf eine andere Frau allein einzulassen. Sie fürchtete die Erfahrung der anderen, die ihre bei weitem übersteigen musste, weil sie überhaupt nicht wusste, was sie da taten.

Jetzt war es ganz natürlich, ihr Gesicht zwischen Sonjas Schenkeln zu vergraben und mit der Zungenspitze von ihrem würzigen Aroma zu kosten. Sonja stöhnte. Ihre Hände dirigierten Maries Kopf, bis sie an ihrem Kitzler saugte.

»Macht nur so weiter.« Die Stimme ließ Marie hochblicken.

In der Tür stand Gregor.

Ihr Entsetzen schien ihn zu amüsieren. Er grinste sie frech an, stieß sich vom Türrahmen ab und kam ins Schlafzimmer. »Ich weiß allerdings nicht, ob ich es dir erlaubt habe, eine andere Frau zu verwöhnen, Marie.« Und an Sonja gewandt, fuhr er fort: »Ich hätte es mir allerdings denken können, dass du sie früher oder später rumkriegst.«

Sonja erwiderte sein Grinsen. »Du weißt doch, dass ich sie alle rumkriege.« Sie machte sich nicht mal die Mühe, die Beine zu schließen, sondern blickte ihn herausfordernd an.

»Was dagegen, wenn ich mich zu euch geselle?«, fragte er.

Marie wollte schon protestieren, aber anscheinend hatte sie hier nicht mehr viel zu melden.

Sonja wischte jeden möglichen Einwand mit ihrem hellen Lachen beiseite. »Komm nur her«, schnurrte sie.

»Was wird dein Mann bloß sagen, wenn er davon erfährt?«

Sie winkte ab. »Der weiß Bescheid, hatte aber keine Lust, sich uns anzuschließen.«

»Schade«, befand Gregor sichtlich amüsiert. »Ich hätte ihn gern kennengelernt.«

Die Selbstverständlichkeit, mit der die beiden hier über Maries Kopf hinweg eine Vereinbarung trafen, entsetzte sie im ersten Moment. Sie schüttelte betäubt den Kopf. »Habe ich auch noch ein Wort mitzureden?«

»Nein.« Gregor nahm seiner Antwort mit einem Lächeln die Schärfe. Er kam zu ihnen, setzte sich auf die Bettkante und küsste Marie auf den Mund. Seine Zunge leckte Sonjas Saft von ihren Lippen. »Mh«, machte er zufrieden. »Wie kannst du das *nicht* wollen?«

»Das habe ich nicht gesagt«, verteidigte sie sich. Aber sie spürte selbst, wie lahm das klang. Resigniert machte sie ihm Platz.

Der Gedanke, er könnte seinen Schwanz in Sonjas Möse rammen, machte sie wütend. Sie wollte ihn für sich allein, keine andere Frau hatte ein Recht auf ihn!

Sonja rückte beiseite, und Gregor legte sich zwischen ihre Leiber. Marie wusste nicht, wohin mit sich, deshalb blieb sie sitzen und beobachtete die beiden.

Es fing harmlos an. Gregor küsste Sonja, liebkoste ihren Hals. Seine Hände umfassten ihre Brüste, er ging naschend zwischen den beiden hin und her.

Das sind wenigstens Brüste, dachte Marie. Nicht so kleine, flache Dinger wie bei mir.

Die Eifersucht war überraschend heftig. Sie versuchte, sich von diesem hässlichen Gefühl zu lösen, aber es war vergeblich. Abrupt stand sie auf und wollte gehen.

Sofort richtete Gregor sich auf. »Wo willst du hin?« Seine Stimme war schneidend.

»Weg«, gab sie fauchend zurück. »Ihr braucht mich hier ja nicht mehr, nehme ich an?«

»Marie!« Auch Sonja richtete sich auf. »Marie, geh nicht.« Sie sprang vom Bett, fluchte leise und tappte ihr barfuß nach. Marie spürte Sonjas Hand auf ihrer Schulter und schlug sie beiseite. Aber sie blieb stehen. Ihr Herz raste.

»Ich würde nur so gerne …« Sie verstummte, fuhr mit den Händen über ihre Oberarme und umarmte sich. »Ich kann das hier nicht«, flüsterte sie.

Sonja und Gregor wechselten einen stummen Blick.

»Du stehst im Mittelpunkt, Liebes«, sagte Sonja dann leise. »Wir machen nur, was du willst. Sonst nichts. Ist das okay? Ich bin nur ... na ja, das kleine Extra Lustgewinn.« Sie lächelte aufmunternd.

Marie zögerte.

»Wäre es dir lieber, wenn ich gehe?«

»Nein«, sagte Marie hastig. »Ich kann gehen.«

»Aber ohne dich passiert hier nichts.«

Marie blickte Gregor und Sonja abwechselnd an. Dann gab sie sich einen Ruck. Sie nickte stumm und ließ sich von Sonja zurück zum Bett führen.

Diesmal war es anders. Es begann damit, dass Sonja sie streichelte, sich über sie beugte und sie küsste – die Handinnenflächen, die Arme hinauf zu den Schultern, einen nach dem anderen. Ihren Hals. Den Bauch. Danach die Brüste. Als sie das erste Mal an Maries Nippel saugte, war es längst um sie geschehen, und ihre Möse war heiß wie flüssiges Metall.

Gregor hielt sich derweil dezent zurück, wofür sie ihm im Grunde dankbar war. Sie hätte seinen Blick in diesem Moment nicht ertragen, obwohl sie wusste, dass er sie beobachtete.

Sonja schob sich zwischen Maries Beine. Sie umfasste ihre Knie und öffnete sie ganz langsam. Marie seufzte, ihre Hände fuhren suchend über das Laken. Eine fremde Hand umschloss ihre – Gregor. Sie lächelte zu ihm auf, und er erwiderte das Lächeln. Dann nahm er ihre Hand und legte sie auf seinen Schritt. Maries Lächeln wurde breiter.

In diesem Moment begann Sonja, ihre Klit mit der Zunge zu bearbeiten. Heiß rieb sie sich an Marie, leckte hingebungsvoll von ihrer Spalte hinauf zur Klit, ließ die Zunge dagegenschnalzen und umschloss sie mit den Lippen. Maries Hüften hoben sich vom Bett, sie kam ihr verzweifelt entgegen.

Gregor öffnete seine Hose. Er schob ihre Hand hinein, und sie umschloss seinen harten Schwengel. Sie leckte über ihre Lippen. Ihn jetzt lutschen zu dürfen …

Er schien ihren Gedanken zu erraten. Als Nächstes kniete er sich über sie. Seine Hände umschlossen ihren Hinterkopf, und er stützte sie, während Marie mit einer Hand nach seinem Schwengel griff und seine Eichel mit der Zunge umschmeichelte. Sein Lusttröpfchen prickelte auf ihrer Zunge.

Gierig nahm sie ihn in sich auf, während Sonja ihre Möse mit der Zunge stopfte. Gregor schien diesmal keine Lust zu haben, sich zurückzuhalten – schon nach wenigen Augenblicken spürte sie seinen Schwanz in ihrem Mund riesig werden. Er zog sich aus ihr zurück und spritzte in ihr Gesicht ab.

Sie zuckte zurück. Doch statt entsetzt zu sein, genoss sie, was er mit ihr machte. Er blieb hart, und jetzt wollte sie ihn reiten. Nur widerstrebend schob sie Sonja beiseite und kletterte auf Gregors Schoß.

Im ersten Moment fühlte er sich riesig in ihr an. Doch sie gewöhnte sich an seine Größe – das ging zum Glück immer ganz schnell –, und er begann, sie zu ficken. Sonja hockte derweil am Fußende des Betts und schien zu überlegen, was sie als Nächstes machen sollte.

Marie ritt ihn heftig. Sie wusste nicht, woher diese Wut kam, aber sie war da. Etwas in ihr war zerbrochen, etwas Dunkles, Zorniges, das sie immer daran gehindert hatte, ihre Sexualität vollständig auszuleben. Im Moment wollte sie nicht darüber nachdenken, welche Konsequenz sie aus dieser Erkenntnis ziehen konnte – dafür war sie viel zu geil.

Nach ihrem zweiten Höhepunkt stieß Gregor sie einfach von sich herunter. Er drehte sie auf den Bauch und drang von hinten in sie ein. Marie vergrub ihr Gesicht im Kissen und stöhnte erstickt. Ihre Hand suchte ihren

Kitzler. Aber sie kam zu spät; von der anderen Seite hatte Sonja ihre Hand unter Maries Bauch geschoben und bearbeitete sie heftig.

Der dritte Orgasmus war schwächer als die beiden ersten. Ein bisschen kam es Marie so vor, als wäre ihr Körper von der Anstrengung ausgelaugt. Auch Gregor schien das zu bemerken. Er gab ihr einen Klaps auf den Hintern.

»Du willst doch nicht schlappmachen?«, fragte er streng. Heftig schüttelte sie den Kopf, aber das schien ihm nicht zu genügen. »Sonja?«

Sofort stand Sonja auf. Marie konnte nicht sehen, was sie machte, aber sie tat irgendwas, das Gregor und sie anscheinend schon im Vorfeld besprochen hatten.

In diesem Moment kam ihr der Gedanke, dass die beiden das hier vielleicht von vornherein geplant hatten. Kurz wollte sie sich wehren. Noch immer fiel es ihr schwer zu vertrauen – vor allem wenn sie nicht wusste, was lief. Wenn sich alles ihrer Kontrolle entzog.

»Nicht.« Er drückte ihren Kopf wieder ins Kissen. Seine Finger gruben sich schmerzhaft in ihren Nacken. Marie versuchte nicht mehr, sich zu wehren, sondern lag still da und wartete, was kam.

Sonja tauchte wieder auf. Sie war noch immer nackt – das Einzige, was sie trug, war ein Strap-on-Dildo, der hart und schwarz vor ihr auf und ab wippte.

»Bereit für die nächste Runde?«, fragte sie. In der Rechten hielt sie ein zusammengerolltes weiches Seil.

Nein!, wollte Marie schreien. Wie sollte sie bereit sein für einen Dreier mit ihrer besten Freundin und dem Mann, den sie liebte? Wie sollte sie dieses ewige Spiel der Verführung ertragen? Genügte es Gregor denn nicht, was sie ihm im Lagerhaus bewiesen hatte?

Er beugte sich über sie, strich das Haar über ihrem Ohr beiseite. Seine Stimme tropfte wie Honig in ihr Ohr.

»Wenn du bestimmst, was gemacht werden darf, ist es keine echte Unterwerfung«, erklärte er leise. »Du machst das sehr, sehr gut, liebe Marie. Aber es ist an der Zeit, einen Schritt weiter zu gehen.«

Darum also Sonja. Und der Strap-on-Dildo.

Marie schluckte. »Also gut«, flüsterte sie.

Er streichelte ihr Haar. »Tapferes Mädchen.«

Sie fühlte sich alles andere als tapfer. Marie schluckte. Ein leises Keuchen entschlüpfte ihr. Grob wurde sie nach oben gerissen. Gregor und Sonja machten sich daran, sie zu fesseln. Es dauerte nicht lange; beide schienen mit den komplizierten Techniken vertraut zu sein, und wenige Minuten später war Marie in einen Harness verschnürt. Wenn Gregor an einem der Seile zog, blieb ihr gar nichts anderes übrig, als ihm zu gehorchen.

»Und jetzt komm her.« Er saß wieder auf dem Bett, den Oberkörper gegen das Kopfteil gelehnt. »Komm, setz dich auf mich.« Marie kroch langsam näher. Sie wollte ihn erst lutschen, aber er riss sie an einem der Seile nach oben. »Mach gefälligst, was ich dir sage«, fuhr er sie an. »Du willst doch nicht unartig sein?«

Stumm schüttelte sie den Kopf und ließ sich gehorsam auf seinem Schoß nieder. Sein Schwanz drückte sich hart gegen ihre Öffnung.

Sie hatte gehofft, der Dildo käme bei ihrer Möse zum Einsatz, aber Gregor hatte anscheinend anderes im Sinn. Sie zitterte, als er langsam in sie eindrang und sie ein paarmal auf und ab bewegte.

»Okay?«, fragte er. Sie schüttelte den Kopf, aber er lächelte bloß. »Du machst das toll«, bekräftigte er und winkte Sonja heran.

Marie verkrampfte sich. Sie spürte Sonja, die nun hinter ihr auf dem Bett kniete. Sonjas Hand umschloss ihre Möse und Gregors Schwanz. Sie nahm ihre Nässe auf und verteilte sie großzügig auf Maries Kimme. Ihr Finger begann, das zarte Arschloch zu weiten. Marie hielt sich an Gregors Schultern fest.

»Entspann dich«, flüsterte er und bewegte sich ein paarmal in ihr auf und ab.

»Nicht«, flüsterte sie.

Aber Sonja machte weiter. Gregor blickte sie über Maries Schulter an und nickte.

»Hört auf«, flehte Marie. Aber sie wusste, solange sie ihr Safeword nicht sagte, ging es immer so weiter – und das gefiel ihr immer mehr. Sie war nicht bereit, das hier jetzt zu beenden. Sie wollte es nicht, und doch trieb etwas sie an, ein ums andere Mal ihre Grenzen zu überschreiten.

Sonja drückte den Dildo gegen ihre Rosette. Langsam schob sie ihn in Maries Arsch. Es tat weh, doch der Schmerz verblasste; ihr Unterleib fühlte sich so erfüllt an, dass sie die Augen schloss, um dieses Gefühl zur Gänze auszukosten.

Sonja zog sich zurück und stieß langsam wieder zu. Diesmal drang sie noch tiefer ein, und als sie sich ein drittes Mal in Marie rammte, drang der Gummipenis bis zum Anschlag in sie ein.

Marie versuchte, sich auf Gregor zu bewegen. Er stöhnte. Auch er schien den Dildo zu spüren, und vermutlich war Marie dadurch noch enger. Ihm schien es eindeutig zu gefallen.

Schon bald fanden sie einen Rhythmus, der für alle drei richtig und gut war. Marie ruhte zwischen den beiden Körpern und genoss das Rein und Raus, den Rhythmus und die immer schnelleren Stöße. Sonjas Hände krallten sich in ihre Hüften, ihr Atem ging ebenso keuchend wie Maries. Aber irgendwas fehlte. Der letzte Kick setzte nicht ein, jener, bei dem Marie nicht anders konnte, als sich dem nächsten Höhepunkt zu ergeben.

Gregor schien ihr Problem zu erahnen, denn als er das

nächste Mal tief in sie eindrang, hob er die Hand und zerrte an ihrem Harness. Diese einfache Bewegung, die ihn nicht mal viel Kraft kostete, ließ Marie beinahe zur Seite kippen. Nur mit Mühe hielt sie sich aufrecht. Und jetzt verstand sie, welchen Sinn dieser Harness hatte.

»Ja«, flüsterte sie. »Tu es.«

Er schüttelte den Kopf. Und auch Sonjas Stöße wurden langsamer, wie auf ein geheimes Zeichen, das Marie entging. Marie stöhnte frustriert auf. Ihr Orgasmus war so nah gewesen, und jetzt wurde er ihr schon wieder verweigert?

»Bitte«, flehte sie. Erneut spürte sie das schmerzhafte Pochen in ihrem Unterleib, erneut wurde sie von Gregor am Orgasmus gehindert. Über ihren Kopf hinweg grinsten Sonja und Gregor sich zufrieden an.

»Bitte«, wiederholte Marie verzweifelt. Sie wusste nicht, wie lange sie diese Spannung noch ertrug, dieses Gefühl, in der Luft zu hängen, obwohl man sich danach sehnte, in den Abgrund zu stürzen. Es war ein Kunststück, das sowohl Sonja als auch Gregor beherrschten, das sie aber mit vereinten Kräften zur Meisterschaft brachten.

»Was denkst du?«, fragte Gregor.

Sonja hinter ihr schnalzte mit der Zunge. »Ich weiß nicht.«

»Lasst mich kommen, bitte!« Sie wusste, dass sie verzweifelt klang, aber das war Marie im Augenblick egal. Wenn sie nur endlich …

»Sie wird es sich verdienen müssen«, befand Gregor. Er zog sich vorsichtig aus ihr zurück. »Komm her, verdien dir deinen Orgasmus.« Er rutschte etwas weiter nach oben und verschränkte die Hände hinter dem Kopf. Sein Schwengel wippte.

Marie kroch zu ihm, nur zurückgehalten von Sonja, die ihren Harness am Rücken packte. »Langsam«, flüsterte Sonja ihr zu.

Marie gehorchte. Ihr blieb gar nichts anderes übrig; sie war von hinten mit einem Gummischwanz gepfählt, und Sonjas Hand ruhte unerbittlich am Seil, um sie bei der kleinsten Übertretung zurückzureißen. Behutsam schob sie sich zwischen Gregors Schenkel nach oben. Ihre Hand umfasste seinen Schwengel. Er pochte und war heiß, der Duft von ihrem Saft vermischte sich mit seinem würzigen Aroma.

»So ist's brav«, flüsterte er. Seine Hand legte sich auf ihren Hinterkopf, und er drückte sie behutsam nieder.

Sie schluckte ihn. Kämpfte gegen den Würgereflex, aber nur ganz kurz, dann war er ganz in ihr verschwunden.

Gregor begann langsam, in ihren Mund zu stoßen. Ihren Kopf hielt er mit beiden Händen umfasst. Derweil fing Sonja wieder an, sie in den Arsch zu ficken.

Diesmal war es anders. Langsamer, sinnlicher und intensiver. Marie schloss die Augen und gab auf. Sie kämpfte nicht mehr an gegen das, was die beiden ihr befahlen, sondern gab sich hin.

Diesmal ließen sie Marie kommen, als spürten sie, dass jetzt der richtige Zeitpunkt wäre. Sie fühlte sich wie von einer Welle in die Höhe gehoben, die sie in den Himmel warf. Marie konnte nicht schreien, sie konnte nichts tun, außer brav zu ertragen, wie die herrlichste Hitze sie durchfuhr. Es war allzu schnell vorbei.

Wenige Sekunden später kam Gregor. Sie spürte es zuerst, wie er in ihr noch einmal anschwoll, dann schob er sie von sich herunter und spritzte in ihr Gesicht ab. Sein Stöhnen und Sonjas unermüdliche Bemühungen mit dem Gummischwanz geilten Marie so sehr auf, dass sie ein zweites Mal kam und danach erschöpft über ihm zusammenbrach. Sie war so schwach, dass sie nicht mal die Kraft fand, seinen Samen von ihrer Wange zu wischen.

Sonja zog den Dildo behutsam aus ihrem Arschloch. Sie stand als Erste auf und verschwand im Bad. Träge hob Marie ihren Kopf. »Haben wir sie enttäuscht?«, fragte sie leise.

Gregor schüttelte lächelnd den Kopf und strich ihr über die Haare. »Keine Sorge«, sagte er bloß.

Ihr fielen die Augen zu. Sie hörte, wie Sonja zurückkam und sich wieder zu ihnen legte, aber im nächsten Moment war sie eingeschlafen.

13. Kapitel

Als sie aufwachte, hielt sie einen Moment lang die Augen geschlossen. Sie genoss das matte, erschöpfte Gefühl, das sich ihrer bemächtigt hatte, und schwelgte in den Erinnerungen dessen, was sie getan hatten.

Jemand bewegte sich neben ihr. Gregor oder Sonja? Marie lag zwischen den beiden eingekeilt, und jetzt sprach Sonja. Sie flüsterte, um Marie nicht zu wecken.

»Dein Plan ist schließlich aufgegangen«, wisperte sie.

Gregor schwieg.

»Komm schon. Du hast deinen Dreier gehabt, es war toll, und sie hat sich gefügt. Was willst du mehr?«

Marie hielt unwillkürlich die Luft an. Das war also tatsächlich geplant gewesen; sie hatte es sich schon gedacht. Sonja war zwar geschickt, wenn sie jemanden verführte, aber die Situation in der Badewanne hatte irgendwie was Gewolltes gehabt.

»Gregor?«

Erst jetzt sprach er. Marie erschrak, weil er so müde klang. Beinahe hätte sie sich aufgerichtet und ihm die Hand auf die Wange gelegt, um ihn zu trösten.

»Es ist nicht wegen Marie. Oder auch«, fügte er hinzu. »Aber eben nicht nur. Du hast schon recht, sie ist ein Naturtalent. Sie will sich hingeben, sie will dienen und unterworfen werden. Aber …«

Wieder Schweigen. Sonja hakte nicht nach; sie schien zu spüren, dass Gregor Zeit brauchte.

Marie schrie innerlich auf. Alles in ihr drängte Gregor, endlich weiterzureden.

»Sie weiß nicht, dass Helena das Penthouse bekommt. Ich habe es ihr nie gesagt …«

»Und?«, hakte Sonja nach.

»Manchmal glaube ich, sie denkt, diese Wohnung könnte später unsere sein. Manche ihrer Einrichtungsideen entsprechen mehr ihrem Geschmack als meinem. Ich glaube, sie gestattet sich diese Schwäche. Die Vorstellung, diese Wohnung könnte unser Liebesnest werden.«

»Dabei geht die Wohnung nach der Scheidung an Helena. Verstehe.«

Marie lag wie erstarrt zwischen den beiden. Anders als Sonja verstand sie nicht die Hälfte von dem, was Gregor sagte. Die Wohnung war gar nicht für ihn, sondern für seine Frau? Die – hoffentlich! – bald seine Exfrau wurde?

Der Gedanke legte sich schwer und unerträglich wie ein Schleier zwischen Gregor und sie. Es schmerzte so sehr, dass sie fast keine Luft mehr bekam, aber sie musste stillhalten, musste sich wenigstens so lange schlafend stellen, bis dieses Gespräch beendet war …

»Du wirst es ihr irgendwann sagen müssen.« Sonja gähnte verhalten.

»Ich weiß. Aber keine Ahnung, wie ich das anstellen soll, ohne dass sie mir an die Gurgel geht.«

»So schlimm? Glaub mir, sie ist vernünftig, wenn es sein muss. Und wenn man sie nicht unnötigerweise belügt, dann auch.« Sonja zögerte. »Vielleicht solltest du es ihr schnell erzählen. Je eher, desto besser.«

»Ich werde es versuchen.«

»Ist es dir ernst mit ihr?«, fragte Sonja plötzlich. »Ich meine, wird das was Dauerhaftes mit euch beiden?«

Marie kniff die Augen fest zusammen. Sag es, flehte sie. Bitte sprich es einmal aus.

»Ich weiß es nicht«, sagte er stattdessen. »Vielleicht.«

Ihr frustriertes Seufzen ließ die beiden verstummen. Sonja berührte ihre Schulter. »Marie?«

Sie öffnete die Augen und blickte zwischen den beiden hin und her. »Hey«, sagte sie. Ihre Stimme klang kratzig. »Ich bin wohl eingeschlafen …«

»Kein Wunder.« Sonja musterte sie zärtlich. Aber Marie hatte keinen Blick für ihre Freundin. Sonja hatte vor ihr gewusst, dass die Wohnung an Helena ging. Sie fühlte sich um etwas betrogen, das ihr nie gehört hatte.

* * *

Nachdem Bree und Dave sich ausgesprochen hatten, war es ganz einfach: Sie zog bei ihm ein, von heute auf morgen.

Riskieren wir damit zu viel?, fragte sie sich. Setzen wir sofort alles aufs Spiel, weil wir uns dann nicht später vorwerfen lassen müssen, wir hätten es ja nicht versucht?

Sie schob den Gedanken beiseite und widmete sich wieder dem Risotto, das sie schon seit zwanzig Minuten hingebungsvoll rührte. Dave wollte zum Abendessen zu Hause sein – er hatte in den letzten beiden Wochen verdammt viel nachzuholen gehabt, und sie freute sich, ihn endlich mal wieder für einen kompletten Abend bei sich zu haben.

Sie deckte den Tisch, legte die Tagespost auf einem Stapel neben seinen Teller, und eine weiße Rose in einer Glasvase stellte sie in die Tischmitte. Dave hatte sie ihr schicken lassen. Eine dieser vielen kleinen Gesten, die sie glauben ließ, es könnte tatsächlich Bestand haben.

Auch wenn sie sich – mit einem Handtuch im Hosenbund, das als Schürzenersatz herhalten musste, und einem Löffel in der Hand – wie die Parodie einer Hausfrau vorkam. Als dann Dave auch noch in die Wohnung kam und als Erstes »Ich bin zu Hause!« rief, konnte sie sich ein Grinsen nicht verkneifen.

Sie war angekommen.

Es war gar nicht mal der Sex, der ihrer Beziehung dieses besondere Etwas gab. Dass sie sich von früher kannten, war zwar nicht von Nachteil, hatte aber auch nicht zwingend etwas damit zu tun. Nein, vor allem war es diese Nähe, die sie ohne Worte spürten. Manchmal genügte ein Blick, und sie wusste, wie es ihm ging. Manchmal war auch das gar nicht nötig, und er sprach einfach aus, was sie dachte.

»Dave?« Weil er nicht in die Küche kam, trat sie in den Flur. Er starrte mit gerunzelter Stirn auf sein Blackberry, ließ den Trackball rollen und schüttelte dann den Kopf. »Musst du noch mal los?«

»Was? Ach so, das hier. Nur eine Mail von Marie. Eine ziemlich wirre Mail«, fügte er hinzu.

»Was ist los?« Sie war auf Marie nicht eifersüchtig. Marie war die Ex, es gab keinen Grund, daraus ein Drama zu machen.

»Ach, nichts.« Er steckte das Blackberry ein. »Das kann sie nicht ernst meinen.«

Sie blickten einander an.

»Wir kennen Marie«, sagte Bree langsam. »Was auch immer es ist ...«

»Sie schreibt ...« Er zog das Blackberry wieder aus der Tasche und hielt ihr die Nachricht hin. Allein dieser Vertrauensbeweis, dass er ihr die Mail einfach zeigte, ließ ihr das Herz aufgehen. Doch dann las sie Maries Worte.

Bree ließ das Smartphone sinken. »Das meint sie nicht ernst«, sagte sie leise. »Wenn sie ...«

»So was tut sie nicht. Es wäre gar nicht Maries Art ...«

Sie blickten einander an.

»Du meinst, ich sollte wenigstens mal bei ihr vorbeifahren?«

»Ruf sie an.« Bree küsste ihn auf die Wange. »Und

jetzt muss ich schleunigst wieder in die Küche, sonst brennt das Risotto an.«

Sie musste nicht lauschen, was er mit Marie besprach.

Vertrauen.

Es war gar nicht so schwer, wenn man sich erst darauf eingelassen hatte.

***

Nach dem dritten Klingeln sprang die Mailbox an. Dave versuchte es sofort noch mal. Wieder die Mailbox. Ungeduldig wartete er auf den Piepton, dann sprach er ihr eine Nachricht auf. »Meld dich, Marie! Ich mach mir Sorgen!«

Im Grunde hatte er jetzt alles getan, was er tun konnte, oder?

Vielleicht auch nicht.

Erneut wählte er Maries Nummer. Dabei las er die Nachricht zum dritten Mal.

Lieber Dave, wie ist das, wenn man sich betrogen fühlt? Ein neuer Mann in meinem Leben hat mein Vertrauen in Stücke zerschlagen. Ich habe seine Wohnung eingerichtet, und jetzt ... jetzt mach ich alles wieder kaputt. Die Wohnung und die Beziehung. Ich hoffe, dir geht's gut?

Seit drei Wochen, seit sie aus seiner Wohnung und seinem Leben verschwunden war, war es das erste Lebenszeichen von ihr. Und dieses Lebenszeichen machte ihn nervös.

Marie war keine Frau, die überhastet handelte. Sie neigte nicht zu Impulshandlungen, was das Zusammenleben mit ihr über lange Strecken berechenbar, aber langweilig gemacht hatte. Die Marie, die ihm diese Nachricht geschickt hatte, war eine andere Frau.

Fast kam es ihm vor, als wäre endlich ein Funke Leidenschaft in ihrem Leib erwacht. Als wäre diesem anderen Mann gelungen, was er immer vergeblich versucht hatte.

Er gab den Versuch auf, sie zu erreichen, und wählte stattdessen die Nummer ihrer Freundin Sonja. Vielleicht wusste sie ja mehr über diesen mysteriösen Fremden.

Sonja wusste tatsächlich mehr.

»Aber warum um alles in der Welt wendet sie sich an dich?«, fragte sie sichtlich nervös.

Er fuhr sich mit der freien Hand durchs Gesicht. »Ich weiß es nicht«, sagte er bloß müde. »Gibst du mir die Adresse von diesem Haus oder was genau es ist? Dann fahre ich hin und sehe nach dem Rechten.«

Er spürte ihr Zögern. »Bitte, Sonja.«

»Meinst du, sie wird dich dort sehen wollen?«

»Wieso hat sie mir diese Mail wohl geschrieben?«, konterte er. »Ich hätte auch gedacht, sie würde sich in der Stunde höchster Not eher an dich wenden, aber siehe da, nein, ich bin's. Ich könnte die Nachricht auch ignorieren, klar. Aber so bin ich nicht.«

»Nicht mehr«, gab Sonja giftig zurück.

Einen Moment sprachen beide kein Wort.

»Vielleicht können wir uns einfach darauf einigen, dass Menschen sich ändern. Marie hat sich auch geändert.«

Sonja gab nach. Sie nannte ihm die Adresse.

»Das Essen ist fertig.« Bree stand in der Küchentür. »Du musst noch mal weg, stimmt's?«

»Nein, ich bleibe bei dir. Marie kommt klar, da bin ich mir sicher.«

Er lächelte. Freitagabend, und sie verspürten beide nicht den Wunsch, auf die Jagd zu gehen.

Dave war ein glücklicher Mann.

***

Schon in dem Augenblick, als sie die E-Mail sendete, bereute sie es. Marie klickte hektisch auf »Abbrechen«, aber es war zu spät. Es dauerte keine zwei Minuten, da klingelte das Handy, und sie drückte den Anrufer weg. Sie brauchte nicht mal aufs Display zu gucken, sie wusste einfach, dass es Dave sein musste.

Irgendwann hatte sie davon genug – zumal es sie von ihrer ursprünglichen Aufgabe ablenkte – und schaltete das Handy aus.

Sie war zurückgekehrt in Gregors Penthouse. Zum letzten Mal, redete sie sich ein. Er hatte sie von Anfang an belogen, und sie musste diesen Verrat irgendwie ausradieren.

Ihr war nichts anderes eingefallen, obwohl das nach einer lahmen Entschuldigung klang. Viel ehrlicher wäre doch, wenn sie zugab, dass sie zerstören wollte, was sie für ihn aufgebaut hatte.

Bei jedem Stoffmuster, jeder Tapete und jedem Farbton, jedem Möbel, jedem Accessoire, jedem Gemälde hatte sie nur an ihn gedacht. Daran, welche Wirkung dieses oder jenes auf ihn haben würde, ob er ihre Handschrift erkannte. War das erste Gästezimmer noch etwas seelenlos gewesen, hatte sie bald gelernt, im Rhythmus seiner Gedanken zu arbeiten, und er hatte sie für jeden Raum aufs Neue gelobt – auf eine herablassende Art, während sie vor ihm auf dem Boden kniete oder er sie gegen die Wand drängte und erbarmungslos von hinten nahm. Er hatte jedes dieser Zimmer mit ihrer Lust getränkt. Wieso? War das seine Rache an Helena?

Sie war sich zu schade, um bloß sein Instrument zu sein. Und weil sie an den Worten erstickte, die es bräuchte, ihm diese Wahrheit ins Gesicht zu schleudern, stand sie nun hier.

Sie wollte ein Zeichen setzen. Eines, das er nicht missverstehen konnte.

Ich bin nicht sein Spielzeug.

Etwas ratlos war sie trotzdem. Die Räume, die sie durchschritt – Badezimmer, Küche, Wohnzimmer, Arbeitszimmer, Bibliothek –, waren in den vergangenen Wochen so sehr ein Teil von ihr geworden, dass es ihr vorkam, als müsste sie sich ein Bein oder einen Arm amputieren.

Zögernd trat sie an eines der Regale im Arbeitszimmer. Der Raum war männlich dominiert, und das hatte ihm so gut gefallen, als er sie auf dem Schreibtisch genommen hatte. War er dabei in Gedanken bei seiner Frau gewesen? Hatte er überlegt, wie sie wohl reagierte, wenn sie davon erfuhr?

Plötzlich ergab es auch einen Sinn, dass er sie um Fotos gebeten hatte. Fotos, die sie zeigten, nackt und verführerisch. In jedem einzelnen Zimmer.

Dieser Racheplan hätte eher zu einer Frau gepasst.

Ich würde diese Frau gerne kennenlernen, dachte Marie. Sie seufzte, schaltete das Handy wieder ein und wollte Gregors Nummer wählen.

Im selben Moment rief er sie an.

Marie starrte wie gelähmt aufs Display. Sie fühlte sich gestört und zugleich ertappt, und dieser Anruf genügte, um ihre letzten Hemmungen schwinden zu lassen. Sie schleuderte das Handy von sich, es prallte gegen das Fenster und knallte auf die Fensterbank. Sie blickte sich hektisch um, suchte irgendein Werkzeug, eine Waffe, irgendwas, womit sie ihr zerstörerisches Werk beginnen konnte.

Im Flur fand sie im Werkzeugkoffer, den ein Handwerker zurückgelassen hatte, einen Hammer. Nicht schlecht, befand sie, wenngleich er zu klein war, um die großen Schäden anzurichten, nach denen ihr der Sinn stand.

Sie fing im Badezimmer an.

Letzte Rosenblütenblätter klebten noch in der Wanne. Sie fuhr mit dem spitzen Ende des Hammers über die

Wanne. Beim zweiten Mal mit mehr Kraft, und diesmal schaffte sie es, eine tiefe, hässliche Furche im Emaille zu hinterlassen.

Ihr Handy klingelte drei Räume weiter. Verdammt! Hatte sie es denn nicht kaputtgekriegt?

Sie wurde wütend. Diesmal holte sie aus und schlug mit aller Kraft zu. Emaille platzte ab, feine Haarrisse zogen sich vom Einschlag über die Wannenwand. Schon besser. Sie schlug erneut zu, wieder und wieder, traf auch Rosenblütenblätter, und der schwere Geruch nach Rosen hing in der Luft.

Sie wusste, diesen Geruch würde sie nie mehr ertragen können.

Vom Badezimmer ging sie ins Schlafzimmer weiter. Das Bettzeug: feine Baumwollbezüge, dichte Daunen, eine traumhafte Matratze. All das war von ihrem Liebesspiel beschmutzt, und sie lief in den Flur, weil sie dort ein Teppichmesser im Werkzeugkoffer gesehen hatte. Zum Klingeln ihres Telefons, das inzwischen unablässig läutete, setzte sie unbeirrbar ihr Zerstörungswerk fort.

Dies hier hatte niemand verdient. Seine Exfrau nicht und er schon gar nicht. Sie wollte ihn hassen für das, was er ihr angetan hatte.

Die Wahrheit aber war, dass sie weinte, weil sie ihn so sehr liebte.

***

»Ich geh da jetzt rein.«

Gregor drückte zum gefühlten hundertsten Mal die Wahlwiederholung, aber Marie ging noch immer nicht ans Handy. Dass sie im Penthouse war, daran bestand für ihn kein Zweifel.

Er hatte ihre Leidenschaft unterschätzt.

Sonja hatte ihn informiert, und sie traf zur gleichen

Zeit vor dem Wohngebäude ein wie er – etwa fünf Minuten später kam noch jemand, den sie ihm als Dave vorstellte, der Exfreund von Marie. Er hatte von ihr eine beunruhigende Nachricht bekommen und daraufhin Sonja angerufen.

»Warte!« Sonja versuchte, ihn aufzuhalten.

Gregor konnte nicht länger warten. »Sie ist da drin, weil ich ihr gegenüber nicht ehrlich war. Ich kann sie irgendwie verstehen.«

»Das ist nicht die Marie, die ich kenne.«

Woher auch? Marie hatte sich verändert. Er kannte sie erst wenige Wochen, aber ihm war diese Veränderung am ehesten aufgefallen. Vielleicht war es anderen entgangen, weil sie ihr nicht so nah waren.

Mit der etwas verklemmten, schüchternen jungen Frau, die ihm vor gut einem Monat in der *Trattoria Dario* gegenübergesessen hatte, hatte das nichts mehr zu tun. Sie war aufgeblüht unter seinen Händen.

»Sie fühlt sich von mir betrogen, darum sollte ich mit ihr reden.« Er würdigte Sonja keines Blicks. »Es war mein Fehler. Ihr wartet hier, okay? Unternehmt nichts, solange ich mich nicht melde.«

Sonja wollte widersprechen, aber er drehte sich um und ging.

Das hier ging nur Marie und ihn etwas an.

Im Haus war alles ruhig. Er begegnete auf dem Weg nach oben niemandem, und als er vor der Wohnungstür stand und lauschte, herrschte im Innern eine gespenstische Ruhe.

Er schloss auf, schob sich durch die halboffene Tür und ließ sie leise hinter sich ins Schloss gleiten. Wieder lauschte er, wieder war nichts zu hören.

Er wählte Maries Handynummer.

Im Arbeitszimmer ging der verzerrt klingende Klingelton los.

Und dann hörte er sie.

Er ging zum Schlafzimmer, verharrte vor der angelehnten Tür. Dann stieß er sie vorsichtig auf.

Marie hockte am Boden, in der Rechten ein Teppichmesser. Um sie herum war der frisch verlegte Teppich vernarbt von ihren Versuchen, ihn zu zerschneiden und herauszureißen. Sie weinte leise.

Er trat zu ihr, sank auf die Knie und nahm ihr das Teppichmesser aus der Hand. Sie ließ es geschehen, doch als er sie in seine Arme schließen wollte, wehrte sie sich. Nur kurz, dann fügte sie sich.

Gregor wiegte sie in den Armen. Er blickte nicht auf; die Zerstörung war ihm egal. Es gab nichts, das man nicht wieder in Ordnung bringen konnte.

Mit Marie war das schon schwieriger.

Er ließ sie weinen, und es dauerte Minuten, bis sie sich so weit beruhigt hatte, dass sie zu ihm aufblickte. »Es tut mir leid«, flüsterte sie. »Wieso habe ich das getan?«

»Weil ich dir weh getan habe.« Tröstend fuhr seine Hand über ihr schwarzes Haar. »Du hattest recht, Marie. Mit allem, was du hier getan hast. Ich hätte dir vertrauen sollen, aber stattdessen habe ich mich in ein Geflecht aus Lügen und Betrug verstrickt.« Sie ließ zu, dass er sie auf den Scheitel küsste. »Und jetzt komm mit. Ich kann irgendwen damit beauftragen, die restlichen Räume einzurichten.«

Sie schmiegte sich in seine Arme. »Ich habe nur immer gedacht, es wäre deine Wohnung«, flüsterte sie. »Und dann habe ich mir vorgestellt, wie wir eines Tages zusammen …« Ihre Stimme versagte.

Er konnte nicht anders, er musste sie küssen. Marie erwiderte seinen Kuss. Er sammelte die Tränen von ihren Wangen, sie seufzte in seinen Mund.

»Alles wieder gut?«, flüsterte er.

Sie nickte. »Ich will sie kennenlernen.«

Gregor lachte. »Glaub mir, das willst du nicht.«

»Doch, will ich!« Sie knuffte ihn. Ihr Lächeln machte ihn glücklich. »Komm schon, was ist so schlimm an ihr?«

Alles, dachte er finster. Aber weil er wusste, dass er Marie keinen Wunsch abschlagen konnte, überlegte er bereits, wie er es möglich machen konnte.

Irgendwie würde es ihm schon gelingen.

14. Kapitel

Das Leben ist zu kurz, um sich einen Grund zum Feiern entgehen zu lassen, dachte Helena. Zufrieden blickte sie sich im Wohnzimmer ihres alten Hauses um.

Schon bald kamen die Möbelpacker und Umzugshelfer, verstauten ihre Kristallgläser in Kartons, und die feinen Vorhänge wurden eingemottet. Alles wurde verpackt und das meiste eingelagert, denn in die neue Wohnung brauchte sie nur mitnehmen, was sie wirklich bei sich haben wollte.

Es war eine Befreiung. Von Gregor, von dieser verkorksten Ehe. Sie umfasste die Hand von Stefan etwas fester, wollte ihr großes Glück festhalten.

Natürlich würde er nicht bei ihr einziehen. Er war Student, und sie mochte es nicht, ihm zu viel Platz in ihrem Leben einzuräumen. Es war das Beste, wenn sie beide ihr Leben weiterhin so lebten wie bisher. Und die Nächte gehörten dann ihnen.

»Baby, willst du noch was trinken?« Er war einen Kopf größer als sie, dennoch blickte er irgendwie zu ihr auf, und sie lächelte nachsichtig.

»Ein Glas Champagner wäre schön«, hauchte sie, kusste ihn auf den Mund und ließ ihn gehen. Er drehte sich noch einmal zu ihr um, grinste, als könnte er nicht glauben, dass sie zu ihm gehörte.

»Du bist ja noch immer mit deinem Welpen zusammen.«

Helena fuhr herum. Gregor kam auf sie zu, geschmeidig wie eine Raubkatze. Seine Hand umschloss lässig die einer dunkelhaarigen, schlanken Schönheit, die Helena aus großen Augen neugierig musterte.

Seine Neue.

Nun, das hatte ja irgendwann so kommen müssen. Lieber auf der Abschiedsparty und nicht auf der Einweihungsparty in der neuen Wohnung. Dort wollte sie Gregor nämlich nicht sehen.

Sein selbstzufriedenes Grinsen kotzte sie gewaltig an.

»Er ist für sein Alter eben verdammt reif.« Sie biss sich auf die Zunge. Verdammt, den Spruch würde er ihr bestimmt gleich noch mal reinwürgen.

»Tatsächlich? Wie niedlich. Nein, wirklich, ich find's schön, dass du beim Pooljungen dein großes Glück gefunden hast. Darf ich dir Marie Wolf vorstellen? Sie hat deine neue Wohnung eingerichtet.«

Und schon hatte er ihr einen neuen Schmerz zugefügt, ganz beiläufig. Denn sie hatte sich Marie Wolf als Innenarchitektin gewünscht. Und dass er mit ihr schlief, hatte sie ja schon ziemlich schnell spitzgekriegt. Bisher hatte sie aber gehofft, die Frau wäre hässlich wie die Nacht. Und jetzt musste sie erkennen, was für ein hübsches Wesen sie war.

»Freut mich.« Sie nickte angesäuert, guckte sich suchend nach Stefan um, der sich jetzt wieder zu ihr vorarbeitete. Er hielt die beiden Champagnergläser linkisch in die Luft und grinste dümmlich.

Plötzlich war sie Stefans überdrüssig. Ein hübscher Junge mit erstaunlichem Stehvermögen, aber was war er sonst für sie? Er hatte keine Schulter zum Anlehnen, und zu einem erwachsenen Gespräch war er auch nicht fähig.

Was ja nicht schlimm war, solange er tat, wofür sie ihn brauchte.

Sie lächelte ihn aufmunternd an, bedankte sich leise bei ihm und wandte sich wieder Gregor und Marie Wolf zu.

»Und wie gehen die Arbeiten voran?«, fragte sie.

Wie ist es, mit meinem zukünftigen Exmann zu vögeln?, hätte sie lieber gefragt.

»Wir werden pünktlich fertig.« Marie Wolf lächelte warm. »Sie haben wirklich eine tolle Penthousewohnung, Helena.«

»Ja.« Ihr einziger Trost.

Dabei hatte sie die Scheidung gewollt. Aber wenn sie Gregor jetzt mit der anderen sah, die dieses unverschämte Glück ausstrahlte, wurde sie neidisch. Dann begehrte sie wieder, was ihr nicht länger gehörte.

Sie schob sich neben Gregor, während Marie begann, sich mit Stefan zu unterhalten.

»Du siehst glücklich aus«, begann sie das Gespräch.

»Ach, Helena«, sagte er bloß und lächelte so fein, dass sie es wusste.

Marie machte ihn tatsächlich glücklich. Und sie konnte das anscheinend besser, als Helena es je vermocht hatte, denn so glücklich hatte sie ihn noch nie erlebt.

»Dann ist es also bald endgültig vorbei.«

Er trank einen Schluck Champagner, suchte Maries Blick. Etwas an ihr schien ihm zu gefallen, er zwinkerte ihr zu, während Marie mit Stefan durch das Gedränge verschwand.

»Es ist schon so lange vorbei …«

»Bereust du es?«, fragte sie leise. »Dass es vorbei ist, meine ich.«

Sie wünschte, sie würde seine Antwort nicht schon kennen.

»Ich bereue nur, so lange bei dir geblieben zu sein.«

Das hatte sie befürchtet.

***

»Tolle Party.« Marie schlenderte neben Stefan auf die Terrasse. »Und dieses Haus …«

»Mhmh«, machte Stefan nur.

Ein großer Redner war er nicht. Was sie nicht schlimm fand, wenn sie ehrlich war.

Sie traten an die Balustrade. Eine geschwungene Treppe führte hinab in den verwilderten Garten. In den letzten Wochen hatte Stefan anscheinend einen anderen Acker mit mehr Schwung durchgepflügt.

»Wie ist Helena so?«, versuchte Marie, das Gespräch irgendwie in Gang zu bringen. Ihre Hand umfasste die Clutch, mit der anderen hielt sie die Champagnerflöte.

»Sie ist meine Chefin«, sagte er ausweichend.

Sie warf ihm einen spöttischen Blick zu, und er wurde knallrot.

Wie süß!

Sie hatte mit Gregor lange darüber nachgedacht, wie sie das riesige Wohnzimmer im Penthouse einweihen konnten. Dass sie alle Räume mit ihm ervögeln wollte, daran hatte sie bis zum Schluss keinen Zweifel gelassen. Und nachdem sie Helena hatte kennenlernen dürfen und keine Sympathie für die Frau empfand, über die Gregor ihr in den letzten Tagen wahrlich Haarsträubendes erzählt hatte, war auch das schlechte Gewissen verschwunden.

Schließlich hatte Gregor sich Maries Wunsch gebeugt. Einem Wunsch, den sie selbst vor zwei Monaten nicht für möglich gehalten hätte.

Sie brauchte Stefan dafür. Sie wollte ihn, aber nur dann, wenn auch er bereit dafür war.

Bisher lief's allerdings nicht gerade besonders gut.

»Also lädt deine Chefin dich zu ihrer Abschiedsparty ein, obwohl du deine Pflichten als Gärtner sträflich vernachlässigt hast?«, neckte sie ihn. »Wie großzügig.«

Wenn das überhaupt möglich war, wurde er noch röter.

»Hör mal, du musst echt nicht so tun, als liefe da zwischen euch nichts.«

»Aber …«

»Mir ist es egal. Oder nein, so richtig egal ist es mir nicht.« Sie trat einen Schritt näher. Ihr Unterleib berührte fast seinen, und sein Atem fuhr über ihr Gesicht. Er war wirklich hübsch, braungebrannt, das Haar von der Sonne gebleicht, strahlend blaue Augen. Diese Augen weiteten sich jetzt ein bisschen, sein Mund öffnete sich. Er wollte etwas sagen, doch Marie schüttelte kaum merklich den Kopf. »Du solltest nur wissen, dass sie nicht die Einzige ist. Es gibt auch mich.«

Er starrte sie stumm an.

»Und wenn du mich willst, kannst du mich haben.«

Sie zog ein Kärtchen aus der Clutch, steckte es in seine Hemdtasche und legte den Kopf etwas schief.

»Ich fänd's schön, wenn wir unsere Bekanntschaft vertiefen könnten.«

Sie drehte sich um und ging. Spürte seinen Blick im Rücken, drehte sich aber nicht noch mal zu ihm um. Ihr Blick glitt bereits wieder über die Köpfe der Anwesenden, sie suchte und forschte nach jenen, die sie für ihr Vorhaben brauchen konnte.

Es dauerte nicht lange, bis sie ihr nächstes Opfer fand.

»Und?«, fragte Gregor. Sie waren auf dem Weg zu ihm.

Marie saß entspannt neben ihm, die Augen halb geschlossen. Die Finger trommelten auf die Clutch, während sie zufrieden lächelte.

»Ich habe alle Einladungen verteilt.« Alle bis auf eine. Die war einem besonderen Gast vorbehalten, und sie hatte sie ihm zugeschickt.

»Wie viele wohl kommen …« Verträumt fuhren ihre Finger über das Täschchen.

»Du hast zwölf Einladungen verteilt? Nun, ich komme auf jeden Fall …«

Sie knuffte ihn spielerisch. »Das will ich doch mal hoffen!«

»Die Hälfte vielleicht?«

»Das wäre schön …«

Sie lächelte. Oh ja. Sechs Männer und sie. Das wäre mehr als schön.

15. Kapitel

Es wurden sieben Männer.

Marie hatte alles vorbereitet und für alles gesorgt. Ein letztes Mal gehörte das Penthouse Gregor und ihr, ein letztes Mal durfte sie darüber bestimmen. Übermorgen kamen die Möbelpacker, und Helena zog ein.

Der böse Blick, mit dem Helena sie auf Schritt und Tritt bei ihrer Party verfolgt hatte, war für Marie die Bestätigung gewesen, dass sie auch Stefan einladen durfte. Nicht nur das – sie hatte bis zu dem Moment leise Gewissensbisse verspürt, weil sie sich in Helenas Penthouse vergnügte. Das war jetzt vorbei – sowohl dieses unbeschwerte Vergnügen wie auch die Nächte im Penthouse.

Die sieben Männer kamen allesamt pünktlich, innerhalb von fünf Minuten wurden sie ins Wohnzimmer geschwemmt. Sie beäugten einander misstrauisch, als könnten sie nicht glauben, dass sie zu diesem Kreis gehörten. Als versuchten sie abzuschätzen, ob sie mithalten konnten.

Sie waren, jeder für sich, attraktiv. Jeder hatte etwas, das Marie angezogen hatte, das in ihr den Wunsch erwachen ließ, seinen Körper zu erkunden, seinen Schwanz zu berühren, ihn in ihrer Möse zu spüren. Es war ihr schwergefallen, Gregor diesen ultimativen Wunsch zu gestehen. Er war zu dreist, zu kühn für sie. Hätte Gregor sie nicht in den letzten Wochen stetig ermutigt und bestärkt, hätte sie diesen letzten Schritt wohl nicht gewagt.

Am meisten aber hatte seine Reaktion sie überrascht. Insgeheim hatte sie gefürchtet, er würde darauf ablehnend reagieren. Aber er hatte bloß gelächelt. Dieses kleine, verdorbene Lächeln, mit dem er ihre kühnsten Hoffnungen bestätigte, die sie sich bis zu diesem Moment selbst nicht hatte eingestehen wollen.

Er fand die Vorstellung, wie sie sich mit einem halben Dutzend oder noch mehr Männern gleichzeitig vergnügte, sehr reizvoll.

»Und du bist nicht eifersüchtig?«, hatte sie vorsichtig gefragt.

»Auf wen? Auf diese armseligen Männer, denen nur ein paar Stunden mit dir vergönnt sind, ehe sie in ihr Leben zurückkehren müssen? Mir ist mehr vergönnt«, fügte er hinzu. »Ich werde mit dir den Rest deines Lebens verbringen, schon vergessen?«

Sie hatte gelacht. Bisher hatte sie immer gedacht, wenn ein Mann von einem gemeinsamen Leben redete, wäre das bloß ein Scherz. Gregor war es damit aber entsetzlich ernst, und sie konnte es ihm nicht verdenken.

Ihr ging es genauso.

Marie zog sich in die angrenzende Küche zurück und schloss die Tür hinter sich. Nur im Bademantel bekleidet, lehnte sie an der Anrichte und lauschte auf das leise Murmeln der Stimmen. Gregor kam auf dem Weg zum Wohnzimmer noch mal zu ihr. Er blickte sie prüfend an, als wollte er sich versichern, dass es ihr wirklich ernst war mit diesem Schritt.

»Wir können die Meute da draußen immer noch nach Hause schicken«, versicherte er ihr.

Stumm schüttelte sie den Kopf.

Eine Orgie wie die, die sie jetzt vorhatten, war seit vielen Jahren ihre ultimative Phantasie. Eine Phantasie, die sie sich nie hatte eingestehen wollen, weil sie zu extrem war. Aber das hatte sie auch über jene Spielarten gedacht, bei denen sie sich Gregor unterwarf, und nun hatte sie nicht nur Gefallen daran gefunden. Ihr Selbstvertrauen hatte eine völlig neue Qualität gewonnen.

»Gut, dann gehe ich mal und mache die Herren mit den Regeln vertraut.« Er lächelte ihr aufmunternd zu. Ihr Lächeln verrutschte ein bisschen, das wusste sie wohl, aber sie versuchte sich dennoch tapfer daran, möglichst gelassen zu wirken.

Er trat noch einmal zu ihr, küsste sie auf den Mund. Seine Hände glitten in den Ausschnitt ihres Bademantels, er drängte sie gegen den Kühlschrank. »Ich find's so erregend, was du machen willst«, flüsterte er.

Dann ließ er sie allein.

Marie wartete eine Weile, bis sie zur Tür schlich, die ins Wohnzimmer führte. Das leise Murmeln verstummte, vermutlich richteten sich jetzt alle Blicke auf Gregor.

»Ich möchte euch auch im Namen meiner Freundin herzlich willkommen heißen«, begann er. »Wir haben euch eingeladen, weil sie gerne mehr möchte. Mehr Sex, mehr Schwänze, von allem mehr.«

Er lachte, die Männer fielen leise in sein Lachen ein.

»Sie hat euch ausgewählt, und sie ist es auch, die heute die Regeln vorgibt. Erlaubt ist, was ihr gefällt. Wenn sie etwas nicht möchte, wird sie das zeigen, genauso wird sie euch zeigen, wenn sie auf etwas anderes besondere Lust hat. Ihr dürft alles – sie oral befriedigen, in den Arsch ficken, in ihr Gesicht abspritzen. Einzige Bedingung ist, dass wir alle auf Safer Sex achten.«

Marie stellte sich vor, wie er auf eine Holzschale zeigte, die auf dem Couchtisch stand und prall gefüllt war mit Kondomen in allen Farben und Größen.

»Noch Fragen?«

Keiner der Männer sagte ein Wort. Marie stellte sich vor, wie jeder Einzelne überlegte, wo er bloß gelandet war. Sie rechnete fest damit, dass zumindest einer oder zwei noch einen Rückzieher machten. Der sportliche Finanzberatertyp zum Beispiel, den sie als Letzten vorgestern im Supermarkt angesprochen hatte.

Bei manchen kannte sie nicht mal den Namen.

Gut so.

Wieder klang Lachen aus dem Wohnzimmer. Entspannt, selbstsicher, zugleich aber ein bisschen nervös. Gregor hatte seine Ansprache beendet und zog sich in den hinteren Teil des riesigen Wohnzimmers zurück. Er überließ ihr und den Männern das Feld. So hatten sie es vereinbart: Er wollte sich erst später hinzugesellen und zumindest für eine Weile im Hintergrund abwarten. Es war ihr Abend, ihre Nacht.

Marie schloss die Augen. Sie atmete tief durch, dann trat sie ins Wohnzimmer.

Sieben Köpfe fuhren zu ihr herum, sieben Augenpaare musterten sie neugierig. Gregor, der mit den Schatten verschmolz, lächelte; sie spürte es mehr, denn dass sie es sah.

Marie streifte den Bademantel ab. Darunter war sie nackt – keine Reizwäsche, nichts. Sie wollte sich diesen Männern so zeigen, wie sie war: ein bisschen schüchtern, ein bisschen schwanzgeil.

Oh, vielleicht sogar sehr schwanzgeil.

Sie hatte nicht damit gerechnet, dass die Männer noch angezogen sein würden, wenn sie sich zeigte. Zwei oder drei von ihnen begannen sofort hektisch, an ihrer Hose zu nesteln, als wollten sie sich die Gelegenheit nicht entgehen lassen, der Erste zu sein.

Marie winkte Stefan als Ersten zu sich.

Sie setzte sich auf die Récamiere, die in der Mitte des Raums stand, lehnte sich zurück und lächelte entspannt, obwohl unter ihrer Haut die Muskeln zum Zerreißen gespannt waren. Nicht aus Angst, sondern weil sie sich auf das, was nun folgte, unbändig freute.

Stefan setzte sich zu ihr. Er konnte den Blick nicht von ihren kleinen Brüsten abwenden, und sie umfasste eine mit der Hand und strich mit dem Daumen über den leicht geröteten, harten Nippel.

»Möchtest du mal naschen?«, fragte sie. Ihre Stimme klang rau, fast fremd in ihren Ohren.

Verführerisch.

Stefan nickte stumm, er beugte sich gehorsam über sie. Seine Lippen umschlossen ihren Nippel. Marie stöhnte; es war besser, als sie erwartet hatte. Die Blicke der anderen Männer – gierig, neidisch, lüstern – ließen sie auch dann nicht los, als sie die Augen schloss.

Sie winkte den Nächsten heran, einen von denen, die ihre Hose schon geöffnet hatten. Er kam sofort, wollte sich von unten auf die Récamiere schieben, doch sie schüttelte den Kopf. Er sollte zu ihr kommen, damit sie seinen Schwanz lutschen konnte, während Stefan sich langsam nach unten vorarbeitete und seine Zunge just in dem Moment in ihrer Möse versenkte, als Marie den Schwengel vom zweiten Mann packte und sich tief in den Mund schob.

Sie stöhnte auf. Es war schon jetzt so unglaublich viel, dabci hatte sie doch noch gar nicht richtig angefangen … Wie sollte das erst werden, wenn sie dic Männer nacheinander in ihrer Möse aufnahm?

Nicht nachdenken, ermahnte sie sich.

Danach war es ganz einfach.

* * *

Zuerst hatte Gregor nicht so recht gewusst, was er von Maries Vorschlag halten sollte. Sie hatte den Wunsch geäußert, und seine erste Reaktion war Ablehnung gewesen, dicht gefolgt von Erregung, weil er sich vorstellte, wie sie von zahlreichen Männern verwöhnt wurde.

Erst da begann er, wirklich ernsthaft darüber nachzudenken.

Später war es dann ganz leicht; er ließ sie gewähren. Ließ sie die Männer auswählen, überließ ihr alles andere. Sie sollte sich wohl fühlen.

Und wenn er sie jetzt aus der Ferne beobachtete, schien sie tatsächlich großen Spaß daran zu haben, sich von einem guten halben Dutzend Männer verwöhnen zu lassen.

Helenas Neuer war auch gekommen. Hatte Marie das getan, um ihm eine gewisse Genugtuung zu schenken? Gregor war sicher, dass Helena nichts von den Abwegen wusste, auf denen ihr Gärtner wandelte.

Ihm wurde jetzt die Ehre zuteil, als Erster in Maries Möse zu stoßen. Inzwischen standen drei andere Männer um Maries Kopf, und sie lutschte den dreien abwechselnd den Schwanz. Einer konnte sich nicht beherrschen und spritzte überraschend früh in ihr Gesicht ab. Sie strahlte ihn glücklich an, leckte sich über die Lippen, die wie von Zuckerguss überzogen waren, und machte mit einem anderen Schwengel weiter.

Es dauerte nicht lange, bis sie zum ersten Mal kam. Gregor konnte sich kaum mehr beherrschen; alles in ihm schrie danach, die anderen Männer beiseitezustoßen. Er wollte sich in ihr versenken, wollte ihre Enge erkunden und spüren, wie sie sich um ihn zusammenzog.

Stefan zog sich aus ihr zurück. Zwei weitere Männer standen bereit, sie stand auf und bedeutete dem einen, sich auf die Récamiere zu setzen. Rittlings hockte sie sich auf ihn. Sein Schwengel verschwand in ihrer Möse. Sie drückte verzückt das Kreuz durch und ritt ihn mit geschlossenen Augen. Von hinten näherte sich der Zweite, sein Schwanz strich über ihre Kimme. Sie blickte aus halbgeschlossenen Augen über die Schulter, nickte kaum merklich. Erlaubte ihm zu tun, was er tun wollte.

Er rieb ihr Arschloch, fuhr mit einem Finger langsam hinein. Wieder kam sie, diesmal waren ihre Schreie lauter. Inzwischen standen alle Männer um sie herum, jeder massierte seinen Schwanz, und sogar der eine, der vorhin so schnell gekommen war, schien für eine zweite Runde bereit zu sein.

Jetzt wurde sie von zwei Männern genommen. Beide ließen es langsam angehen, aber schon bald wurden ihre Stöße immer heftiger und schneller. Der in ihrem Arsch kam zuerst, dicht gefolgt vom anderen. Marie schob sich weiter nach oben und setzte sich auf sein Gesicht, während ihre Hände und ihr Mund bereits wieder nach neuen Schwänzen suchten.

Sie war wie von Sinnen, nahm die Männer, wie sie zu ihr kamen, erschöpfte jeden, schrie ihre Orgasmen laut heraus. Gregor beobachtete fasziniert, wie sich einer nach dem anderen langsam aus dem Spiel zurückzog. Einige spritzten in ihr Gesicht ab, aber die meisten genossen es, sie bis zum Höhepunkt zu ficken.

Irgendwann saßen die Männer im Kreis um Marie. Nur Stefan war noch bei ihr auf der Récamiere, ausgerechnet er. Gregor löste sich aus den Schatten. Im Gehen streifte er die Hose herunter, zog sich das T-Shirt über den Kopf und trat an die Récamiere. Er legte die Hand auf Stefans Schulter, der Marie gerade wieder besteigen wollte.

»Darf ich?«

Stefan wusste, wann er sich zurückziehen musste, das hielt Gregor ihm zugute. Er trat zurück, gesellte sich zu den anderen Männern und überließ Gregor das Feld.

Marie blickte ihn aus halbgeschlossenen Augen an. Sie wirkte so satt und zufrieden, dass er es nicht über sich brachte, sie jetzt auch noch zu nehmen. Nein, anders gesagt: Es widerstrebte ihm, seine Liebe und Zuneigung zu ihr so öffentlich zu zeigen. Sex ohne Liebe, der nur der Befriedigung der Lust diente, war eine Sache, Sex gepaart mit Liebe etwas völlig anderes. Er hätte das Gefühl, sie zu beschmutzen, wenn sie sich vor den Augen dieser Männer liebten.

Er hielt ihr einfach die Hand entgegen, half ihr aufzustehen und legte ihr fürsorglich den Bademantel um die Schultern.

»Alles okay?«, fragte er leise, und sie nickte. Sie strahlte ihn so glücklich und zufrieden an, dass er nicht anders konnte; er schloss sie in die Arme. Ihr Körper roch nach der Leidenschaft, die sie mit diesen Männern geteilt hatte, sie war klebrig und verschwitzt. Aber das störte ihn nicht, denn jetzt gehörte sie ganz allein ihm.

»Meine Herren …«

Die Männer standen auf, als müssten sie Marie die letzte Ehre erweisen. Sie lächelte und ließ sich von Gregor aus dem Raum führen.

»Alles gut?«, flüsterte er.

Marie nickte stumm.

Er führte sie ins Schlafzimmer und von dort ins angrenzende Badezimmer.

***

Mit geschlossenen Augen lag sie da und lauschte. Stimmen drangen aus dem Flur bis ins Badezimmer. Sie hob einen Fuß aus dem Wasser und den darüber sich türmenden Schaumbergen.

Das Grinsen, das ihr Gesicht beinahe schmerzlich verzerrte, ließ sich einfach nicht abstellen. Ihr Körper war vom Glück und der Leidenschaft geflutet, von zahllosen Orgasmen überspült. Sie hörte die Männer, die sich von Gregor verabschiedeten. Dann ging die Wohnungstür zu, und es war still.

Sie hoffte, Gregor käme bald zu ihr. Sie wollte ihn

umarmen, sich in seine Arme schmiegen und nur noch für diesen Augenblick an seiner Seite leben.

Sie hatte sich nie für einen Mann entscheiden können. Nie hatte sie sich den Konsequenzen gestellt, die eine Beziehung von ihr forderte. Und stets waren die anderen schuld gewesen, die Männer, die ihr nicht treu sein konnten. Dabei war sie genauso wenig treu gewesen und hatte nur nach einer Entschuldigung gesucht.

Und dann kam Gregor.

Bei jedem anderen Mann hätte sie sofort instinktiv die Flucht ergriffen. Bei ihm war ihr das einfach nicht möglich; er hatte sie von Anfang an nicht vom Haken gelassen. Hatte sie dominiert, ihr keine andere Möglichkeit gegeben, als sich ihren Ängsten zu stellen und endlich ihre eigenen Träume und Wünsche zu erkunden.

Sie spürte, wie sich die Müdigkeit in ihre Glieder senkte. Was sie heute getan hatte, war das Geilste und Beste gewesen, was sie in diesen vier Wänden hatte erleben dürfen.

Und zugleich nahm sie mit diesem Abend Abschied von dieser Penthousewohnung. Später, wenn sie gingen, würde eine Putzkolonne anrücken, alles säubern, die Spuren der Orgie beseitigen und die Räume auf Helenas Einzug vorbereiten. Sie würden auch den Sessel mitnehmen und in Gregors Wohnung bringen.

Marie sank tiefer in die Wanne.

Sie hätte gerne hier gewohnt. Dieses Penthouse war ein Traum, den sie sich nie würde erfüllen können und den auch Gregor sich wahrscheinlich so schnell kein zweites Mal leisten konnte, weil er nach der Scheidung vermutlich ziemlich pleite war.

Sie spürte mehr, als dass sie hörte, wie er in der Tür zum Schlafzimmer stand. Marie öffnete die Augen, betrachtete ihn stumm. Er kam zu ihr, kniete neben der

Wanne nieder und ließ seine Hand ins Wasser gleiten. Er streichelte sie zärtlich.

»Geht es dir gut?«, fragte er irgendwann leise. Stumm nickte Marie. »Wenn du willst, fahren wir danach zu mir.«

Ein Versprechen, nicht weniger. Sie kannte seine Wohnung nicht; bisher hatten sie sich nur auf dem neutralen Boden dieses Penthouses getroffen. Oder in seinem Büro. Er war auch noch nie in ihrer Wohnung gewesen.

»Lass uns zu mir fahren«, sagte sie spontan. »Ich koch uns was, oder wir lassen uns was kommen.«

Er lachte rau. Seine Hand fand ihren Schamhügel, die Finger flatterten darüber hinweg wie zarte Federn. Marie kam ihm entgegen. »Zu dir also? Ich vermute, das ist eine große Ehre?«

Sie seufzte.

»Wir bestellen uns lieber was, oder?«

Er half ihr aus der Wanne, stellte sie in die Mitte des Raums und hüllte sie in ein großes Handtuch. Sanft rieb er ihre Gliedmaßen und ihren Leib ab, schob sie dann ins Schlafzimmer und half ihr beim Anziehen. Marie war völlig zerschlagen und ließ es gerne geschehen.

»Komm.« Er nahm ihre Hand, führte sie in den Flur und half ihr in die Stiefel. Dann verließen sie die Wohnung. Marie lehnte sich erschöpft neben dem Fahrstuhl an die Wand, während Gregor die Alarmanlage aktivierte und die Tür abschloss.

Sie wusste, dass sie die Wohnung nun nie wieder betreten würde. Im Grunde war das nicht schlimm ... im Gegenteil. Es war ein wenig so, als begänne ihr neues Leben erst jetzt.

Sie fuhren zu Marie, und statt sich auf das Abendessen zu freuen, das sie unterwegs bei einem Chinaimbiss mitnahmen, sank Marie daheim einfach nur auf ihr Sofa und schlief ein. Keinen Gedanken verschwendete sie an die Unordnung, keinen Gedanken daran, ob das Bad sauber war oder in der Küche alles seine Ordnung hatte. Sie schlief einfach ein und wusste, dass es schon richtig war, wie es war.

Nachts wachte sie auf. Er saß im Sessel und beobachtete sie.

»Lass uns ins Bett gehen«, sagte sie leise, und es war so einfach. Sie nahm seine Hand, führte ihn ins Schlafzimmer, schaltete das Licht an und zog sich aus. Dann kroch sie unter die Bettdecke und musste nicht lange warten. Gregor kam zu ihr, ebenfalls ausgezogen. Nackt schmiegten sie sich aneinander. Schon wenige Augenblicke später war sie eingeschlafen.

ENDE